In dieser Reihe sind bereits erschienen:

Band 1: STEAMPUNK – Erinnerungen an Morgen, Hrsg. Alisha Bionda
Band 2: STEAMPUNK EROTICS – Der Ritt auf der Maschine,
   Hrsg. Alisha Bionda
Band 3: ARGENTUM NOCTIS, Guido Krain

STEAMPUNK
Band 3

Fabylon

Dieser Roman ist auch als eBook erschienen.

Hinweis: Zu diesem Roman ist eine Novelle als Prolog mit dem Titel „Steam is beautiful" in der Anthologie „SteamPunk 1 - Erinnerungen an Morgen" veröffentlicht.

© Fabylon Verlag Mai 2013
Herausgeber: Alisha Bionda
Cover und Illustrationen: Crossvalley Smith
Coverlayout: Atelier Bonzai
Satzlayout: Stefan Friedrich, Garching
Herstellung: booksfactory
ISBN 978-3-927071-71-1
Originalausgabe. Alle Rechte vorbehalten.
www.fabylon-verlag.de

Mein Freund Charles hatte eine besondere Beziehung zur Zeit. Wäre jemals jemand auf die absurde Idee gekommen, dass Zeit relativ ist – Charles Eagleton hätte sich als das beste Beispiel hierfür betrachtet. Wenn er nicht arbeitete, konnte er sich wie wir alle damit amüsieren, seine Zeit bewusst mit angenehmen Dingen zu verbringen. Sobald er aber mit seinen Erfindungen beschäftigt war, schienen sich die beiden – also Charles und die Zeit – gegenseitig einfach zu vergessen.

Wochenlang konnte er in seinem Arbeitszimmer oder in seiner Werkstatt verschwinden, um wie im Rausch an seinen Erfindungen zu basteln. Ohne Fifi, sein dampfbetriebenes Dienstmädchen, hätte er diesen Lebenswandel vermutlich irgendwann mit dem Leben bezahlt. Meiner Meinung nach war sie mit Abstand das Beste, was er jemals erfunden hatte. Sie sorgte notfalls mit sanfter Gewalt dafür, dass er genug aß. Und wenn er nach mehreren Tagen über seiner Arbeit eingeschlafen war, trug sie ihn in sein Bett. Seltsamerweise gingen diese Zeiten, in denen mein Freund seinen Körper misshandelte, vollkommen spurlos an ihm vorüber. Auch wenn er schon über dreißig war, wirkte er wie ein sportlicher junger Mann von Anfang zwanzig, der jeden Tag mit Polo, Rudern und Waldwanderungen verbrachte.

Charles' respektloser Umgang mit der Zeit wurde seit gut anderthalb Jahren auch noch durch eine großzügige Erbschaft unterstützt, die ihm jede Sorge um seinen Lebensunterhalt nahm. Er war einfach nicht mehr darauf angewiesen, seine Erfindungswut zu zügeln, um sich mit Gelegenheitsarbeiten oder Mathematikunterricht über Wasser zu halten. Hätte ich ihn damals schon gekannt, hätte ich alles daran gesetzt, ihn an seine menschlichen Bedürfnisse zu erinnern. Ich spreche aus eigener Erfahrung wenn ich sage, dass dauerhaft auch die wunderbarste Erfindung nicht glücklich macht, wenn man sie nicht an der Seite einer liebenden Gefährtin feiern kann.

Aber Charles und die Damenwelt – das war wieder so ein Thema. Er kam kaum aus dem Haus und wenn er es doch einmal auf die Straße schaffte, handelte es sich um die zu seinem Club im West End. Der *Black Garden Gentlemensclub* war zwar einer der exklusivsten Adressen in ganz London und Charles lernte hier viele interessante Menschen kennen. Nur leider hatten Frauen zu diesem Etablissement keinen Zutritt.

Selbst das Schicksal schien ihn wegen dieser Verweigerungshaltung an der Nase herumführen zu wollen. Wie ich bereits beim letzten Mal, als wir hier zusammensaßen, erzählte, erschien schon wenige Tage nach seiner Erbschaft eine wunderbare Kandidatin an Charles' Haustür. Rachel Fiddlebury faszinierte meinen Freund mit ihren ausdrucksvollen Augen, ihrer Intelligenz und reizenden Unsicherheit. Zwar nannte Fifi die junge Dame nicht zu Unrecht „Miss Duckwalk" und auch die Mimik des hübschen Dings war durch eine teilweise Gesichtslähmung sehr gewöhnungsbedürftig. Dennoch war sie meinem Freund nicht mehr aus dem Kopf gegangen.

Seine Bemühungen Rachel wiederzusehen blieben jedoch nur sehr eingeschränkt von Erfolg gekrönt. So war er zweimal zum Tee bei der jungen Dame gewesen. Leider hatte bei diesen Stelldicheins auch Rachels griesgrämiger Vater Mortimer mit am Tisch gesessen, was der Romantik nicht gerade zuträglich gewesen war. Zudem war Mortimer Fiddlebury der berühmteste Erfinder von ganz England und hatte alle wichtigen Kollegen mit seiner bösartigen Besserwisserei schon lange in die Flucht geschlagen. Charles war ihm da gerade recht gekommen. Endlich hatte er jemanden gefunden, der scheinbar keine Gefahr für seinen Status darstellte, ihm aber trotzdem in allen Details seiner Arbeit folgen konnte. So hatten sich die Gespräche weniger um geraspeltes Süßholz als vielmehr um die Arbeit der beiden Erfinder gedreht. Doch auch die Beziehung der ungleichen Männer währte nur so lange, bis die Fiddleburys den Besuch erwiderten und Fifi kennen lernten. Dabei war es nicht die Empörung darüber, dass das dampfgetriebene Dienstmädchen die beiden als „Miss Duckwalk" und „Mister Crabber" bezeichnete – dies machte sie so diskret, dass nur Charles es mitbekam.

Nein, es war Fifi selbst. Ihre bloße Existenz attestierte Charles eine Genialität, die weit jenseits von Mortimers Horizont lag. Ein von Missgunst und Ehrgeiz zerfressener Misanthrop wie er konnte damit nicht umgehen. Ohne Erklärung brach er jeden

Kontakt zu Charles ab und verbot Rachel den weiteren Umgang. Mein Freund verstand diese Beweggründe noch nicht einmal, als ich sie ihm später einmal erklärte. Aber natürlich glaubte er mir. Ich bin nicht nur sein bester Freund sondern habe den alten Geier auch weit besser kennen gelernt, als ich es meinem schlimmsten Feind gegönnt hätte.

Jedenfalls brach Fiddlebury etwa zwei Monate nach diesem letzten Treffen auch jeden Kontakt zur restlichen Außenwelt ab, was Charles ernsthafte Sorgen um Rachels Wohlergehen bereitete. Im *Black Garden Gentlemensclub*, in dem Fiddlebury natürlich ebenfalls Mitglied war, begannen die eigenartigsten Gerüchte zu kursieren. So wurde bekannt, dass er urplötzlich alle seine Hausangestellten entlassen hatte und viel Geld bei Versteigerungen ausgab. Dabei schien er sich nicht für Kunst oder Wissen, sondern ausschließlich für persönliche Gegenstände bedeutender Persönlichkeiten zu interessieren. Ein kleines Vermögen investierte er zum Beispiel in den Erwerb von Gegenständen, die Leonardo da Vinci oder Françoise Prévost, einer berühmten französischen Tänzerin, gehört hatten. War der alte Mann verrückt geworden?

Nach drei Monaten der Ungewissheit wurde Charles endlich von seiner Sorge um Miss Fiddlebury erlöst ...

Charles war konzentriert in seine Arbeit vertieft. Sein Lichtverdichter nahm endlich Gestalt an und versprach, seine kühnsten Erwartungen in den Schatten zu stellen. Er stand kurz davor, Licht in einen quasiflüssigen Zustand zu überführen. Man würde es an einem Ort „einfangen" und an einem anderen Ort buchstäblich „ausgießen" können. Auch wenn seine Erfindung keinen praktischen Nutzen zu haben schien, war er außerordentlich fasziniert. So fühlte er sich ernsthaft belästigt, als die Türglocke erklang.

Glücklicherweise war er schon seit Längerem nicht mehr gezwungen, ungebetene Gäste persönlich abzuwimmeln. Er hörte die unverkennbaren Schritte von Fifi, seinem dampfbetriebenen Dienstmädchen, die Treppe heruntertippeln. Die alten Stufen knarzten protestierend unter Fifis beachtlichen zweihundertachtzig Kilo Gewicht. Die dicken Polster unter ihren hohen Schuhen ließen es aber beinahe so klingen, als würde ein junges Mädchen barfuß die Treppen hinuntertanzen. Charles liebte dieses Geräusch.

Er hatte den Zwischenfall schon fast wieder vergessen, als kurz darauf weibliche Stimmen im Salon erklangen. Charles konnte kein Wort verstehen, doch das war auch nicht notwendig. Eine der Stimmen gehörte zweifellos Fifi. Und da Fifi klar zwischen zwei Besuchergruppen unterschied – *willkommene Gäste* und *Ungeziefer* – konnte die andere Stimme nur Rachel Fiddlebury gehören. Wie gesagt: Mein Freund pflegte damals keine weiteren Damenbekanntschaften.

Freudestrahlend eilte er die Treppen zum Erdgeschoss hinunter. Er war so schnell unterwegs, dass er auf halben Weg beinahe mit Fifi zusammenstieß.

„Olálá, Mister Igeltón!", meinte sie kichernd. „Miss Duckwalk bestimmt wird warten Minúten noch ein paar." Ihre magnetisch angetriebenen Augenbrauen hüpften neckisch. Die Bewegung verlieh ihrem ansonsten ausdruckslosen Gesicht einen Anflug von anzüglichem Spott. Charles fühlte sich ertappt und räusperte sich geräuschvoll.

„Du hast Recht, Fifi." Etwas linkisch zog er sich die Kleidung glatt. „Bin ich überhaupt in einem Zustand, in dem ich der jungen Dame unter die Augen treten kann?"

„Abér Mister Igeltón, I´r immér aussá´t wie Ei gepälltés – sumindést für misch." Mit strahlend blau leuchtenden Augen legte sie den Kopf schief und ließ eine besonders große Dampfwolke aus ihrer Nase strömen. Charles schmunzelte und strich ihr einmal mit der Hand über die stählerne Wange.

„Na, dann wollen wir hoffen, dass Miss Fiddlebury deine Meinung teilt."

„Isch gans sischér bin, Mister Igeltón." Diesmal wirkten ihre hüpfenden Augenbrauen eher wie ein verschwörerisches Zwinkern. Lachend ging Charles die letzten Stufen hinab. Seine fröhliche Stimmung verebbte erst, als er den Salon betrat.

Rachel schien sich zwar sehr über das Wiedersehen zu freuen – wegen ihrer Gesichtslähmung konnte man das nur eingeschränkt beurteilen – dennoch verschwand Charles' Lächeln rasch wieder. Seine Besucherin sah abgekämpft und unglaublich müde aus. Ihre ohnehin vornehm blasse Haut wirkte kränklich und eingefallen. Ihre Augen waren rot gerändert. Sie hatte offenbar mehrere Tage zu wenig Schlaf bekommen. Ihr sonst so seidig glänzendes rotes Haar war stumpf geworden und schien einige weiße Haare hinzugewonnen zu haben.

Charles war bemüht, sich den Schreck nicht anmerken zu lassen, aber Rachel erzählte mir später einmal, dass er bei ihrem Anblick regelrecht erbleicht sei. Ganz Gentleman lächelte er sie dann jedoch an und begrüßte sie mit einem Handkuss.

„Miss Fiddlebury, ich kann Ihnen nicht sagen, wie sehr ich mich über Ihren Besuch freue."

„Und ich kann Ihnen nicht sagen, wie froh ich bin, noch immer in Ihrem Haus willkommen zu sein", erwiderte sie erleichtert. Offenbar genierte sie sich sehr für das Verhalten ihres Vaters, konnte dies aber natürlich nicht offen aussprechen. Charles wurde jedoch sehr ernst. Während er noch ihre Hand hielt meinte er: „Miss Fiddlebury, Sie werden unter meinem Dach immer willkommen sein. Egal was die Zukunft auch bringen mag." Rachel wollte verlegen den Blick senken, doch Charles' Blick hielt sie einen bedeutungsvollen Moment lang davon ab. Mehrere Sekunden hing eine seltsame Stille im Raum. Als Fifi Rachel endlich erlöste, indem sie Tee und Plätzchen brachte, hielt Charles noch immer ihre Hand. „Geine Sorgé Mademoiselle. Isch gann disgrétt sein so sä´r", wiegelte Fifi ab.

Spätestens diese Bemerkung brachte Rachel endgültig aus dem Konzept. Mit Schamesröte im Gesicht nickte sie dem stählernen Dienstmädchen zu. Charles schmunzelte still vor sich hin. Statt etwas zu sagen, geleitete er seinen Besuch zu einem bequemen Sessel.

Nachdem die üblichen existenziellen Fragen nach Milch, Zitrone und Zucker im Tee geklärt waren, kam Rachel endlich zum eigentlichen Grund ihres Besuchs: „Ich muss Sie um einen persönlichen Gefallen bitten, Mister Eagleton. Ich hoffe, dass meine Bitte Sie nicht erzürnen wird." Ein nervöses Zucken um ihre Augen machte deutlich, dass der letzte Satz keine Höflichkeitsfloskel war. Doch Charles beugte sich freundlich vor. „Alles, Miss Fiddlebury. Ich bezweifle, dass mich ein Wunsch von Ihnen erzürnen könnte."

Sie nickte dankbar. „Wie Sie vielleicht bereits gehört habt, hat mein Vater unsere Hausangestellten entlassen." Charles' zustimmendes Nicken brachte kurz einen seltsam verzerrten Ausdruck auf Rachels Gesicht. Offenbar war sie wenig davon erbaut, dass bereits ganz London über sie und ihren Vater sprach. „Diese Entlassungen waren nach Ansicht meines Vaters notwendig, um seine neuesten Forschungen zu schützen." Als Charles erstaunt eine Augenbraue hob, sprach sie hastig weiter. „Er glaubt, der Entdeckung seines Lebens auf der Spur zu sein. Er fürchtet nicht nur, dass die Angestellten etwas ausplaudern könnten, sondern geht davon aus, dass ihre bloße Anwesenheit seine Forschungen behindern könne."

„Gerne würde ich Sie jetzt natürlich fragen, welcher Art diese Forschungen sind …", sagte Charles. Als er den geradezu gequälten Ausdruck in Rachels Augen sah, sprach er schnell weiter: „… aber da Sie zweifellos Ihr Wort gegeben haben, nichts darüber zu erzählen, werde ich Ihnen diese indiskrete Frage selbstverständlich ersparen." Sie schenkte ihm ein dankbares Lächeln. „Ich danke Ihnen, Mister Eagleton." Es trat eine verlegene Pause ein, in der Rachel offensichtlich nach Worten rang.

„Aber eine andere Frage kann ich Ihnen leider nicht ersparen", fuhr Charles ernst fort und brachte damit erneut einen besorgten Ausdruck in die Augen seines Gastes. Wieder beeilte er sich, schnell weiterzusprechen: „Wie kann ich Ihnen behilflich sein?" Jetzt lachte sie beinahe befreit. Es war augenscheinlich, dass sie eine schwere Zeit hinter sich hatte.

„Danke, dass Sie es mir so leicht machen. Und ich revanchiere mich, indem ich hier um den heißen Brei herumrede." Sie schüttelte den Kopf. „Mister Eagleton, da wir keine Hausangestellten mehr haben, komme ich mit meiner Zeit nicht zurecht. Ich muss den gesamten Haushalt führen, Einkaufen, die Korrespondenz erledigen, Reisen planen und meinem Vater bei seinen Forschungen assistieren. Ich fürchte, dass ich das allein nicht schaffen werde. Allein mit den Forschungen meines Vaters bin ich fast zwölf Stunden jeden Tag beschäftigt."

„Kann ich Ihrem Vater vielleicht bei der Arbeit assistieren?", bot Charles an. Doch Rachel schüttelte bedauernd den Kopf. „Nein, Mister Eagleton. Mein Vater möchte seine Forschungen um jeden Preis geheim halten." Bevor Charles etwas erwidern konnte, sprach sie schon weiter. „Natürlich würden Sie Ihr Wort als Gentleman geben und ich hoffe, Sie glauben mir, dass ich dieses für ebenso sicher halte wie die Bank von England." Sie zögerte. „Aber mein Vater hat wohl schon zu viel in seinem Leben erlebt, als dass ihm das reichen würde." Charles nickte, brachte es aber nicht über sich, dabei verständnisvoll zu wirken.

„Worum ich Sie deshalb bitten möchte ist, mir ein ebensolches Dienstmädchen zu verkaufen, wie Sie es Ihr Eigen nennen. Mein Vater hat mir hierfür zehntausend Pfund zur Verfügung gestellt."

„Mon Dieu!", entfuhr es Fifi, die dem Gespräch die ganze Zeit leise vor sich hin surrend gefolgt war. Ihre Augen färbten sich blutrot, während eine dicke rußige Wolke aus ihrem Scheitelrohr aufstieg. Wutentbrannt riss sie der Besucherin die Teetasse und ein angebissenes Plätzchen aus der Hand. Eine kleine Teefontäne ergoss sich über Sessel und Fußboden. Rachel starrte Fifi mit großen Augen an. Ein Kaninchen, dessen Mohrrübe sich gerade in einen Wolf verwandelt hatte, hätte nicht erschreckter schauen können.

„Isch das nie gedac´t von Damé wie Eusch", meinte Fifi böse. „Gutés Earl Gréy viel zu gut für Eusch. Und Kéks auc´!" Demonstrativ warf sie das Plätzchen auf den Boden und trampelte dann mit beiden Füßen darauf herum.

Charles war beinahe ebenso von Fifis Reaktion überrascht wie sein Besuch, konnte sich ein Grinsen aber nicht verkneifen. Beruhigend legte er seinem Dienstmädchen die Hand auf den Unterarm.

„Das war sehr ungehörig Fifi ..."

„Unge´örisch? Miss Du..."

„FIFI!" Sein strenger Ton ließ sie tatsächlich verstummen. Mit blutroten Augen, umgeben von Gebirgen aus Wasserdampf starrte sie ihren Herrn an. Doch dieser lächelte warm. „Fifi, Miss Fiddlebury hat es sicher nicht böse gemeint. Du gehst jetzt in die Küche und machst uns einen frischen Tee. Und ich werde derzeit unseren Gast über seinen Irrtum aufklären, hm?" Kurz surrte und knarrte es vernehmlich in Fifis Innerem. Dann drehte sie sich um und verließ wortlos den Raum. Rachel starrte ihr geschockt nach.

„Ich denke, Sie haben gerade gesehen, warum ich Ihnen kein

Dienstmädchen verkaufen kann", meinte Charles noch immer amüsiert. „Fifi ist keine Maschine wie jede andere. Sie kann lernen, ist kreativ und hat Gefühle. Ich könnte sie Ihnen ebenso wenig verkaufen, wie ich Ihnen meine Tochter verkaufen würde." Es war deutlich zu merken, dass Rachel erst jetzt wirklich begriff, was Charles geschaffen hatte. Als sie nickte, leuchtete Bewunderung in ihren Augen.

„Aber ich werde trotzdem mein Bestes tun, um Ihnen zu helfen. Ich werde ein Dienstmädchen für Sie bauen. Aber ich kann nicht garantieren, dass sie Ihnen auch dienen wird."

Rachel nickte. „Ich verstehe das natürlich. Und nach meiner dummen Bitte ist es sehr großzügig von Ihnen, dass Sie mir trotzdem helfen wollen."

Charles winkte ab. „Wie hätten Sie das wissen können? Fifi stellt sich mit ganzer Kraft in meine Dienste. Und da sie eine Maschine ist, mussten Sie davon ausgehen, dass sie keinen eigenen Willen hat. Ich muss gestehen, dass ihre Programmierung selbst mir lange über den Kopf gewachsen ist."

„Ich werde dafür sorgen, das Fifis Schwester im Haus meines Vaters freundlich und mit Respekt behandelt werden wird", versicherte Rachel nachdrücklich.

Als Fifi ein paar Minuten später mit frischem Tee zurückkehrte, wollte sie sogleich demonstrieren, wie ernst ihr dieses Versprechen war. In aller Form versuchte sich Rachel bei Fifi zu entschuldigen, doch diese zeigte ihr die kalte Schulter: „Isch núr das Diénstmädchen ´ier bin. I´r nischt meiné Fräundin séin müscht."

Noch nie hatte Charles Fifi so erlebt. Entgegen ihrer sonstigen Gepflogenheit verließ sie gleich, nachdem sie den Tee eingeschenkt hatte, den Salon. Zudem schmeckte der Tee auffallend nach Seife und Fifi schien das erste Mal Salz und Zucker verwechselt zu haben.

Nachdem Rachel gegangen war, stellte Charles Fifi im Salon zur Rede: „Fifi, ich hoffe, du hast unseren Gast richtig verstanden. Miss Fiddlebury wollte nicht dich kaufen."

Fifi nickte mit verlegen gesenktem Blick, aber noch immer rot leuchtenden Augen. Die Kombination ließ sie bockig wie ein kleines Mädchen wirken.

„Und ich hoffe dass du weißt, dass ich eher verhungern würde, als dich zu verkaufen."

Endlich sah Fifi auf. Ihre Augenfarbe wechselte zu einem kristallklaren blau. Noch immer sagte sie nichts, doch Charles glaubte aus dem unbeweglichen Stahlgesicht ein beruhigtes Lächeln herauslesen zu können. Sanft nahm er ihre Hände in die seinen. „Ich hoffe, dass auch du niemals auf die Idee kommen wirst, mich zu verlassen", meinte er leise.

„Niemals, Mister Igeltón!", bekräftigte sie mit erschreckter Stimme. „Isch so glücklisch bin 'ier mit Eusch, dass fast unanständisch es ischt!"

Charles hätte geschmunzelt, wenn der Druck ihrer Hände in diesem Augenblick nicht so stark geworden wäre, dass er um seine Knochen fürchtete. Doch dann entspannte sich ihr Griff wieder.

„Aber wenn dir klar ist, dass ich dich niemals hergeben würde, warum hast du dann meinen Besuch so angefahren?", fragte Charles jetzt wieder strenger.

„Sie gewésän ist mit o´ne Respékt. Als wäre Möbélstück isch odär Sklavín." Zweifelnd legte Charles den Kopf schief. Wie ein Mensch wich sie seinem Blick aus. Nach einer halben Minute des Schweigens, in der nur ihr immer höher werdendes Surren zu hören war, sprach sie zaghaft weiter: „Und isch nischt me´r bin einzigartisch, wenn 'erumläuft Kopie von Fifi."

Sie überraschte ihn immer wieder mit unerwartet menschlichem Verhalten. Dass Individualität für sie so wichtig war, verblüffte ihn seltsamerweise fast ebenso sehr, wie ihn die Entdeckung ihres Humors aus dem Konzept gebracht hatte. Er bemühte sich jedoch, sein Erstaunen nicht zu deutlich in Erscheinung treten zu lassen.

„Das verstehe ich gut, Fifi", meinte er freundlich. „Aber ich kann dich gar nicht wirklich nachbauen. Deine Gedanken bauen aufeinander auf. Wenn die abertausend Zahnräder deines Denkapparates am Anfang nur winzige Grade in einer anderen Stellung gewesen wären, oder beim ersten Anheizen geringfügig andere Temperaturen geherrscht hätten, wärest du jetzt eine völlig andere Fifi. Und natürlich werde ich deine Schwester auch äußerlich völlig anders gestalten. Ist das …", weiter kam er nicht, bevor Fifi ihn wie ein Spielzeug hochhob und an sich drückte. Charles fühlte seine Knochen knacken und wurde an der Brust leicht von Fifis „Atem" verbrannt.

„O´Merci, Mister Igeltón!" Sekunden später konnte er jedoch wieder atmen und stand auf seinen eigenen Beinen. „Isch manschmal dummés kleinés Dienstmädschén bin."

Charles schmunzelte, doch dann verschwand seine Heiterkeit wieder. Er hatte Fifi nicht belogen; er konnte tatsächlich nicht sagen, was für einen Charakter das neue Dienstmädchen haben würde. Und eben hatte er wieder einmal gefühlt, über welche titanenhafte Kräfte Fifi verfügte – sie hätte ihn mühelos zweiteilen, Wände einreißen oder einen Bären niederringen können. Durfte er es wirklich riskieren, ein weiteres Geschöpf mit dieser Macht auszustatten, ohne dessen geistige Verfassung zu kennen?

Doch wenn mein Freund Charles einmal sein Wort gegeben hatte, war es für ihn absolut bindend. Und so einigte er sich mit sich selbst auf einen Kompromiss: Das neue Dienstmädchen sollte nur über einen Bruchteil von Fifis Kraft verfügen können. Die Stärke eines durchschnittlichen Mannes hielt Charles für ideal. Da die körperliche Kraft jedoch eine direkte Folge des hohen Drucks im Denksystem des stählernen Wesens war, musste Charles einige aufwendige Drucksysteme einbauen. Außerdem sollte das neue Dienstmädchen zumindest die Namen von Rachel und Mortimer Fiddlebury aussprechen können, was Fifi konstruktionsbedingt nicht möglich war. Und natürlich war es wichtig, dass die Neue auch einen eigenen Namen bekam. Auch dieser – Charles entschied sich für Chloé – musste bereits vor der Inbetriebnahme im System verankert sein. So war Charles zu komplizierten Änderungen am Denk- und Sprechapparat gezwungen.

Wie er es versprochen hatte, bekam Fifis Schwester auch ein völlig anderes Gesicht. Während Fifis schlanke Züge an edle venezianische Masken erinnerten, war das Gesicht ihrer „Schwester" eher herzförmig. Außerdem ließ er die „Haare" des neuen Dienstmädchens aus einer rötlichen Kupferlegierung gießen, die er noch dazu schwarz lackierte. Schon damit bildeten sie einen starken Gegensatz zu Fifis „blondem Haar" aus weißgelbem Messing.

Trotz der schwierigen Konstruktionsänderungen und dem unglaublich komplizierten Innenleben, das allen dampfbetriebenen Dienstmädchen gemein war, ging die Arbeit erstaunlich schnell von der Hand. Charles gelang es, Rachels neues Haushaltsmitglied in rekordverdächtigen drei Monaten fertig zu stellen. Vielleicht hätte er sich doch etwas mehr Zeit nehmen sollen.

„Es ist ein magischer Augenblick", fand Rachel. Charles hatte sie eingeladen, bei Chloés „Erweckung" dabei zu sein. Und jetzt war sie hier in seiner Werkstatt und konnte kaum ruhig stehen bleiben. Ihre Augen leuchteten wie die eines Kindes vor der Bescherung. Ihre Begeisterung überspielte ein wenig die Spuren, die die letzten Wochen in ihrem Gesicht hinterlassen hatten. Rachel schien um Jahre gealtert zu sein. Es war allerhöchste Zeit gewesen, dass Fifis Schwester fertig wurde. Fifi selbst wohnte dem Schauspiel mit gleichmütig grünen Augen bei.

Das Vorheizen war ohne Probleme vonstatten gegangen und Charles überließ es seinem Gast, Chloés ersten Brennstoffballen einzulegen. Vorsichtig, als würde sie Mikado spielen, schob Rachel das ölige Objekt in die Brennkammer und verriegelte die zugehörige Luke. Gleich darauf erhob sie sich wieder und spielte nervös mit ihren Handschuhen.

In Chloés Innerem nahmen die Zahnräder unterdessen gehörig an Fahrt auf. Zu Charles' Beunruhigung klangen sie jedoch nicht gleichmäßig, sondern wimmerten in einem mal höher und mal tiefer werdenden Ton vor sich hin. Kurz begannen Chloés Augen orange zu flackern, dann schien ihr Innenleben erst richtig auf Touren zu kommen. Das Wimmern wurde zu einem bedrohlichen Jaulen, das Charles und Rachel einen Schritt zurücktreten ließ. Es folgte ein böses metallisches Kreischen, das ansatzlos von einem durchdringenden Knacken beendet wurde. Dann jedoch sank der Geräuschpegel auf das von Fifi gewohnte leise Surren. Im Gegensatz zum Original war dieser Ton jedoch von einem kaum hörbaren Schleifgeräusch unterlegt.

Charles ignorierte Rachels fragenden Blick. Vorsichtig trat er einen Schritt näher und räusperte sich.

„Chloé?" Die Antwort bestand aus einem metallischen Klingeln, das beinahe wie eine Stimme klang. Gleich darauf begann das eine ihrer Augen grün und das andere orangerot zu leuchten.

„Kinkin? Hat sie gerade Kinkin gesagt?", wollte Rachel wissen.

Bevor Charles antworten konnte, erklang das Geräusch erneut und das stählerne Dienstmädchen begann sich zu regen. Ihre Bewegungen waren jedoch im Verhältnis zu Fifi ungelenk. Sie hatte keine Mühe, sich aufzusetzen, scheiterte jedoch am Aufstehen. Es war offenkundig, dass sie niemals auf den hochhackigen Polsterschuhen gehen konnte, auf denen Fifi seit ihrem ersten Tag unterwegs war.

„Warte, Kinkin", sagte Rachel und kniete sich neben die „Neugeborene" auf den Boden. „Ich helfe dir." Während Kinkin, die nach Charles' Meinung immer noch Chloé hieß, sie reglos anstierte, machte sich Rachel an die Arbeit. Mit geschickten Fingern befreite sie ihr neues Dienstmädchen von dem hinderlichen Schuhwerk. „Ich werde andere Schuhe für dich anfertigen lassen müssen."

„Kinkin", kam es aus dem ausdruckslosen Stahlgesicht ihres Schützlings.

„Sie ... Sie wollen sie ... *einstellen*, Miss Fiddlebury?" Charles hatte sich bereits damit abgefunden, dass drei Monate Arbeit umsonst gewesen waren. Dabei war Rachels Sympathie für Fifis unperfekte Schwester kaum zu übersehen.

„Aber selbstverständlich, Mister Eagleton. Sie ist genauso unperfekt wie ..." Sie sprach den Satz nicht zu Ende und Charles, der Stoffel, hatte nicht einmal bemerkt, was sie hatte sagen wollen. Allerdings muss man ihm zugute halten, dass er selbst Rachel so „unperfekt" fand, dass er sie sofort geheiratet hätte. „Natürlich nur, wenn es Ihnen recht ist", setzte sie schnell hinzu.

„Natürlich. Ich hoffe nur, dass sie der Aufgabe gewachsen ist."

„Oh, da bin ich sicher", meinte Rachel überzeugt. „Kannst du jetzt aufstehen, Kinkin?"

„Kinkin", war die Antwort. Doch Chloé, die nach dem heutigen Tag nie wieder Chloé genannt werden würde, rührte sich nicht.

„Vielleicht hat ihr Abstraktionsvermögen etwas gelitten", vermutete Charles. „Wir sollten es mit einer direkten Anweisung versuchen." Rachel nickte aufgeregt. Charles fand, dass sie jetzt wieder zehn bis fünfzehn Jahre jünger wirkte.

„Kinkin, bitte stehe jetzt auf", sagte sie freundlich.

„Kinkin." Die Antwort blieb dieselbe, doch dieses Mal erhob sich die stählerne Gestalt schwerfällig. Mit ungesund jaulendem Kreiselstabilisator kämpfte sie sich auf die Füße. Nach einer kleinen Ewigkeit stand Kinkin leicht schwankend auf den Beinen. Rachel war außer sich vor Begeisterung und applaudierte. Fifi ließ indigniert die Augen einmal um die eigene Achse kreisen.

Die nächsten Stunden verbrachten sie mit einigen Tests, von denen jeder Rachel in größere Verzückung geraten ließ. Nüchtern betrachtet war Kinkin jedoch recht langsam und ungeschickt. Sie zog schwerfällig ein Bein nach und verstand Anweisungen zuweilen falsch oder vergaß während der Arbeit einfach, was sie tun sollte. Vor allem schien sie nicht sprechen zu können und über fast kein Abstraktionsvermögen zu verfügen. Zum Putzen und Waschen würde es aber reichen, schließlich war sie – wie Fifi auch – lernfähig. Für Charles war jedoch in erster Linie wichtig, dass Kinkin gutmütig und ungefährlich war. Erst als er dies sichergestellt glaubte, verließen Kinkin und Rachel das Haus.

Die folgenden Monate wurden für Charles zu einer harten Geduldsprobe. Immer wildere Gerüchte kursierten im *Black Garden Gentlemensclub*. Fiddlebury solle sich einen regelrechten Hochofen beschafft haben, den er angeblich in seinem Keller betrieb.

Außerdem hatte ihn angeblich eine Polizeistreife bei dem Versuch erwischt, mitten in der Nacht eine Gruft auf dem Londoner Zentralfriedhof aufzubrechen. Was derartige Aktivitäten mit einer Erfindung zu tun haben sollten, war Charles völlig schleierhaft. Es hatte den Anschein, dass Mortimer Fiddlebury dringend ärztlichen Beistand benötigte.

In den ersten Monaten kam Rachel Fiddlebury immer wieder bei Charles vorbei, um sich einige seiner bedeutendsten Erfindungen auszuleihen. Ihre Wünsche betrafen nicht nur seinen Reprographen, mit dem sich verkleinerte Kopien von einfachen Dingen anfertigen ließen. Auch sein gerade fertig gestellter Lichtverdichter, für den ihm selbst noch kein Zweck eingefallen war, fand ihr größtes Interesse. Diesmal bestand Rachel aber darauf, Charles mit horrenden Leihgebühren für seine Hilfe zu entschädigen. Für meinen Freund war jedoch weit wichtiger, dass es ihr sichtlich besser ging. Kinkin schien ihre Sache gut zu machen.

Sehr zu Charles' Beunruhigung hörten Rachels Besuche jedoch plötzlich auf. Seine Sorge ging so weit, dass er mit dem Gedanken spielte, sich auf ungesetzliche Weise Zutritt zum Haus der Fiddleburys zu verschaffen. Eine Nachfrage bei seiner Bank ließ ihn diesen Gedanken jedoch zurückstellen. Offenbar war es nach wie vor Rachel, die höchstpersönlich jede Woche die vereinbarten Leihgebühren auf Charles' Konto einzahlte. Dennoch verfolgten ihn grässliche Vorahnungen. Er war natürlich viel zu rational etwas darauf zu geben, aber ein Teil von ihm blieb dabei: Etwas Schreckliches würde geschehen.

Als ein Bote ein förmliches Kuvert mit dem Familiensiegel der Fiddleburys brachte, befürchtete er schon das Schlimmste. Doch statt zu einer Beerdigung wurde er von Mortimer Fiddlebury äußerst freundlich für den kommenden Tag zum Tee eingeladen. Selten hatte Charles eine so unruhige Nacht verlebt.

„Willkommen, Mister Eagleton. Wir freuen uns, dass Sie kommen konnten." Das strahlende Lächeln der jungen Dame, die Charles an der Tür der Fiddleburys empfing, wirkte herzerwärmend aufrichtig. Ihre Wirkung auf Charles war jedoch verheerend. Für mehrere Herzschläge vergaß er seine Manieren und starrte sie wie ein Gossenjunge mit offenem Mund an.

Offenbar hatte er Rachels Schwester vor sich, von deren Existenz er bisher nichts geahnt hatte. Nein, nicht „Schwester". Sie wirkte wie Rachels jüngerer Zwilling, auch wenn ihr Alter schwer bestimmbar war. Sie hatte etwas *Zeitloses* an sich. Er konnte ihr Alter mit Mühe auf sechzehn bis fünfundzwanzig eingrenzen. Doch es war nicht allein ihr Aussehen, das die Schätzung ihres Alter erschwerte. Jede ihrer Bewegungen war wie eine Melodie, die ihre schlanken Gelenke und ihren biegsamen Hals wie Kunstwerke zur Geltung brachte. Im Gegensatz zu Rachels gelähmtem Gesicht sprühte ihre Mimik geradezu vor Leben und ihr Lachen hatte etwas Magisches an sich. In seinem ganzen Leben hatte Charles noch nie ein so anmutiges Geschöpf gesehen.

Dann erkannte er endlich, was dieses wunderschöne Wesen so herzlich lachen ließ: Sein entgeisterter Gesichtsausdruck. Da ihm die Worte fehlten, klappte er einfach den Mund zu und holte die Begrüßung mit einer tiefen Verbeugung und einem Handkuss nach. Als er sich wieder aufrichtete, war von dem herzlichen Lachen noch ein glückliches Lächeln übrig geblieben. Und dann sah Charles ihr das erste Mal wirklich in die Augen und erkannte die unerhörte Wahrheit. Vor ihm stand nicht Rachels Schwester, sondern Rachel selbst! Diese Augen hätte er überall wiedererkannt.

Bevor er Gelegenheit hatte, die Eindrücke zu verarbeiten, erschien der Hausherr an der Tür. Offenbar hatte er die Begrüßung hinter der Garderobe verborgen verfolgt. Mit listigem Grinsen trat er aus seinem Versteck und reichte seinem Besucher triumphierend die Hand. Irgendwie hatte Charles den Eindruck, einen Wettbewerb verloren zu haben, von dem er gar nichts gewusst hatte.

„Mister Eagleton! Ich freue mich! Kommen Sie doch herein! Meine Tochter wird uns gleich den Tee bringen." Der sonst eher griesgrämige alte Geier legte seinem Gast sogar den Arm um die Schultern, während er ihn in den Salon führte. Charles hatte allerdings weniger den Eindruck, herzlich umarmt zu werden. Er fühlte sich eher, als solle er „erbeutet" oder an allzu neugierigen Blicken gehindert werden. Im Flur stieß er auf Kinkin, die auf seinen Anblick mit abwechselnd grün und blau blinkenden Augen reagierte. Wie eine Marionette hob sie den Arm und winkte ruckartig.

„Kinkin", sagte sie wenig überraschend. Doch dieses Mal glaubte Charles deutlich so etwas wie Freude aus ihrer Stimme herauszuhören.

„Ich freue mich auch dich zu sehen, Kinkin", sagte er. Als er Anstalten machte, hierfür etwas langsamer zu werden, zog ihn sein Gastgeber mit sanfter Gewalt weiter.

„Die sind eine ganz nette Erfindung, Ihre dampfgetriebenen Dienstmädchen." Aus Fiddleburys Mund klang dieses Kompliment, als habe sein Sohn eine zwei in Mathematik mit nach Hause gebracht.

„Ja, danke ...", meinte Charles etwas verwirrt. Ehe das Thema jedoch vertieft werden konnte, gelangten sie in den Salon und Charles wurde in einen bequemen Sessel gedrückt.

„Zigarre?", fragte Fiddlebury. Charles konnte das nur als Test verstehen. Oder sollte es tatsächlich Barbaren geben, die Zigarren zum Tee nahmen? Noch dazu wenn Damen anwesend waren.

„Nein danke."

Fiddlebury machte jedoch ein regelrechtes Ritual daraus, eine unanständig dicke Zigarre zu enthaupten und dann – mit viel Zeit – mit einer Glutkrone zu versehen. Er schien sich für irgendetwas selbst belohnen zu wollen. Und aus irgendeinem Grund machte dies Charles wütend. Aber natürlich ließ sich ein englischer Gentleman derartige Gefühle nicht anmerken.

„Man spricht sehr viel über Ihre Arbeit im *Black Garden*", begann er höflich das Gespräch auf die Fragen zu lenken, die ihn in den letzten Monaten umgetrieben hatten. Doch Fiddlebury grinste nur spöttisch und kümmerte sich aufreizend intensiv um seine Zigarre. Charles tat ihm jedoch nicht den Gefallen, weiterzusprechen.

Schließlich bequemte sich Fiddlebury doch noch zu einer Antwort: „So, so. Zerreißen sich die Kleingeister ihr Maul über mich?"

„So würde ich das nicht ausdrücken", meinte Charles. „Es ist nur ..." Rachels Eintreten ließ ihn den Faden verlieren. Sie balancierte das volle Tablett mit akrobatischer Geschicklichkeit auf drei Fingern. Das Servieren von Tee und Gebäck geriet beinahe zu einem Tanz, der Charles das Herz hoch im Halse schlagen ließ. Zumindest fühlte es sich so an. Seine Reaktion brachte ein glückliches Glühen in ihre Augen, das den Rest der Welt vollkommen überstrahlte. So entging ihm erfreulicherweise Mortimer Fiddleburys selbstzufriedenes Grinsen.

„Sie sollten mich nicht bedienen", brachte Charles seine Gedanken zum Ausdruck.

„Ich bitte Sie. Das ist mir wirklich ein Vergnügen", antwortete sie mit leuchtenden Augen.

„Sie sind unser Gast, Mister Eagleton", mischte sich nun auch der Hausherr ein. „Und da unser *Dienstmädchen* nicht in der Lage ist, Tee zu servieren, ohne eine mittelgroße Katastrophe zu verursachen, bleibt uns nichts Anderes übrig, nicht wahr?" Das „Dienstmädchen" betonte er so süffisant, dass mein Freund ihm gerne das Grinsen aus dem Gesicht geohrfeigt hätte. Doch dann lenkte ihn der Anblick einer vorwitzigen roten Strähne, die sich aus Rachels Frisur gelöst hatte, zu sehr ab. Beinahe hätte er sich den Tee in den Schritt gegossen.

Der zauberhafte Moment währte aber nur kurz. Urplötzlich – Charles hatte nicht einmal den Tee probieren können – schien es Fiddlebury sehr eilig zu haben, ihn wieder loszuwerden.

„Oh? Haben wir so sehr die Zeit vergessen?", fragte er scheinheilig. „Es tut mir leid, die Arbeit ruft. Ein wichtiger Schritt, der keinen Aufschub zulässt …" Plötzlich stand er neben seinem Gast, um ihm „aufzuhelfen". Dass er ihm nicht die Tasse wegnahm oder den Stuhl unter dem Allerwertesten wegzog, war offenbar der letzte Rest von Höflichkeit, den Fiddlebury noch aufbringen konnte. Es war, als habe der alte Mann ein großartiges, erfolgreiches Experiment durchgeführt. Aber die Euphorie schien jetzt weit genug abgekühlt, um die Arbeit mit großem Tatendrang weiterzuführen. Mein Freund war ein nützliches Versuchsobjekt gewesen aber der weiteren Arbeit im Weg. Schneller als Charles „vielen Dank für die Einladung" sagen konnte, stand er schon wieder vor der Tür.

„Vielen Dank für den Besuch", heuchelte der alte Geier beim Abschied. „Bitte besuchen Sie uns doch bald wieder." Bevor Charles noch etwas sagen konnte, wurde ihm die Tür vor der

Nase zugeschlagen. Perplex starrte er noch mehrere Augenblicke die geschlossene Tür an. Doch der erwartete Zorn stellte sich nicht ein. Stattdessen sah er diese wunderbaren grünen Augen vor sich, die jetzt endlich in einem Körper wohnten, der zu ihnen passte.

War das Fiddleburys Entdeckung? Wie man Körper *reparieren* konnte? Rachels Körperbau hatte sich nicht wesentlich verändert. Schon vorher war Charles immer wieder über ihre zierliche Gestalt entzückt gewesen. Durch ihre seltsame Art sich zu bewegen war ihre Schönheit nur in den Hintergrund gedrängt worden. Hatte es also überhaupt eine körperliche Veränderung gegeben? Ihr seidiges rotes Haar war mit Sicherheit ein wenig voller und länger geworden. Und dann war da ihr verjüngtes Aussehen. Nein, nicht *jünger*. Sie hatte zugleich viel älter und viel jünger gewirkt. *Zeitlos*. Ja, das traf es.

Verwirrt und ratlos machte er sich auf den Heimweg. Er musste dieses Geheimnis lüften, bevor er verrückt wurde. Und das bedeutete, dass er nicht noch einmal mehrere Monate warten konnte.

Die folgenden Tage war es Charles unmöglich, sich auf seine Arbeit zu konzentrieren. Ständig ertappte er sich dabei, über das Geheimnis der Fiddleburys nachzudenken. Seine Überlegungen reichten von Einbruch über Verhörtechniken bis zu unfeinen Methoden, mit denen er die Fiddleburys hätte belauschen können. Doch glücklicherweise wurde mein Freund nicht zu lange der Versuchung ausgesetzt, das Geheimnis mit unmoralischen Mitteln zu lüften. Schon eine Woche nach seinem Besuch trudelte ein weiteres Kuvert mit dem Siegel der Fiddleburys in der Darthmoore Street 22 ein.

Es war erneut eine Einladung für den folgenden Tag. Sehr zu Charles' Erstaunen schien sich Mister Fiddleburys Handschrift jedoch seit der letzten Woche dramatisch verändert zu haben. Statt seiner kurzen „abgehackten" Zeichen war das edle Briefpapier mit leicht verschnörkelten und sehr kleinen Buchstaben gefüllt. Auch die Ausdrucksweise war wesentlich gewählter als bei der vorangegangenen Einladung. Würde er jetzt bei Mortimer Fiddlebury eine ähnliche Überraschung wie bei Rachel erleben? Selbstverständlich stand Charles pünktlich zur genannten Zeit vor dem Haus der Fiddleburys. Halb erwartete er, auf einen dramatisch verjüngten Gastgeber zu treffen oder selbst als Versuchsobjekt herhalten zu sollen. Er rechnete mit dem Schlimmsten und glaubte deshalb, innerlich auf alle denkbaren Überraschungen vorbereitet zu sein.

Auch Genies können irren.

Plötzlich riss Kinkin in ihrer etwas unkontrollierten Art die Tür auf. Augenblicklich begannen ihre Augen hektisch grün und blau zu blinken.

„Kinkin", sagte sie zur Begrüßung und schien sich wieder einmal überschwänglich über seinen Besuch zu freuen.

„Guten Tag, Kinkin." Vergeblich wartete er darauf, dass sie beiseite trat, um ihn einzulassen. Stattdessen hob sie umständlich den Arm und schien sich einen Augenblick mit laut surrendem Innenleben konzentrieren zu müssen. Dann jedoch begann ihre Hand, ruckartig zu winken.

„Kinkin."

„Ja, Kinkin. Ich freue mich auch, dich zu sehen." Die Ungeduld ließ zwei Unmutsfalten auf seiner Stirn entstehen, dennoch lächelte er sie an. Als sie jedoch gar nicht mehr mit dem Winken aufhören wollte, ergriff er ihre Hand und schüttelte sie. „So, das ist persönlicher, findest du nicht?"

„Kinkin."

„Und jetzt lass mich bitte ins Haus und führe mich zu Mister Fiddlebury."

„Kinkin." Schwerfällig drehte sie sich um und schlurfte den Flur hinab. Schmunzelnd trat Charles ein und schloss die Tür hinter sich. Zu seinem Erstaunen führte Kinkin ihn jedoch nicht in den Salon, die Bibliothek oder den Speisesaal sondern erklomm die marmornen Stufen zum ersten Stock. Beiläufig bemerkte er, dass sich das Bein, das sie beim Gehen nachzog, beim Treppensteigen normal bewegte. Normalerweise hätte er dies sehr interessant gefunden, jetzt legte er diese Tatsache einfach irgendwo in seinem Hinterkopf ab.

Sie durchquerten einen kurzen Korridor und Kinkin öffnete in der ihr eigenen umständlichen Art eine schwere Eichentür.

Gleich darauf betraten sie ein geschmackvoll eingerichtetes Arbeitszimmer. Direkt vor dem altehrwürdigen Schreibtisch trat Kinkin beiseite.

„Kinkin", verkündete sie.

Ich bin nicht beleidigt, das Charles in diesem Augenblick glaubte, zum Opfer eines dummen Scherzes zu werden. Denn auf dem Schreibtisch saß – *ich*. Dazu sollte ich vielleicht erwähnen, dass ich den Körper einer weißen Ratte besitze. Einer besonders attraktiven und sportlichen weißen Ratte zwar, aber wir alle wissen ja, wie rassistisch das Empire ist. Als Ratte ist man einfach nicht gesellschaftsfähig. Zudem mag es für Charles ein ungewohnter Anblick gewesen sein, eine Ratte mit übergeschlagenen Beinen in einem flauschigen Morgenrock mit Pfeife im Mund in einem Ohrensessel sitzen zu sehen während sie eine Miniaturausgabe der *Times* studierte.

Vielleicht hielt er mich in dieses ersten Augenblicken unseres Kennenlernens auch für sehr unhöflich, weil ich die Zeitung nicht augenblicklich beiseitelegte. Doch ich wollte ihm Gelegenheit geben, den ersten Schreck zu verdauen, bevor er in der Aufregung vielleicht etwas Unpassendes hervorbrächte, was ihm später peinlich wäre. Ich nenne so etwas „Metahöflichkeit". Nur leider fehlt den meisten Menschen der Weitblick, um derartige Dinge zu bedenken. Meinen Freund Charles möchte ich jedoch ausdrücklich vom Vorwurf dieser Kurzsichtigkeit ausnehmen. Allerdings brauchte er sehr lange, um sich wieder zu fangen. Daher legte ich die Zeitung zusammen und sprach ihn freundlich an: „Ah, Mister Eagleton. Ich freue mich wirklich sehr, dass Sie gekommen sind." Noch immer schloss er seinen Mund nicht. Ich bin mir nicht sicher, ob dies an meinem sehr alten Englisch mit leichtem italienischen Akzent lag. Meine Frau vermutet heute, dass ich ihn mit meinem „animalischen Blick" aus dem Konzept brachte, mit dem ich auch sie im Sturm eroberte. Um diese Meinung im rechten Licht betrachten zu können müssen Sie wissen, dass ich nicht die typischen Knopfaugen einer Ratte, sondern blaue Katzenaugen habe. Vielleicht wusste Charles aber auch nur zu würdigen, wie geschickt ich auf den Hinterbeinen lief, um ihm die Hand zu reichen. Eine Ratte zu sein hat nämlich viele Vorteile; eine besondere anatomische Eignung zum aufrechten Gang gehört jedoch nicht dazu.

„Mein Name ist Bradley", stellte ich mich vor. Auch wenn er noch immer nicht den Mund schloss, ergriff er mit angemessenem Respekt meine Hand. Ich beschloss, ihm bei der Wiederfindung seiner Sprache behilflich zu sein: „Eine großartige Erfindung, Ihr Reprograph", lobte ich mit einer Geste in Richtung meiner abgelegten *Times*. „Leider zerkrümelt die Zeitung, wenn man sie zusammenfalten will."

„Äh, ja", fand Charles seine Sprache wieder. „Die verkleinerten Gegenstände bestehen aus einer Art Keramik, die aus einem photochemisch aktiven Gas gebrannt wird."

Ich wusste ja, dass man einen Erfinder am schnellsten zum Reden bringt, wenn man ihn über seine Passion sprechen ließ. Ich bin schon ein schlaues Kerlchen.

„Nun, dafür ist diese Keramik feuerfest", lobte ich und zeigte ihm meine Pfeife. „Ich bin leidenschaftlicher Raucher und Ihnen deshalb zu größtem Dank verpflichtet."

„Es freut mich, dass meine Erfindung einem guten Zweck dient", meinte er. Langsam gewann seine Stimme auch den gewohnten Klang zurück. „Aber zweifellos mussten Sie bei der Herstellung Ihres Morgenrocks einen anderen Weg gehen."

„Oh, bei meiner Garderobe war mir Miss Fiddlebury mit einigen Relikten aus Kindertagen behilflich. Aus dieser Quelle habe ich auch meinen Ohrensessel erhalten." Natürlich war mir schon damals klar, dass von erwachsenen Leuten genutzte Spielsachen für die meisten Menschen etwas Lächerliches an sich haben. Charles war jedoch reif genug, um keine Miene zu verziehen. Ich weiß nicht, ob er sich das Lächeln verkneifen musste, ich hatte jedenfalls nicht den Eindruck.

„Aber setzen wir uns doch", schlug ich vor. Während ich mir selbst aus Rachels Puppengeschirr einschenkte, brachte Kinkin Tee für meinen Gast. Ein Teil des Tees landete auch tatsächlich in Charles' Tasse.

„Gehe ich recht in der Annahme, dass Sie und nicht Mister Fiddlebury heute mein Gastgeber sein werden?", erkundigte sich Charles.

„Das ist richtig, Mister Eagleton. Ich hoffe, Sie vergeben mir die plumpe Fälschung der Einladung."

„Nun, da es ja wirklich eine Einladung war, kann man nicht wirklich von einer Fälschung sprechen, Mister Bradley", sagte er freundlich. Ich atmete innerlich auf. Er behandelte mich nicht wie ein Tier, sondern mit dem Respekt eines Gleichgestellten. Nach meinen Erfahrungen mit Mortimer Fiddlebury hatte ich mir diesbezüglich Sorgen gemacht. Selbst Rachel schien mich in erster Linie *süß* zu finden.

„Ja, nachdem ich von Miss Fiddlebury so viel Gutes über Sie gehört hatte, wollte ich Sie unbedingt kennen lernen.", sagte ich wahrheitsgemäß. „Und da die Fiddleburys heute erst spät in der Nacht zurückkehren werden, hielt ich diese Gelegenheit für günstig."

„Oh? Darf ich so indiskret sein zu fragen, was Miss Fiddlebury über mich gesagt hat?" Das Thema schien meinen Freund so sehr zu interessieren, dass ich mir ein kurzes, vergnügtes Zeigen der Nagezähne nicht verkneifen konnte.

„Sie dürfen natürlich", sagte ich. „Aber ich hoffe, Sie sind mir nicht gram, wenn ich nicht ins Detail gehen kann. Miss Fiddlebury hat mir Dinge im Vertrauen gesagt und ich bin ein Gentleman."

„Natürlich ..." Er verbarg seine Enttäuschung meisterhaft und zeigte großes Verständnis für meine Motive. „Aber vielleicht würden Sie meine Neugier in einer anderen Sache befriedigen?"

„Zweifellos sprechen Sie von meiner Existenz und meiner Anwesenheit in diesem Haus?", erkundigte ich mich mit schief gelegtem Kopf. Er nickte freundlich. Mittlerweile hatte er sich bequem zurückgelehnt und schien sich in meiner Gegenwart regelrecht wohl und entspannt zu fühlen. Ja, schon damals begannen wir beide die ungewöhnliche Verbindung zu spüren, die wir vom ersten Moment an miteinander teilten. So fiel es mir auch wesentlich leichter als gedacht, ihn mit dem selbstsüchtigen Grund meiner Einladung zu konfrontieren: „Mister Eagleton, ich möchte ganz offen zu Ihnen sein. Ihnen von mir und den Vorgängen in diesem Haus zu berichten, war ein Hintergedanke meiner Einladung. Und auch wenn es mir wegen unserer bisher sehr oberflächlichen Bekanntschaft sehr unangenehm ist, muss ich Sie außerdem um Ihre Hilfe bitten."

Charles nickte. „Selbstverständlich helfe ich Ihnen gern, wenn es in meiner Macht steht." Dann lächelte er. „Davon abgesehen, dass Sie meiner geistigen Gesundheit einen großen Dienst erweisen, wenn Sie mich in die Vorgänge einweihen. Insofern helfen Sie eher mir."

Ja, Charles war schon ein Gentleman, der mir die Angelegenheit außerordentlich leicht machte. Dankbar lächelte ich ihn an. „Ich danke Ihnen", sagte ich dann auch laut und klopfte meine Pfeife aus, während ich überlegte, wo ich anfangen sollte. Ich entschied mich, ihn als gleichgestellten Wissenschaftler zu betrachten. Und unsereins nimmt Dinge am besten auf, wenn sie ihm systematisch vorgetragen werden.

„Sicher haben Sie schon einmal in Ihrem Leben Silber geputzt", begann ich und erntete einen verdutzten Blick.

„Erfreulicherweise nicht zu oft."

„Ich habe noch nie Silber geputzt", gestand ich. „Aber es scheint eine extrem unangenehme Aufgabe zu sein."

Mein Freund nickte irritiert. „Sie ist zumindest anstrengend und aufwendig."

„Ihre Einstellung scheint von den meisten Menschen geteilt zu werden", erklärte ich. „Der tyrannische Eigentümer dieses Hauses glaubte deshalb, mit einer ‚Silberputzmaschine' sehr viel Geld verdienen zu können." Natürlich konnte Charles die Relevanz dieser Tatsachen nicht absehen und runzelte die Stirn. Doch er übte sich in Geduld. „Aus diesem Grund untersuchte Miss Fiddlebury die genaue Beschaffenheit der schwarzen Schicht, die angelaufenes Silber auszeichnet."

„Entschuldigt ... *Miss* Fiddlebury untersuchte die genaue Beschaffenheit?"

„Allerdings. Mister Fiddlebury ist ein mäßiger Wissenschaftler, ein fauler Mensch und ein unkreativer Mann, dem jede Präzision in Denken und Handeln abgeht. Ohne seine Tochter könnte er heutzutage nicht einmal einen Kartoffelsalat konstruieren." Charles schmunzelte. „Ich verstehe."

„Wie ein Geier lässt er sich bei seiner Arbeit nur davon leiten, was sich gut verkaufen lässt." Ich gebe zu, dass ich dabei war, mich in Rage zu reden.

„Sie scheinen Mister Fiddlebury nicht sehr zu schätzen", vermutete mein Gegenüber.

„Das ist ein Euphemismus", gestand ich. „Ich werde in diesem Haus gefangen gehalten. Ich schlafe in einem Käfig und ..." Doch dann fing ich mich und atmete einmal tief durch.

„Entschuldigung. Ich werde Ihnen die Geschichte Schritt für Schritt erzählen."

Charles nickte verständnisvoll.

„Miss Fiddlebury untersuchte also die Oxidationsschichten von silbernen Gegenständen. Dabei fand sie heraus, dass sich diese Schichten in Farbe und Konsistenz gravierend unterscheiden konnten. Ausschlaggebend schien der Lagerort der Objekte zu sein: Je mehr ein Objekt mit Menschen in Kontakt gekommen war, umso mehr unterschied es sich zum Beispiel von Objekten, die Jahrhundertelang vergraben waren." Auch wenn Charles im Augenblick vermeintlich andere Dinge beschäftigten, folgte er meiner Erklärung mit wachsendem Interesse. Er war eben ganz Wissenschaftler. Für mein Dafürhalten ist sein Geist an einen Erfinder verschwendet. Aber ich schweife ab. Während ich mir gedankenverloren die Pfeife stopfte, fuhr ich also fort: „Ich will jetzt nicht alle Einzelheiten dieser Forschung darlegen – das verbietet im Augenblick leider unser Zeitrahmen. Nur so viel: Diese Ergebnisse zogen sehr umfangreiche Untersuchungen nach sich, die nicht nur Gegenstände einschlossen. Da es mich damals noch nicht gab, kann ich meine Hand nicht dafür ins Feuer legen. Doch ich denke, dass es Miss Fiddlebury war, die aus den Befunden schließlich eine konkrete Theorie entwickelte – die Essenztheorie." Als ich mir gerade die Pfeife anstecken wollte, bemerkte ich meine Unhöflichkeit. „Entschuldigen Sie meine schlechten Manieren. Mir ist natürlich bewusst, dass man zum Tee nicht raucht, aber es ist noch etwas früh für Scotch und dieser ist zudem noch eingeschlossen. Vielleicht können wir eine Ausnahme machen?"

Charles war die Unterbrechung alles andere als angenehm. Aber obwohl ihm die gespannte Ungeduld ins Gesicht geschrieben stand, brachte er ein Lächeln zustande. „Ich bitte Sie. Wir sind hier unter Freunden, nicht wahr?", sagte er.

Für einen Briten war das ein gewaltiges Kompliment, wenn man sich erst so kurz kannte. Vor allem im Umgang mit Ratten. Es war mir etwas peinlich, dass man mir die Freude so leicht ansehen konnte. Gegen meinen Willen zeigte ich wieder die Nagezähne.

„Darf ich Ihnen dann vielleicht auch eine Zigarre unter Freunden anbieten?", fragte ich. Er willigte ein und erzählte mir später einmal, dass dies die erste Zigarre war, die er zum Tee genossen hatte. Heute finden wir beide, dass sich Tee und Zigarren geschmacklich hervorragend ergänzen. Aber ich schweife schon wieder ab. Nachdem wir unseren Tabak also entzündet hatten, erklärte ich Charles die Essenztheorie: „Alles, was lebendig ist, strahlt ununterbrochen seine ‚Lebenskraft' aus. Die Fiddleburys nennen diese Kraft ‚Essenz'. Und weil alles Lebendige ständig ‚Essenz' verliert, altert und stirbt schließlich auch alles was lebt. Silber hat nun die erstaunliche Eigenschaft, diese Essenz in seiner Oxidationsschicht zu speichern."

„Das hört sich alles sehr fantastisch an", fand Charles.

„Aus der Luft gegriffen hätte ich an Ihrer Stelle gesagt", meinte ich grinsend. Wir lachten herzlich. Ernst meinte Charles dann: „Mich beschleicht das Gefühl, dass diese Theorie nicht nur eine Theorie ist."

„Ihr Gefühl trügt Sie nicht", gab ich ebenso ernst zurück. „Die Fiddleburys konstruierten einen Apparat, mit dem sie diese Essenz wieder auf Lebewesen zurück übertragen konnten. Mister Fiddlebury nennt dieses Gerät den ‚Essenz-Aspirator'. Im Tierversuch ist es ihnen tatsächlich gelungen, Essenz auf ein Lebewesen zurück zu übertragen und es dadurch zu verjüngen."

„Unglaublich", meinte Charles verblüfft.

„Oh, das ist noch nicht alles. Sie haben einen alten Silberlöffel gefunden, der jahrzehntelang in einem Hühnerstall gelegen haben muss. Als sie mit der darin gespeicherten Essenz ein Schwein verjüngten, hat dieses angefangen, sich hüpfend zu bewegen und ‚pickend' zu essen. Sie haben derartige Experimente häufiger wiederholt. Teilweise wurden sogar Lähmungen oder andere Verletzungen bei diesem Prozess geheilt."

Plötzlich wurde Charles kreidebleich.

Ich nickte. „Ja, auch Miss Fiddlebury wurde dieser Behandlung unterzogen. Hierfür verwendete ihr Vater persönliche silberne Gegenstände aus dem Nachlass berühmter Tänzerinnen wie Françoise Prévost und Marie Justine Benoîte Duronceray. Damals wussten sie noch nicht, wie viel Glück sie gehabt haben. Denn welche Eigenschaften übertragen werden, ist vollkommen zufällig. Die Verjüngung hätte Miss Fiddlebury auch ihre ungewöhnliche Intelligenz kosten können." Charles war offenkundig entsetzt. Ich hob beschwichtigend die Hand. „Keine Sorge, Mister Eagleton. Miss Fiddleburys Charakter und Brillanz ist unverändert, das versichere ich Ihnen."

„Wie konnte sie sich für derartige Experimente missbrauchen lassen?", fragte er erschüttert.

Ich verzichtete darauf ihm die Antwort zu geben, die ich mir selbst zusammengereimt hatte. Ein intelligenter junger Mensch geht so ein Risiko nur für etwas ein, was er unbedingt haben will. Und da Rachel wenig Interesse an Geld und Ruhm hatte, blieb für mich nur eine Antwort: Sie wollte für einen Mann attraktiver sein – und da fiel mir nur ein Kandidat ein. Natürlich lud ich Charles diese Einschätzung nicht aufs Gewissen.

„Die Gewissenlosigkeit von Mister Fiddlebury kennt keine Grenzen, Mister Eagleton", konstatierte ich. „Meine eigene Entstehung verdanke ich einem weit barbarischeren Verfahren." Damit hatte ich erneut seine ungeteilte Aufmerksamkeit.

„Dem ‚Essenzannihilator'." Ich ließ das schreckliche Wort in Charles' Verstand einsickern, bevor ich fortfuhr. „Miss Fiddlebury hatte herausgefunden, dass Silber unter dem Einfluss von Mondlicht nicht nur ‚abgestrahlte' Essenz aufnimmt, sondern selbige sogar aktiv aus allem Lebendigen herauszieht. Wegen der geringen Intensität des Mondlichts ist dieser Effekt aber gewöhnlich sehr schwach ..." Ich überließ es ihm, sich den Rest zu denken. Er enttäuschte mich nicht. Nach wenigen Augenblicken sagte er: „Wenn man sich bei dem trotteligen Erfinder Eagleton aber einen Lichtverdichter ausleiht, mit dem sich jede Art von Licht verflüssigen und wieder ausgießen lässt ..."

„... wird daraus eine Waffe", vervollständigte ich nickend den Satz. Der Zorn ließ ihm eine Ader aus der Stirn treten.

„Der Essenzannihilator kann ein Lebewesen jeder Essenz berauben und es damit töten", stellte ich klar. „Und um etwas wie mich zu erschaffen, musste der Wirt gerade so weit ‚ausgeräumt' werden, dass der Körper nicht starb, bevor man ihn mit einer anderen Essenz füllte. Da der Prozess schwer zu kontrollieren ist, müssen sie dutzende Ratten getötet haben, bevor ich geschaffen wurde." Charles schüttelte den Kopf. Er war so zornig, dass ich glaubte, Rachel in Schutz nehmen zu müssen. „Nüchtern betrachtet ist das Leben einiger Ratten vielleicht wirklich weniger wert als eine so bahnbrechende Erkenntnis." Er sah mich nachdenklich an.

„Ich bewundere Ihre Sichtweise", meinte er. „Insbesondere, weil Sie ein Betroffener sind. Und vielleicht haben Sie auch Recht mit Ihrer Einschätzung. Ich muss allerdings zu meiner Schande gestehen, dass ich gedanklich nicht bei den Ratten war. Aus meiner Erfindung wurde eine Waffe gebaut, noch dazu ohne mein Wissen. Ich selbst wurde gebeten, als Ehrenmann keine Fragen zu stellen und einfach meine Erfindung herauszugeben. Und dann wird daraus nicht nur eine Waffe, sondern auch ein zentraler Teil einer Erfindung, von der ich aber nichts wissen darf."

Er wirkte sehr gefasst. Dennoch war ich in diesem Augenblick froh, nicht für die Ursache seines Grolls verantwortlich zu sein.

„Ich verstehe Sie gut", sagte ich diplomatisch.

„Und woher stammt die Essenz, mit der Sie geschaffen wurden?" Charles verdrängte seinen Groll erstaunlich schnell.

„Ich wurde geschaffen um zu überprüfen, wieweit es möglich ist, gezielt die Intelligenz einer Person zu steigern. Aus diesem Grund wählte man Gegenstände, die angeblich einmal Galileo Galilei, Leonardo da Vinci oder Sir Isaac Newton gehört haben sollen. Ob das wirklich stimmt und wem die Objekte nach dem Tod dieser Männer gehörten, ist natürlich eine andere Frage. Im Vertrauen: Niemand kann wirklich wissen, wessen Essenz ich in mir trage." Irgendwie war mir Letzteres etwas peinlich.

„Und Ihre erstaunlichen Augen? Sind die auch eine Folge dieser Essenzübertragung?", wollte Charles wissen.

„Allerdings. Manchmal gibt es auch solche körperlichen Auswirkungen – ein weiterer Fall ist zum Beispiel die Aufhebung der Gesichtslähmung von Miss Fiddlebury."

„Aber welcher Mensch …" Als Charles meinen unwilligen Blick sah, brach er ab. Es war mir sehr peinlich, aber ich wollte kein schlechtes Gefühl zwischen uns aufkommen lassen. Also nickte ich freundlich und erklärte: „Meine Augen stammen offenbar nicht von einem Menschen, sondern einer Katze, Mister Eagleton. Und auch wenn es mir sehr unangenehm ist, gebe ich zu, dass Wollknäuel und Garnrollen eine große Faszination auf mich ausüben." Ich knirschte etwas verschämt mit den Zähnen. Charles scheiterte daran, seinen Heiterkeitsausbruch vollständig zu unterdrücken. Aber irgendwie machte es mir bei ihm nichts aus. Plötzlich wurde er jedoch wieder sehr ernst.

„Ich kann mir nicht vorstellen, wie schwer es für Sie sein muss, der Einzige Ihrer Art zu sein."

„Ich danke für Ihr Mitgefühl, aber ich bin gerne *ich*", gab ich mit verschmitztem Lächeln zu. „Nur meine Lebensumstände sind zum Teil unerträglich."

„Sie erwähnten einen Käfig."

„Oh ja", sagte ich und wies auf den in einer Ecke stehenden Vogelkäfig. Es handelte sich um ein recht dekorativ verschnörkeltes Exemplar aus Messing mit eigener Empore. Bis auf ein Kissen, einige Zeitungen in meiner Größe und einen Wassernapf war der Käfig leer. „Er mag hübsch sein, aber er ist unwürdig. Ich bin meiner Freiheit beraubt und habe nicht den Hauch von Privatsphäre. Man erwartet, dass ich mich dort, in aller Öffentlichkeit nackt bewege und meine Notdurft verrichte. Das alles hier", meine Geste schloss Puppengeschirr, Morgenrock, Sessel und Pfeife ein, „steht mir nur unter Aufsicht von Miss Fiddlebury zur Verfügung. Im Alltag werde ich wie ein Tier gehalten. Ich komme mir vor wie eine Mischung aus Tier und Puppe."

Ich kann nicht sagen, wie erleichtert ich war, als ich Charles' Reaktion sah. Selbst Rachel hatte auf meine Beschwerden immer lapidar erwidert, dass es ja nur für den Übergang sei. Über das, was „danach" werden sollte, hatte sie sich ausgeschwiegen. Charles schien hingegen regelrecht aufgebracht zu sein.

„Das ist ungeheuerlich", sagte er. Ganz Brite fasste er seine Empörung nur sehr gedämpft in Worte.

„Und es ist noch schlimmer", kam ich zum wirklich unangenehmen Teil meines Schicksals. Sicherlich merkte Charles, wie peinlich mir die Angelegenheit war. „Mister Fiddlebury plant, mich mit Ratten zu kreuzen! Diese Vorstellung ist für mich so absurd, wie sie es für Sie wäre. Aber er will mich mit allen Mitteln dazu zwingen!" Ich glaube, in diesem Augenblick verlor ich so sehr die Fassung, dass sich meine Stimme überschlug.

Beruhigend umfasste Charles meinen Sessel und legte mir den Daumen auf die Schulter. Es war eine unfassbar tröstliche Geste für mich.

„So weit wird es nicht kommen, Mister Bradley. Sie sollten Ihre Sachen packen und zu mir kommen. Ich habe sehr viel Platz und würde mich über Ihre Gesellschaft freuen." So viel

Zuneigung hatte ich in meinen kühnsten Träumen nicht erwartet. „Das ... das ist wirklich sehr freundlich, Mister Eagleton", sagte ich gerührt. „Und ich würde nichts lieber tun als dieser Einladung zu folgen. Leider ist es nicht so einfach." Ich seufzte betrübt. „Wie Sie ja sehen, ist es mir mit Hilfe Ihrer großartigen Erfindung ..."

„Kinkin", steuerte die „großartige Erfindung" zum Gespräch bei.

„... gelungen, aus dem Käfig zu entkommen. Dass ich nicht einfach davongelaufen bin liegt vor allem daran, dass ich nach den Worten von Mister Fiddlebury eine besondere Diät benötige, um zu überleben. Ich bin mir nicht sicher, ob dies eine Finte ist, um Fluchtversuche zu verhindern. Ich ..."

Urplötzlich flog die Tür des Arbeitszimmers auf.

„Was ist hier los?", brüllte Mister Fiddlebury in einer Mischung aus Empörung und Entsetzen. Hinter ihm war seine Tochter zu sehen, die uns mit weit aufgerissenen Augen anstarrte.

„Sie verlieren die Fassung", sagte Charles kalt.

„Wie bitte?", brüllte Fiddlebury noch lauter. Als Ratte verfügt man über ein sehr feines Gehör, sodass ich unwillkürlich den Kopf einzog. Mein Freund stand jedoch mit jener kühlen Gelassenheit auf, die mir noch heute so an ihm imponiert.

„Sie fragten, was hier los sei. Ich vermutete, dass ich mit meiner Beobachtung Ihre Frage beantwortet habe."

„Sie brechen in mein Haus ein und dann wagen Sie es auch noch, mich zu verhöhnen?", polterte Fiddlebury.

„Hätte ich Sie verhöhnen wollen, hätte meine Antwort ‚*alles, was nicht angebunden ist*' gelautet." Die Erwiderung kam so unbewegt, dass sowohl Rachel als auch ich glucksen mussten.

Mortimer Fiddlebury nahm sie sichtlich den Wind aus den Segeln. „Sie ...", wollte er sich deutlich leiser weiter ereifern. Doch Charles unterbrach ihn in klarem ruhigem Ton: „Sie halten Mister Bradley unter unwürdigsten Bedingungen gefangen. Sie riskierten Leben und Verstand Ihrer Tochter in schlecht vorbereiteten Experimenten. Und Sie nutzen meine Erfindungen, um Leben auszulöschen. Nichts davon werde ich eine Sekunde länger dulden."

„Kinkin", sagte Kinkin nachdrücklich und zog damit einen Augenblick alle Blicke auf sich. Nur Fiddlebury schien sie überhört zu haben. Deutlich war ihm das Entsetzen über Charles' Wissensstand anzusehen. In einer letzten Aufwallung von Trotz versuchte er, das Problem mit Sturheit aus der Welt zu schaffen: „Ich bin wohl kaum darauf angewiesen, meine Experimente von Ihnen dulden zu lassen! Sie werden jetzt sofort mein Haus verlassen und ..."

„Mister Fiddlebury, Sie unterschätzen die Dringlichkeit, die dieses Anliegen für mich hat. Ich würde notfalls Ihre Tochter entführen und Ihr Haus anzünden, um diese Machenschaften zu unterbinden." Seine ruhige Art und sein fester Blick ließen keinen Zweifel daran, dass er jedes Wort so meinte, wie er es sagte. Rachel erbleichte, allerdings war mir das glückliche Glühen in ihren Augen nicht entgangen. Fiddlebury schluckte. Nach einer effektvollen Pause fuhr Charles fort: „Um Ihre Arbeit unmöglich zu machen wäre es aber vermutlich ausreichend, Mister Bradley der Presse oder der Polizei vorzustellen."

Wut und Verzweiflung ließen Fiddleburys Oberlippe zittern.

„Können Sie nicht begreifen, welche Chancen meine Entdeckung bietet? Wenn meine Erfindung ausgereift ist, könnte ich Schwachsinnige zu Genies machen. Oder noch besser: Ich könnte einen Jungbrunnen anbieten! Menschen verjüngen, vielleicht sogar *ewiges Leben* verkaufen! Die Ratte hier ..."

„Mister Bradley", unterbrach ich empört, doch wie immer überhörte der Geier mich.

„... altert zum Beispiel nur noch so schnell wie ein Mensch. Vielleicht kann das weiter verlangsamt werden! Begreifen Sie nicht, was ich hier schaffen könnte?"

„Sie missverstehen mich, Mister Fiddlebury", sagte Charles versöhnlicher, obwohl ihm seine Abscheu vor Fiddleburys materiellen Gelüsten deutlich anzusehen war. „Ich halte die Bedeutung Ihrer Arbeit für absolut bahnbrechend. Die Essenztheorie könnte eine der wichtigsten Entdeckungen der gesamten Menschheitsgeschichte sein. Und ich will Ihnen den Ruhm weder nehmen noch schmälern."

Damit hatte er den alten Mann restlos verwirrt. Ich sagte ja: Wenn es um den Kopf ging, war Fiddlebury nicht gerade einer der Schnellsten.

„Aber ... sagten Sie nicht gerade, dass Sie meine Arbeit nicht dulden würden?"

Charles schüttelte den Kopf. „Nein, Mister Fiddlebury. Ich sagte, dass ich gewisse Dinge nicht zulassen kann."

Der alte Geier entspannte sich sichtlich. Dann seufzte er ärgerlich. „Nun gut, was wollen Sie?" Offenbar hatte er Charles erneut missverstanden und glaubte jetzt, Opfer einer Erpressung zu werden.

„Zuallererst werden Sie mir das Rezept zu Mister Bradleys Spezialdiät aushändigen." In einer unmissverständlichen Geste legte er mir die Hand um die Schultern. Zum ersten Mal in meinem Leben glaubte ich in diesem Augenblick daran, dass tatsächlich alles gut werden würde. Ich war so glücklich, dass meine Ohren unkontrolliert zu wackeln begannen. Doch der alte Geier sah meinen Freund nur verständnislos an.

Rachel war es schließlich, die antwortete: „Es gibt keine *Spezialdiät*, Mister Eagleton. Wir haben Mister Bradley nur häufiger außerhalb seines Käfigs angetroffen. Mein Vater hielt es für erforderlich, ihm mit dieser Legende den Gedanken an eine Flucht zu nehmen."

Charles' kühler Blick schien sie tief zu treffen. Ja, mein Freund hatte für vieles Verständnis. Freiheitsberaubung und manipulative Lügen gehörten allerdings nicht dazu. Ich jedoch hätte vor Erleichterung am liebsten einen Luftsprung gemacht. Fiddlebury bekam einen höhnischen Zug um den Mund, verkniff sich aber jeden Kommentar. Offenbar hatte er die gemeine Lüge schon beinahe vergessen gehabt.

„Mister Bradley hat den Wunsch geäußert, zu mir zu ziehen", nahm Charles das Gespräch wieder auf. Ich nickte huldvoll. „Unter diesen Umständen wird das wohl kein Problem darstellen."

„Ist das alles, was Sie wollen?", polterte der Hausherr dazwischen. „Sie wollen die Ratte?"

„Mister Bradley", korrigierte ich.

„Mister Bradley", wiederholte Charles betont, „ist dank Ihnen weit mehr als eine gewöhnliche Ratte. Es wundert mich, dass Sie Ihre eigene Leistung so wenig anerkennen." Fiddlebury war sichtlich verdutzt. „Und seine Freiheit sollte auch für Sie eine Selbstverständlichkeit sein."

„Schon gut", meinte Fiddlebury mit wegwischender Handbewegung. „Nehmen Sie ihn einfach und ersparen uns die Moralpredigt."

„Aber Vater", meinte Rachel. „Mister Bradleys Messreihe …"
„Messreihe?", erkundigte sich Charles.
Sie nickte. Noch immer konnte sie Charles nicht in die Augen sehen. „Ich habe Mister Bradley jeden Tag untersucht. So haben wir zum Beispiel herausgefunden, dass sein Stoffwechsel völlig verändert wurde. Für die Wissenschaft sind das unersetzliche Daten."

„Miss Fiddlebury", sagte Charles mit versöhnlicher Stimme. „Sollte Mister Bradley bereit sein, weiterhin für diese Untersuchungen zur Verfügung zu stehen, wird das kein Problem darstellen. Ich werde Ihnen ohnehin bei Ihren Forschungen assistieren." Als Fiddlebury aufbegehren wollte, hob Charles abwehrend die Hand. „Keine Sorge, ich stelle nicht den Anspruch, bei der Veröffentlichung als Mitentdecker genannt zu werden." Dann wandte er sich wieder Rachel zu und nahm sogar ihre Hand. „Aber hier geht es um Wichtigeres. Dinge, die ich nie wieder gefährdet oder missbraucht sehen will."

Sie strahlte vor Glück und einen Moment dachte ich, dass sich die beiden küssen würden. In meiner italienischen Heimat wäre dieser Kuss jedenfalls vollkommen unvermeidlich gewesen. Aber Briten …

Ihr Vater war wohl der Einzige, der den Zauber des Augenblicks nicht bemerkte. Sogar Kinkin hatte sich gespannt vorgebeugt.

Um die Ahnungslosigkeit des Geiers nicht in Gefahr zu bringen erklärte ich: „Er meint natürlich seinen Lichtverdichter."

Tja, das hat schon fast wie das Ende dieser Geschichte geklungen, nicht wahr? Den Abend dieses Tages verbrachten Charles und Rachel jedoch nicht zusammen. Ich kann Fiddlebury, dem alten Geier, nicht einmal verdenken, dass er die neue Situation erst einmal verdauen musste. Er nannte es „einen Tag Bedenkzeit", doch in Wirklichkeit standen die Fakten natürlich fest. Er hatte nur noch die Möglichkeit, seine eigene Einstellung hierzu zu überdenken.

Ich nehme an, dass sich die arme Rachel abwechselnd die dozierenden Monologe und die Wutausbrüche ihres Vaters anhören musste.

Ich hingegen packte voller Enthusiasmus meine Habseligkeiten zusammen und zog noch am selben Abend in mein neues Zuhause um. Genauer gesagt: Charles trug mein Gepäck und mich in einer geliehenen Tasche in die Darthmoore Street 22. Und damit sollte offenbar der überraschende Teil dieses Tages für mich beginnen.

Ich nehme an, dass keiner meiner Zuhörer schon einmal in einer Tasche umgezogen ist. Auch wenn es mir damals nichts ausmachte, ist so eine Tasche innerhalb kurzer Zeit außerordentlich stickig. Insbesondere wenn – wie in meinem Fall – zuvor eine Mischung aus gebrauchter Männerwäsche und Zwiebeln mit der Tasche transportiert worden war. Ohne jemanden beleidigen zu wollen ist auch zu bedenken, dass Menschen gegenüber Ratten wahre Geruchskrüppel sind. Zudem ist es in einer hochwertigen britischen Tasche stockdunkel, solange sie geschlossen ist.

Dass wir endlich an Charles' Tür anlangten merkte ich nur daran, dass er plötzlich stehen blieb. Kurz darauf schien er mit jemandem zu sprechen. Jemandem mit einer beinahe singenden weiblichen Stimme. Konnte das ein Mensch sein? Auch als die Tasche plötzlich geöffnet wurde, konnte ich diese Frage nicht beantworten. Die ganze Welt schien nur aus gleißendem Licht zu bestehen; ich hätte nicht einmal meine eigenen Füße in diesem Inferno gefunden. Meine Ohren funktionierten jedoch hervorragend.

„Uuuui! Was ein dróllisch Chérie i´r gebrackt ´abt mit!", rief die weibliche Stimme begeistert.

„Nein, Fifi. Er ist nicht drollig und auch kein Chérie", erklärte Charles streng. „Das ist Mister Bradley, ein Kollege, der ab heute bei uns wohnen wird."

Die weibliche Stimme erklang zögernd und etwas gedrückt: „Oui, Mister Igeltón."

Leider vermochte ich nicht zu sagen, ob „Fifi" jetzt beleidigt war.

„Ich bin sicher, ihr werdet gut miteinander auskommen."

Ich spürte, wie meine Tasche der Eigentümerin der wunderbaren Stimme übergeben wurde. Gleichzeitig wurde es etwas dunkler, weil wir ins Haus traten. Beinahe konnte ich schon wieder grobe Formen erkennen. „Bitte zeige Mister Bradley sein Zimmer – am besten das hier unten, im Erdgeschoss."

„Oui, Mister Igeltón", erklang es wieder fröhlich. Endlich konnte ich erkennen, dass Fifi wie eine frisch polierte Klinge glitzerte. Außerdem surrte sie leise vor sich hin. Auch wenn es mir heute kaum vorstellbar ist, begann mir erst jetzt zu dämmern, dass Fifi Kinkins „Schwester" war. Natürlich hatte ich gewusst, dass sie perfekter war. Aber *das* hatte ich nicht erwartet.

„Wir sehen uns gleich zum Abendessen im Salon, Mister Bradley." Charles' etwas verwaschenes Gesicht tauchte vor mir auf. „Ich möchte mir nur kurz etwas Anderes anziehen." Ich nickte nur dankbar. Dann überließ er mich seinem Dienstmädchen. Da ich Kinkins Mangel an Geschicklichkeit kannte, war der weitere Transport für mich ein wenig beunruhigend. Denn Fifi schien nicht auf den Weg zu achten, sondern schaute während des Gehens zu mir in die Tasche hinein. Mein gesamtes Blickfeld war von ihrem wirklich wunderschönen Stahlgesicht mit den glühenden blauen Augen ausgefüllt. Ich lächelte etwas unsicher zu ihr hoch.

Irgendwo im Haus klappte eine Tür, woraufhin sich Fifi ohne anzuhalten verschwörerisch umsah. Plötzlich flüsterte sie: „Und i´r doch ein dróllisch Chérie seid, Mis…" Plötzlich schien sie vollkommen einzufrieren. Das Ganze geschah so abrupt, dass ich fürchtete, nun gemeinsam mit ihr zu Boden zu stürzen. Als klar war, dass die unsanfte Begegnung mit dem Boden ausbleiben würde, bekam ich es jedoch erst richtig mit der Angst zu tun. Mit wachsendem Schrecken registrierten meine feinen Ohren, dass Fifis leises Surren immer lauter wurde, bis es schließlich zu einem regelrechten Heulen angeschwollen war. Dichte Dampfschwaden drangen aus ihrer Nase. Um vom Wasserdampf nicht verbrannt zu werden, warf ich mir eine Decke über.

„Mister Eagleton? Mister Eagleton!", rief ich. Doch vermutlich konnte meine Stimme aus der Tasche heraus nicht einmal Fifis immer lauter werdende Zahnräder übertönen. Natürlich hinderte mich das nicht daran, es weiterhin zu versuchen. Als ich schon darüber nachdachte, mich todesmutig durch die heißen Dämpfe über der Tasche zu kämpfen, war es plötzlich vorbei. Fifi schien die beunruhigende Pause nicht einmal bemerkt zu haben, sondern sprach einfach weiter:

„… Catmouse." Ohne aufzusehen öffnete sie im nächsten Augenblick die Tür zu meinem Zimmer. „Ihr nischt gönnt spreckén, Mister Catmouse Chérie?"

Ich räusperte mich und legte etwas verlegen die schützende Decke beiseite. Bis heute ist Fifi die einzige Person, der ich ihre respektlose Art nicht übel nehmen kann. Der Moment der Todesangst gab dem Ganzen auch etwas Surreales.

„Doch, Fifi, ich war nur etwas … verwirrt."

Sie stellte die Tasche ab und hob mich erstaunlich sanft vor ihr Gesicht. Ausführlich wurde ich von allen Seiten betrachtet. Einen Moment schauten wir uns in stiller Neugier an. Dann kamen wieder meine Nagezähne zum Vorschein. „Und ich glaube, wir haben auch etwas gemeinsam."

„Oh? Wír? Wirklisch?"

„Ja, du bist nämlich zweifellos auch ein Chérie", sagte ich augenzwinkernd.

Sie kicherte wie ein lebendiges junges Mädchen und hielt sogar die Finger vor die Lippen. „Aber Mister Catmouse …", ermahnend wackelte sie mit dem Zeigefinger und setzte mich „strafend" auf mein Bett. Dann legte sie den Kopf ruckartig schief. „Vielleischt Mister Igeltón des´alb wo´nt zusammén mit uns gérn. ´i´i." Kurz darauf ließ sie mich in meinem neuen Reich allein.

Natürlich hat es Vorteile, Menschengröße zu haben, wenn man menschliche Räumlichkeiten benutzt. Aber man verschwendet auch sehr viel Platz. Mein Bett war ein traumhafter, weicher Tanzsaal. Allein im oder auf dem Kopfkissen hätte eine Großfamilie meiner Art nächtigen können. Der Schrank, die beiden Sessel und der Sekretär hatten die Ausmaße eines Gebirges für mich, während die Waschschüssel mir als kleiner Pool gute Dienste leisten würde.

Kurz: Ich gebot über ein kleines Königreich und fühlte mich großartig dabei.

Zwei Stunden später saß ich auf einem liebevoll gedeckten Tisch. Oder genauer: Ich saß auf einem gefalteten Topflappen in meinem Teller. Das hört sich despektierlich an, war aber durchaus bequem und würdevoll.

„Schmeckt es Ihnen?", wollte Charles wissen.

„Es ist außerordentlich", sagte ich und gratulierte mir dazu, nicht einmal gelogen zu haben. Um mich wegen des fehlenden Bestecks nicht in Verlegenheit zu bringen, ließ Charles an dem Abend Hühnchen servieren. Ich war auch sehr beeindruckt, dass Fifi den Vogel völlig selbstständig zubereitet hatte. Leider brachte das Ergebnis auch nur ein Engländer herunter. Die Pfefferminzsoße war absolut indiskutabel und das Hühnchen selbst musste im Death Valley verendet sein und dann im Backofen überwintert haben. Mit langen Zähnen zupfte ich das knochentrockene Fleisch von dem sorgsam angerichteten Schenkel auf meinem Teller.

Fifi empfand meine Antwort jedoch als Kompliment und wackelte fröhlich mit dem Kopf. Damals konnte ich ja noch nicht ahnen, dass sie für dieses Verbrechen an dem armen Flattertier nicht verantwortlich war. Charles hatte ihr das Kochen beigebracht. Und das war in etwa so, als wenn Königin Victoria Tipps für die schlanke Linie gegeben hätte.

„Darf ich Ihnen eine persönliche Frage stellen, Mister Eagleton?", wechselte ich das Thema.

„Selbstverständlich", erwiderte er erstaunt.

„Wollen Sie an der Essenztheorie wirklich aus wissenschaftlichem Interesse mitarbeiten?"

Charles lächelte. „Ich halte die Entdeckung der Fiddleburys tatsächlich für die vielleicht größte Entdeckung, die die Menschheit je gemacht hat. Sie könnte unser aller Weltbild fundamental aus den Angeln heben." Schmunzelnd setzte er hinzu: „Ich gebe zu, dass ich mich darüber hinaus für Miss Fiddleburys Schutz verantwortlich fühle."

„Sie ist eine sehr schöne, intelligente Frau", meinte ich und ging nicht näher darauf ein, dass sie auch eine hervorragende Köchin war. „Und seit der Essenzübertragung ist sie darüber hinaus auch noch so anmutig, als wenn sie gar kein gewöhnlicher Mensch mehr wäre." Mein Fokus lag vor allem auf dem letzten Teil dieses Satzes. Als ich Charles verdutztes Gesicht sah, fürchtete ich jedoch, mich gerade schlecht benommen zu haben. Verlegen räusperte ich mich. „Ich hoffe, ich habe nichts

Unpassendes gesagt?" Charles wurde offenkundig erst jetzt bewusst, dass ihm seine Gesichtszüge ein wenig entgleist waren. Sofort kam die freundschaftliche Art zurück, mit der er mich schon die ganze Zeit behandelte.

„Oh nein", beeilte er sich zu versichern. „Ich hatte nur bisher niemanden, mit dem ich über Frauen gesprochen habe – Frauen spielten in meinem bisherigen Leben immer nur recht kurz eine Rolle."

Das Thema verunsicherte ihn, glaubte ich amüsiert festzustellen. Dann jedoch wurde mir der Grund für seine Anspannung offenbar: „Mir war nur nicht klar, dass ihr … nun, dass ihr der Anmut menschlicher Frauen Bedeutung beimesst", sagte er vorsichtig.

Ich nickte verständnisvoll. „Es gibt keinen Grund für Ihre Vorsicht, Mister Eagleton", versicherte ich. „Ich habe in der Tat ein menschliches Empfinden für Ästhetik, denke ich. Besonders was Frauen angeht." Natürlich gingen ihm jetzt all die Gedanken durch den Kopf, die ich schon lange gedacht hatte. Traurige Gedanken von unerfüllter Liebe und einer attraktiven, schmachtenden weißen Ratte. Doch ich wollte solche Dinge nicht unseren Abend trüben lassen. „Ich wäre Ihnen deshalb sehr verbunden, wenn Sie einen Reprographen für Menschen erfinden könnten", meinte ich scherzhaft.

„Das wäre praktisch", gab er zu. „Wir könnten sehr viele Damen in diesem Haus unterbringen."

„Bestimmt würden wir Mengenrabatt beim Schuster und Schneider bekommen", regte ich an.

Charles lachte. „Man könnte meinen, dass Sie bereits große Erfahrung im Unterhalt von Frauen gesammelt habt."

„Wahrscheinlich ist das so", sagte ich wieder nachdenklicher werdend. „Erstaunlicherweise habe ich keinerlei Erinnerungen an die Zeit vor meiner Erweckung. Aber ich weiß viele Dinge. Ich kann Kochen, Lesen und Schreiben, verstehe etwas von Mathematik, Physik, Medizin und Malerei. Außerdem spreche ich Englisch, Französisch, Deutsch, Spanisch und Latein, während ich Italienisch für meine Muttersprache halte. Und das sind nur die Dinge, von denen ich bis jetzt weiß."

Auch wenn ich es nicht darauf angelegt hatte, war Charles sehr beeindruckt.

„Essenz muss also weit mehr sein, als nur Lebensenergie", folgerte er.

„Nicht nur das. Ich hatte mich naturgemäß bereits weit länger mit dem Thema beschäftigt. Ich altere jetzt nur noch so schnell wie ein Mensch. Und bei Miss Fiddlebury ist es noch erstaunlicher. Sie scheint zugleich jünger und älter geworden zu sein, nicht wahr?"

„Ja", bestätigte Charles meine Vermutung, dass er es ebenfalls bemerkt hatte. Nachdenklich runzelte er die Stirn.

„Ich bin sicher, dass wir im Gegensatz zu Mister Fiddlebury zumindest eine Chance haben, dieses Geheimnis zu lüften", meinte ich überzeugt. „Auch Miss Fiddlebury wird erleichtert sein. Endlich kann sie arbeiten, ohne von ihrem alles besser wissenden Tyrannen von Vater behindert zu werden." Charles vornehmes Lächeln zeigte mir, dass ich mich schon wieder ereiferte. Entschuldigend zuckte ich mit den Schultern. „Wie es aussieht, haben wir durch die von Mister Fiddlebury ausbedungene Bedenkzeit morgen einen Tag zur freien Verfügung", wechselte Charles das Thema. „Wir sollten diesen Tag nutzen, um Ihnen eine angemessene Garderobe anfertigen zu lassen und ein wenig einkaufen zu gehen."

Walther Blackwell hatte eine Lache zum abgewöhnen. Es klang wie eine Mischung aus Jaulen und Schießen. Vermutlich färbte es ab, wenn man bereits in sechster Generation Hundezüchter und passionierter Jäger war. Und obwohl ich die Jagd für eine barbarische Freizeitbeschäftigung sadistischer Menschen halte, war der beleibte Mann mir nicht wirklich unsympathisch. Allerdings war ich heute auch in einer wahren Hochstimmung.

Charles hatte mich zunächst zu seinem Schneider mitgenommen. Der komische alte Kauz war so britisch gewesen, dass er bei meinem Anblick nicht einmal mit der Wimper gezuckt hatte. Und obwohl ich mich wirklich sehr bemühte, eine gewöhnliche Ratte zu mimen, hatte er mir mit größter Selbstverständlichkeit einen Anzug angemessen.

Im Nachhinein fragte ich mich, ob die Arbeit an einer Ratte

für ihn vielleicht gar nichts Ungewöhnliches war.

Ich grübelte allerdings nicht zu lange darüber nach, weil ich zu sehr mit meiner Verlegenheit zu kämpfen hatte. Denn Charles hatte den ganzen Tag Geld für mich verprasst: Wir hatten edles Puppengeschirr, einen bequemen, ledergepolsterten Ohrensessel und sogar eine für ein Puppenhaus gedachte Wendeltreppe gekauft, mit der ich mein Bett bequem erklimmen konnte.

Charles war so großzügig mit seinem Geld umgegangen, dass wir am Abend bereits den ersten Anzug abholen konnten. Und ich muss sagen, dass vor allem die Weste wirklich schneidig an mir aussah. Auch die Hose war ein echtes Meisterwerk, bei der sich der Nadelschwinger offenbar tief greifende Gedanken über meine Anatomie gemacht hatte. Obwohl ich nie Beinkleider getragen hatte, empfand ich sie als ausgesprochen bequem. Und die beiden Perlmuttknöpfe auf meinem Bauch waren auch noch überaus kleidsam.

Als Abschluss des Tages hatte Charles einen Besuch im *Black Garden Gentlemensclub* für unerlässlich gehalten. Er befand es für wichtig, mich beizeiten in die Gesellschaft einzuführen; auch wenn dies noch etwas einseitig erfolgen musste. Und so saß ich hier gemütlich in meinem Sessel, der wiederum in unserer großen Einkaufstasche stand. Obwohl das Mitbringen von Taschen eher ungewöhnlich in diesem Club war, störte sich niemand daran. Charles hatte es sogar geschafft, unauffällig meinen neuen Cognacschwenker zu füllen. Das Aroma war grandios.

Im Augenblick kümmerte ich mich jedoch nicht um meinen Cognac. Ich nutzte Blackwells Lachanfall, um mit einem Spiegel vorsichtig über den Rand meines Verstecks zu spähen.

„Sie haben wirklich eigenartige Ideen, Mister Eagleton", sagte Blackwell gerade, nachdem er sich einigermaßen beruhigt hatte. Charles' Vorschlag hatte ihn so erheitert, dass er sich die Tränen aus den Augen wischen musste. „Ihr Erfinder seid doch alle Spinner". Aus Charles' Reaktion schloss ich, dass er dem lauten Mann die Worte nicht übel nahm. Die beiden schienen eine merkwürdige Beziehung miteinander zu pflegen. Beruhigt legte ich den Spiegel beiseite und schnupperte genüsslich an der bernsteinfarbenen Köstlichkeit in meinem Schwenker.

„Wir können ja eine kleine Wette machen", meinte Charles schmunzelnd. „Sie erlauben mir, Ihre Welpenkörbchen gegen meine mit Silber beschlagenen auszutauschen. Und wenn ich Ihnen innerhalb eines Jahres beweisen kann, dass dies *für Sie* einen bemerkenswerten Vorteil hatte, übernehmen Sie die Kosten."

„Das ist ein Wort, Mister Eagleton." Gleich darauf erschien eine Hand in meinem Sichtfeld, die mit etwas Fell auch als Bärentatze durchgegangen wäre. Doch Charles, der alte Fuchs, schlug furchtlos ein. Von wegen „Tag abschließen". Charles arbeitete schon wieder an unseren Forschungen.

Plötzlich schlugen über mir zwei Whiskygläser zusammen.

„Cheers", sagten die Männer im Chor.

„Kommen Sie doch einfach vorbei, sobald Sie die Körbchen haben", meinte Blackwell. Obwohl ich ihn nicht sehen konnte, *hörte* ich förmlich, dass er stutzte. Als ich vorsichtig erneut den Spiegel einsetzte, sah ich den massigen Mann die Stirn in Falten legen. Dem Anblick nach zu schließen schien ihm das Denken körperliche Qualen zu bereiten.

„Gibt es ein Problem?", erkundigte sich Charles mit leicht spöttischem Unterton. Blackwells Gesicht spiegelte einen Moment die Überraschung eines Mannes wider, der sich irrtümlich unbeobachtet gefühlt hatte. Als er wieder lachte, wirkte er außerordentlich sympathisch, auch wenn er mit seinem Bart eine gewisse Ähnlichkeit mit einem Walross hatte.

„Nein, Mister Eagleton", sagte er. Ich war wohl etwas weggetreten – das muss wohl das Alter sein." Verlegen stand er auf, um sich noch einmal an der Karaffe mit dem Scotch zu bedienen. Charles nutzte die Gelegenheit, mir eine Praline in die Tasche zu schmuggeln. Allerdings wäre dies beinahe schiefgegangen, als sich Blackwell plötzlich umdrehte.

„Auch noch einen für Sie, Mister Eagleton?"

„Mit Eis, bitte." Charles wirkte vollkommen ungerührt. Blackwell war beim Bereiten der Drinks so in Gedanken versunken, dass er mich vermutlich nicht einmal entdeckt hätte, wenn ich in Charles' Glas gefallen wäre. Als er sich wieder setzte, schien er jedoch zu einer Entscheidung gekommen zu sein. „Kennen Sie eigentlich meine Tochter Julie?", erkundigte er sich so „unverfänglich", dass Charles sichtlich der Kragen eng wurde.

„Nein", gab er vorsichtig zu. „Ich hörte nur, dass sie noch recht jung sei."

„Oh nein", meinte Blackwell übertrieben abwehrend. „Sie ist sechzehn. Das ist das allerbeste Alter, nicht wahr?" Da Charles wohl eine Ahnung davon hatte, wofür sechzehn nach Blackwells Meinung das allerbeste Alter sein könnte, fragte er lieber nicht weiter nach. Er nickte einfach unverbindlich.

„Ich bin sicher, dass ein Mann wie Sie nicht alle Geschichten glaubt, die hier im Club über Julie erzählt werden", hielt Blackwell am Thema fest.

„Es tut mir leid, Mister Blackwell, aber ich habe wirklich keine Ahnung, wovon Sie sprechen." Charles schmunzelte mitfühlend. Vermutlich hatte der rundliche Mann soeben das letzte Clubmitglied, dem besagte Geschichten noch unbekannt gewesen waren, auf selbige aufmerksam gemacht.

„Nichts weiter", meinte Blackwell gekünstelt lachend. „Es sind wirklich nur Gerüchte. Es ist keineswegs sicher, dass es wirklich Julie war, die die königliche Fuchsjagd letzten Monat mit Rizinusöl verhinderte. Ihre Majestät hat zwei Tage auf dem stillen Örtchen zugebracht. Hätte es auch nur einen Verdacht gegen Julie gegeben, würde ich das wissen", sagte er wenig überzeugend. „Und dass sie den ehrenwerten Lord Belson öffentlich einen Langweiler genannt hat, der lieber im ägyptischen Museum auf Brautschau gehen solle, ist auch nur ein Gerücht. Lord Belson hat sich hierzu nie geäußert." Blackwell tupfte sich aufgeregt die Stirn.

Es zuckte verräterisch in Charles' Gesicht, doch noch immer behielt er die Miene des aufmerksamen Zuhörers bei. Als der gewichtige Mann jedoch weitere Skandale, die *natürlich* nur Gerüchte waren, herunterspulen wollte, hatte mein Freund ein Einsehen: „Aber Mister Blackwell, es gibt für mich keinen Grund an der Integrität und Sittsamkeit Ihrer Tochter zu zweifeln." Der Hundezüchter strahlte wie einer seiner Schützlinge, dem man einen Knochen zugeworfen hatte.

„Ich wusste, dass Sie ein Ehrenmann sind", verkündete Blackwell. „Ich freue mich darauf, Ihnen meine Tochter bei Ihrem Besuch vorzustellen." Charles' etwas gezwungenes Lächeln ließ ihn sogleich versichern: „Keine Sorge, Mister Eagleton. Keine Frau auf dieser Welt könnte euch langweilig finden. Und die Sache mit Mister Tripchets brennendem Bart war wirklich ein Unfall."

Charles' herzliches Lachen verunsicherte Blackwell, doch dann stimmte er ein.

Da es ohnehin aussichtslos erschien, dem Verkupplungsversuch zu entgehen, gab Charles schließlich auf. „Dann freue ich mich darauf, die junge Dame kennenzulernen."

„Was ist das für ein Unsinn?", brauste Mortimer Fiddlebury auf. Dabei war er bisher erstaunlich friedlich gewesen. Charles und ich waren von einem freundlichen und gut gelaunten Hausherrn empfangen worden. Beinahe hatte er sich sogar für seine bisherige Haltung entschuldigt. Ich konnte mir das nur so erklären, dass es Rachel auf wundersame Weise gelungen war, ihn von den Vorteilen der neuen Situation zu überzeugen. Schließlich war Charles nicht einfach ein brillanter Kopf, der die Lorbeeren nicht für sich beanspruchen würde; er war ein Genie. Zumindest sahen das sicherlich sie und ich so.

Während der Begrüßung schien Rachel allerdings eher meinen neuen Anzug bewundert zu haben. Irgendetwas in ihrem strahlenden Lächeln störte mich jedoch. Vielleicht war es eine Spur zu breit gewesen, als dass ich mich ernst genommen gefühlt hätte.

Wie auch immer. Leider war die Stimmung bereits umgeschlagen, als wir im Salon Platz nahmen. Es hatte mit einem scheelen Blick, des alten Geiers begonnen, als Charles meinen Sessel mit größter Selbstverständlichkeit auf dem Tisch platzierte. Auch mein neuer Beistelltisch mit Zuckerdose, Milchkännchen und Teetasse schien ganz und gar nicht seinen Beifall zu finden. Zum Eklat war es jedoch gekommen, als Charles von den silberbeschlagenen Hundekörbchen für Blackwell erzählt hatte.

„Das Anfertigen solcher Körbchen ist teuer!", eiferte sich Fiddlebury. „Wir haben nicht einmal angefangen und Sie geben mein Geld bereits mit vollen Händen aus!"

„Papa!", wollte Rachel ihren Vater beruhigen.

„Es besteht kein Grund für diesen Ton", wies Charles den Hausherrn zurecht. „Zum einen haben wir noch nicht darüber gesprochen, wer von uns die Körbchen bezahlen wird. Zum anderen wird Mister Blackwell selbst die Kosten übernehmen." Mit dieser Behauptung konnte er Fiddlebury so weit beruhigen, dass er die vollständige Abmachung darlegen konnte. „Sie sehen also: Wir werden nicht nur die Essenz ernten, sondern auch noch ein gut dokumentiertes Experiment durchführen können. Ich dachte daran, vielleicht einem altersschwachen Jagdhund eine zweite Jugend zu schenken." Es war deutlich zu sehen, wie sehr Charles dieser Gedanke gefiel.

Fiddlebury war jedoch nicht überzeugt. „Das ist ein Rückschritt. Angelaufenes Silber für unsere Experimente können wir überall bekommen", meinte der alte Geier kopfschüttelnd. „Das ist Zeitverschwendung. Unfug ist das."

„Im Gegenteil", wollte ich sagen, aber ich kam nur bis zum „Im".

„Und Sie wollen doch nicht die ganze Zeit diese Ratte dazwischenreden lassen, Mister Eagleton, oder?" Rachel schaute betreten zu Boden. Ich selbst gab es auf, ihm erneut meinen Namen mitzuteilen. Stattdessen funkelte ich ihn mit in die Hüften gestemmten Fäusten an. In meinem Anzug war ich wirklich eine ehrfurchtgebietende Erscheinung. Leider sah der Geier mich nicht einmal an.

„Kinkin", bemerkte unser Dienstmädchen in die entstandene Stille hinein. Ich fand, dass es entrüstet klang. Charles hingegen rieb sich einen Moment mit geschlossenen Augen den Nasenrücken. Dann sagte er: „Sie erstaunt mich, Mister Fiddlebury." Sein kühles Lächeln hatte einen Hauch Verachtung an sich. Inwieweit ihn unser Gastgeber erstaunte, führte mein Freund jedoch nicht weiter aus. Stattdessen sagte er: „Bevor wir weitersprechen, sollten wir uns kurz auf eine gemeinsame Sprache verständigen." Wir alle schauten ihn etwas verdutzt an. Mit festem Blick in Fiddleburys Augen fuhr er fort: „Ich wäre für Englisch, wie es von britischen Ladies und Gentlemen gesprochen wird. Was denken Sie?"

Eine Unmutsfalte erschien auf Fiddleburys Stirn.

„Und um Ihre Frage zu beantworten: Mister Bradley ist ein hochgeschätztes Mitglied meines Haushalts. Ich bin jederzeit an seiner Meinung interessiert und für jeden Beitrag, den er beisteuern kann, dankbar."

Ich muss wohl nicht betonen, dass mir bei diesen Worten das

Herz aufging. Rachel tat der Konflikt aber augenscheinlich weh. Trotz seiner Sturheit verehrte sie ihren Vater auf – wie ich finde – ungesunde Weise. Als sie sah, dass dieser jeden Augenblick einen Tobsuchtsanfall bekommen würde, griff sie ein: „Sieh es doch mal so, Vater. Mister Bradley ist bisher unser beeindruckendsten Beweis, dass du Recht hast. Schon für die Tests ist er für uns absolut unersetzlich."

„Herzlichen Dank", sagte ich beleidigt. „Sie können den Umgang mit mir ja als Herausforderung an Ihrem schauspielerischen Talent betrachten. Vielleicht können Sie mit einer Kakerlake üben? Und wenn Sie mich dann nicht mehr brauchen, wissen Sie auch schon, wie man mit Kakerlaken wie mir umzugehen hat." Natürlich machte ich es dadurch für niemanden leichter, aber auch ich hatte eine Schmerzgrenze.

„So habe ich das nicht gemeint", versicherte Rachel, aber ich sah sie nicht an, sondern verschränkte die Arme vor der Brust. Hilfesuchend schaute sie zu Charles, doch auch dieser lächelte nur matt zurück.

„Du musst dich nicht bei einer Ratte entschuldigen, Rachel", entgegnete Fiddlebury. Trotz seiner unverschämten Worte schien ihn der Diskurs so weit beruhigt zu haben, dass er wieder einigermaßen zusammenhängend denken konnte. Ich vermute, dass er tief im Innern seines Herzens genau wusste, dass er auf Charles angewiesen war.

„Nun gut. Wenn Ihr *Haushaltsmitglied* Ihnen so viel bedeutet, soll uns dies nicht im Wege stehen."

Statt gleich auf dieses halbherzige Friedensangebot einzugehen, erwies sich Charles wieder einmal als echter Freund, denn er schaute mich fragend an. Vielleicht ist es für jemanden, der als Mensch unter Menschen geboren wurde, schwer vorstellbar, was diese Achtung für mich bedeutete. Mit Mühe unterdrückte ich die Rührung und brachte ein knappes Nicken zuwege. Charles gab dieses ebenso sparsam an Fiddlebury weiter. Auch wenn danach die Stimmung nicht gerade freundlich war, konnten wir zumindest auf einer sachlichen Basis weitersprechen.

„Was Mister Bradley eben zu sagen versuchte", nahm Charles den Faden wieder auf, „ist, dass wir systematisch vorgehen müssen. Alle bisherigen Versuchstücke hatten die Essenz von vielen unbekannten Spendern gespeichert. Wir konnten nicht einmal im Bezug auf die Spezies unserer Spender sicher sein. Was wir deshalb brauchen, sind kontrollierte Bedingungen." Als er Fiddleburys skeptisch gerunzelte Stirn sah, fügte er hinzu: „Bei allen bisherigen Stücken können wir nicht sagen, wie lange und wessen Essenz die Objekte ausgesetzt waren. Selbst bei den teuren Exemplaren, die Sie für Mister Bradleys Erschaffung erstanden haben, waren wohl nicht nur Genies, sondern auch eine Katze Spender der Essenz."

„Es geht Ihnen also nur darum, eine reine Probe zu bekommen?"

„Richtig."

„Nun, dafür müssen wir nicht so einen Aufwand treiben", sagte Fiddlebury herablassend. Mir schwante Übles.

Das riesige Schwein, das Fiddlebury am selben Nachmittag liefern ließ, war unglaublich fett. Dennoch hoppelte es fröhlich wie ein kleines Ferkel durch die Tür und ließ sich völlig arglos die Kellertreppe hinunterführen. Vielleicht ist es für jemanden wie mich, der Schweinebraten zu seinen Lieblingsgerichten zählt, nicht besonders logisch, aber ich fühlte mich elend. Charles und Rachel schien es jedoch nicht anders zu gehen. Metzger waren schon besondere Menschen. Ohne sie würde das Wissen um die großen kulinarischen Genüsse vermutlich an der um sich greifenden Zivilisation zugrunde gehen. Nun, ein Metzger würde dies wohl eher als „um sich greifende Verweichlichung" bezeichnen.

All diese theoretischen Betrachtungen gingen mir durch den Kopf, als ich still auf Charles' Schulter sitzend, den Keller „betrat". Die Mitte des niedrigen Raums war mit einer großen schwarzen Samtdecke ausgelegt. Im Zentrum lag ein hauchdünn geflochtenes Gitter aus reinem Silber. Seine Form war auf größtmögliche Oberfläche optimiert und von Rachel nach dem Kapillarprinzip gegossen worden. Nur um diese Gitter herstellen zu können, hatte Fiddlebury einen kleinen gebrauchten Hochofen erstanden.

Vor zwei Stunden, bei der Vorbereitung dieses Versuchs, war

Charles von der Ausstattung in jeder Hinsicht verblüfft gewesen. Da ich vor dem heutigen Tag noch nie bewusst in dem Gewölbe gewesen war, hatte ich dieses Gefühl geteilt. Auch jetzt schienen unsere Gedanken ähnliche Wege zu gehen. Das flüssige Mondlicht befand sich in einem unter der Decke hängenden Topf mit fest verschlossenem Deckel. Eine lange Stange machte es möglich, den Topf aus einem Nebenraum zu öffnen und umzustürzen. Das Mondlicht würde auf das Silbergitter fallen und der Umgebung alle Essenz entziehen. Sehr effizient. Dennoch hatte ich mir den schrecklichen Essenzannihilator ein wenig komplizierter vorgestellt. Dass Fiddlebury mit dem Gerät noch viel vorhatte, zeigten die gewaltigen Vorräte flüssigen Mondlichts, die der alte Geier nebenan in riesigen Eichenholzfässern lagerte. Ich schauderte.

Als Fiddlebury das Schwein auf die dicke Samtdecke führte erkannte ich in Charles' Blick meine eigenen Gewissensbisse und die gleichen Zweifel. Dabei wäre das Schwein heute oder morgen ohnehin beim Schlachter gelandet. Unser schlechtes Gewissen schien völlig irrational zu sein.

Der Hausherr kannte diese Zweifel nicht. Voller Enthusiasmus kettete er das Schwein an dem Gitter fest. Unseren Delinquenten störte das wenig. Das Rüsseltier interessierte sich vielmehr für die Äpfel, die Rachel als Henkersmahlzeit zurechtgelegt hatte. Selbst als Mortimer und Charles die schützende Samtdecke hochzogen kam das herzhafte Knurpsgeräusch nicht ins Stocken. Die beiden Männer hängten den schweren Samt in dafür vorgesehene Haken in der Kellerdecke ein. Dann gingen wir in den Nebenraum. Außer Fiddlebury, der sich voller Vorfreude die Hände rieb, waren wir alle gedrückter Stimmung. Kein fühlendes Wesen kann sich auf eine Hinrichtung freuen. Was dann aber geschah sollte mich noch Jahre lang in meine Träume verfolgen.

Der entsetzliche Schrei drang mühelos durch das Mauerwerk und schien wie ein eisiger Hauch über unsere Knochen zu streichen. Das Erlebnis ist kaum anders zu beschreiben. Es war nicht der Todesschrei eines Tieres; es klang überhaupt nicht, als würde jemand sein Leben verlieren. Nein, es klang, als würde jemandem die *Seele in Stücke gerissen*. Der Schrei dauerte nicht einmal besonders lange an. Das Gefühl war jedoch so überwältigend, dass ich für Minuten kaum Atmen konnte. Charles und Rachel mussten sich beinahe übergeben und sogar Fiddlebury war die Farbe aus dem Gesicht gewichen. Lange sagte niemand ein Wort.

„Und das habt ihr Dutzenden von Ratten angetan?", fragte ich flüsternd. Ich erwartete nicht wirklich eine Antwort zu bekommen, doch offenbar war auch Fiddlebury so durcheinander, dass er auf meine Worte reagierte.

„Hunderten", erklärte er tonlos. „Die Ratten waren betäubt und lagen in Bleibehältern. Bei ihnen war nichts zu hören." Es klang wie eine Entschuldigung.

„*Das* werden wir nie wieder tun", brachte sich jetzt auch Rachel ein. Es war das erste Mal, dass ich sie so bestimmt reden hörte. Charles nickte nur. Er war es, der schließlich als Erster nach Nebenan ging, um nach dem Schwein und unserer Ausbeute zu sehen. Beides schien wenig spektakulär zu sein.

Wie erwartet war das Silber angelaufen und unser Opfer sah bei oberflächlicher Betrachtung vollkommen unversehrt aus. Es schien einfach alle viere von sich gestreckt und das Leben eingestellt zu haben. Nur in die Augen konnte man dem Tier nicht schauen. Der Blick war nicht einfach gebrochen wie bei einer toten Kreatur. Er war *ausgelöscht*. Ich wünschte, ich könnte es genauer beschreiben. Vielleicht bilde ich mir diesen besonderen Ausdruck auch nur ein – Charles und Rachel bemerkten ihn nicht.

Jedenfalls wurde seit diesem Tag nie wieder darüber gesprochen, mit Hilfe des Essenzannihilators an reine Essenz zu kommen. Aus Furcht, sie durch diese Form der „Ernte" irgendwie verändert zu haben wagten wir nicht einmal, die gewonnene Essenz für Experimente zu nutzen. Auch der alte Geier hielt Charles' Vorschlag mit den Hundekörbchen plötzlich für eine großartige Idee.

„Mister Eagleton! Was für eine Freude!", wurde Charles überschwänglich empfangen. Blackwell wirkte mit dem gestickten goldenen „B" auf der Brust und den Reitstiefeln wie ein Adliger, der ein paar Tage auf dem Land genießt. Seine rundliche Gestalt wirkte energiegeladen und voller Tatendrang. Er schüttelte Charles so begeistert die Hand, das meinem Freund beinahe der Zylinder – und damit ich – vom Kopf gerutscht wäre.

„Ich danke Ihnen", sagte Charles, als er seine Hand endlich wieder sicher unter Kontrolle hatte. „Als Sie von Ihrem *Landhaus* sprachen ..." Weiter kam er nicht, weil unser Gastgeber bereits damit beschäftigt war, zwei Dienstmädchen und einen Butler anzuweisen, die Hundekörbchen und das Gepäck aus unserer Kutsche zu holen. Ich wusste jedoch genau, was mein Freund meinte. *Blackwell Manor*, wie das Gemäuer hieß, war eine Mischung aus Burg, Landhaus und Palast. Keine acht Stunden von den Toren Londons entfernt, lag es inmitten eines großen Anwesens mit eigenem Wald und See. So etwas aus den Früchten der Lenden einiger Hunde aufzubauen, schien mir völlig absurd zu sein.

Jedenfalls nutzte Charles den Augenblick der Unaufmerksamkeit unseres Gastgebers dazu, mein Versteck vom Kopf zu nehmen und mich in seinen extra weiten Ärmeln unterzubringen.

„Ihr Zimmer liegt im zweiten Stock", verkündete Blackwell, während er Charles väterlich den Arm um die Schultern legte. „Das bedeutet zwar ein wenig Treppensteigen, dafür ist die Aussicht grandios", versicherte er. „Und wir Blackwells sind so geizig mit unserer Aussicht, dass wir dort gewöhnlich nur Familienmitglieder unterbringen." Beim Kuppeln war der Mann so subtil wie ein angreifendes Husarenregiment.

„Das ist sehr großzügig von Ihnen", meinte Charles leicht verschüchtert. „Dann hoffe ich, dass ich auch den Rest der Familie kennenlernen werde." Blackwell lachte, als hätte Charles einen guten Witz gemacht. „Das hoffe ich auch. Nach dem Tod meiner beiden Söhne ist Julie nämlich außer mir die einzige lebende Blackwell", meinte er grinsend. „Seit einer Stunde ist mein Augenstern mal wieder verschwunden ..." Als er Charles schmunzeln sah, beeilte er sich hinzuzufügen: „Ich bin sicher, dass sie nur vergessen hat, dass Sie kommen wollen. Die Kleine ist manchmal etwas verträumt."

Charles und ich glaubten ihm natürlich kein Wort, dennoch nickte mein Freund höflich. „Das soll nicht heißen, dass sie nicht diszipliniert wäre, nur fantasievoll. Ja, das trifft es sehr gut:

Julie ist fantasievoll und kreativ." Es klang auf eine hektische Weise verzweifelt.

„Da ich ja eine Nacht bleiben werde, kann ich mir bestimmt bald selbst ein Bild von der jungen Dame machen, nicht wahr?", meinte Charles beruhigend.

Blackwell lachte erleichtert und schlug seinem Gast so fest auf den Rücken, dass ich beinahe aus seinem Ärmel gerutscht wäre.

„Sie sind richtig", rief Blackwell viel zu laut für meine empfindlichen Ohren.

„Danke." Charles schnappte nach Luft und bescherte unserem Gastgeber damit einen erneuten Heiterkeitsausbruch.

„Das auch", meinte er mit wackelndem Bauch. „Aber ich meinte, dass Sie vor der richtigen Tür stehen!" Mühelos riss er die schwere Eichentür beiseite. Dahinter erwartete uns ein Schlafzimmer, das selbst für Charles' Größe als Tanzsaal durchgegangen wäre. Neben einem riesigen französischen Bett fand eine Raucherecke, eine kleine Bibliothek und merkwürdigerweise sogar ein Billardtisch Platz. Unser Badezimmer hätte auch für eine Großfamilie gereicht und vor den Fenstern lockte eine riesige marmorne Terrasse. Wäre diese mit Mutterboden ausgelegt gewesen, hätten wir uns aus einem eigenen kleinen Garten selbst ernähren können.

Die Einrichtung war mit Sicherheit sündhaft teuer gewesen, passte dafür aber nicht wirklich zusammen. Das französische Bett, mit seiner blauen Schleiflackoberfläche biss sich farblich gewaltig mit den urbritischen Ohrensesseln und den grünen Kristallleuchtern. Und auch die rosa gestrichenen Wände des Badezimmers würden sich wohl nie mit der Farbe der Kupferwanne anfreunden. Selbst Charles, dessen urbritische Seele ihn gewöhnlich unter allen Umständen die Kontenance wahren ließ, blieb einen Moment lang der Mund offen stehen.

„Ja, ja", riss uns Blackwell aus dem Staunen. „Es ist groß und so weiter." Lachend klopfte er sich auf den Bauch. „Ich mag es groß." Charles hüstelte amüsiert. Mit einer beiläufigen Handbewegung scheuchte unser Gastgeber unterdessen ein Dienstmädchen herein, das sichtlich mit unserem Gepäck zu kämpfen hatte.

„Aber genug Zeit verschwendet", verkündete Blackwell. „Meine adlige Kläfferbande kann es bestimmt nicht erwarten, ihre neuen Silberkörbchen zu bekommen. Das wollen Sie sich doch sicher nicht entgehen lassen, oder?"

Da ich nicht erwartete, dass mein Freund ernsthaft eine Wahl haben würde, setzte ich mich ab. Ich wechselte aus Charles' Ärmel auf einen Beistelltisch, um mich hinter einer Vase zu verbergen. Blackwell züchtete Jagdhunde. Und da ich meine körperliche Unversehrtheit durchaus zu schätzen wusste, verzichtete ich lieber auf ein Zusammentreffen.

Als die beiden Männer und das Dienstmädchen endlich den Raum verlassen hatten, trat ich nachdenklich hinter der Vase hervor. Mir wurde bewusst, wie unwürdig mein Dasein trotz Charles' Hilfe noch immer war. Ich musste mich nicht einfach nur verstecken. Ich verbarg mich in Ärmeln und unter Hüten. Charles dachte mittlerweile sogar darüber nach, für mich einen von innen durchsichtigen Zylinder zu konstruieren. Aber wollte ich wirklich mein Leben in Charles' Garderobe zubringen und mich ständig verstecken? Es war schlimm genug, dass ich auf Kosten meines Freundes lebte. Mit trüben Gedanken kletterte ich vom Tisch herunter.

Ich versuchte mich mit der Tatsache aufzumuntern, dass der Körper einer Ratte – noch dazu so einer gutaussehenden wie mir – natürlich auch seine Vorteile hatte. So war es tatsächlich ein Kinderspiel für mich, den Tisch zu verlassen. Kein Möbel in diesem Raum würde mir beim Erklettern Probleme bereiten. Wenn ich gewollt hätte, wäre ich geradezu an ihnen hinaufgelaufen. Nicht einmal ein menschlicher Hochleistungssportler hätte mir das nachmachen können. So richtig aufheitern konnte mich der Gedanke allerdings nicht. Daher spazierte ich auf die Terrasse und holte meine Pfeife hervor. Es war Sommer und der Tag hatte den Marmor angenehm aufgeheizt. Als wolle er mich trösten streichelte mich der laue Abendwind. Zunehmend wieder mit der Welt versöhnt begann ich meine Pfeife zu stopfen. Von der Terrasse erschloss sich ein wunderbarer Blick über den Wald und den See. Ich konnte schon verstehen, warum Blackwell dieses Zimmer nur an besonders gute Freunde vergab. Zufrieden paffend schob ich die Finger in meine Hosenträger und genoss den Augenblick.

Und dann spürte ich es. Ich weiß nicht, ob es daran liegt, dass ich eine Ratte bin, aber ich spürte den Blick so deutlich, als würde mich eine Klinge im Nacken streicheln. Instinktiv stellten sich meine Ohren auf, während der Rest von mir erstarrte. Es gab nicht viele Möglichkeiten, was mich hier beobachten konnte. Ein Raubvogel oder – die schlimmste aller Möglichkeiten – *eine Katze*.

So langsam, dass ich jeden einzelnen Halswirbel spürte, drehte ich den Kopf. Hätte wirklich eine Katze hinter mir gelauert, wäre dies vermutlich die ungeschickteste aller denkbaren Strategien gewesen. Doch statt eines pelzigen Killers gerieten zwei nackte menschliche Füße in mein Blickfeld. Mir blieb beinahe das Herz stehen.

Die Eigentümerin der filigranen Gehwerkzeuge lächelte mich jedoch mit einer Mischung aus Erstaunen und amüsierter Neugier an. Aber selbst wenn sie wie am Spieß geschrien hätte, hätte ich mich wohl nicht rühren können. Diese Augen …

Ich bin vielleicht nicht objektiv, aber die leuchtenden Augen dieses Mädchens gaben der Bezeichnung „Wasserblau" eine ganz neue Bedeutung. Hätte sie näher an der Küste gewohnt, hätte es dort kein sanftes Meeresrauschen mehr gegeben. Vor lauter Neid hätten sich die Fluten ununterbrochen zornig gegen die Klippen geworfen.

Sie hatte etwas Geheimnisvolles an sich. Durch das schmale Gesicht mit den hohen Wangenknochen und ihrer alabasterfarbenen Haut wirkte sie wie der edle Spross einer uralten Vampirsippe. Verstärkt wurde dieser Effekt durch seidiges, blauschwarzes Haar, das ihr bis über den wohlgeformten Allerwertesten fiel. Der unheimliche Effekt wurde jedoch von einigen frechen Sommersprossen und einem koboldartigen Glühen in ihren Augen zunichtegemacht.

Sie trug ein dünnes Kleid aus hochwertigem Stoff, der beinahe die Farbe ihres Haars imitierte. Hals und Arme waren vollständig bedeckt, doch die züchtige Wirkung ging durch das leichte Material etwas verloren. Das Kleid war nichts Anderes als eine Unterstreichung ihres zierlichen Körperbaus. Sie schien dem schönen Kleidungsstück jedoch keinen besonderen Wert zuzumessen. Offenbar saß sie schon eine Weile mit unter das Kinn gezogenen Knien auf dem Boden. Ein riesiger Blumentopf mit ausladendem Buchsbaum hatte sie so perfekt abgeschirmt, dass sie weder von innen noch beim Herauskommen zu sehen gewesen war. Arglos musste ich nur wenige Zentimeter an diesen sensationellen Füßen vorbeispaziert sein.

Als wäre die Zeit stehen geblieben schauten wir uns eine kleine Ewigkeit an. Ihr Gesicht verzog sich dabei immer mehr zu einem Sonnenaufgang … Entschuldigung. Ich meinte natürlich *Lächeln*.

„Hallo", sprach sie mich schließlich an.

„Hallo", antwortete ich. Allerdings hatte ich es versäumt, zuvor die Pfeife aus dem Mund zu nehmen. So fiel sie mit hellem Ton auf den Marmorfußboden und entlockte dem wunderschönen Wesen vor mir ein koboldartiges Kichern. Vergeblich versuchte ich zu entscheiden, ob ich die Pfeife wieder aufheben sollte. Machte das vielleicht einen noch trotteligeren Eindruck?

„Du hast schöne Augen", sagte sie plötzlich. Mein erster Gedanke war, dass sie wohl noch nie in den Spiegel geschaut hatte. Dann erst wurde mir bewusst, dass sie mich duzte. Was mir bei dem alten Geier und manchmal auch bei Rachel als grobe Respektlosigkeit erschien, war aus ihrem Mund ein Kompliment.

„Danke", war alles, was ich herausbrachte. Nie zuvor hatte mich meine Eloquenz so sehr im Stich gelassen.

Sie schien das nicht zu stören. „Ich bin übrigens Julie." Als ich nur nickte, lachte sie. „Und du? Hast du auch einen Namen?"

„Bradley."

Wieder störte sie sich nicht an meiner knappen Antwort. „Aber du heißt nicht Eagleton mit Nachnamen, nicht wahr?" Jetzt lachte auch ich.

„Nein, ich habe keinen Nachnamen. Man nennt mich Mister Bradley", erklärte ich.

„Na, dann ist das dein Nachname." Sie schüttelte den Kopf. „Nun, wenn du mich Julie nennen willst, muss ich dich auch mit Vornamen ansprechen können", stellte sie klar. Bevor ich diese Logik in Frage stellen konnte, wurde ich bereits getauft: „Ich hab's! Ich werde dich *Brad* nennen. Brad Bradley klingt nicht schlecht. Und wenn ich mal böse auf dich bin oder du dich dumm anstellst, könnte ich *Bread* zu dir sagen!"

„Das ist in der Tat sehr praktisch", gab ich zu. „Und wenn du richtig gemein sein willst, könntest du sogar Shortbread zu mir sagen."

Sie lachte.

„Nein, Shortbread ist toll, dass wäre eher ein Kompliment!" Dann schüttelte sie mit gespieltem Ernst den Kopf. „Wäre auch zu gefährlich für dich. Womöglich fange ich sonst noch an, an dir herumzuknabbern." Sie zwinkerte und ich spürte, wie mir bei diesem Gedanken das Blut in die Ohren stieg. Plötzlich war da eine Spur Ernsthaftigkeit in ihrem Blick. Nachdenklich musterte sie mich von oben bis unten. „Was hast du mit diesem Eagleton zu tun?", wollte sie plötzlich wissen. Ihrer Betonung nach zu urteilen schien „Eagleton" für sie ein Synonym für Unrat, Abschaum und Widerlichkeit zu sein.

„Er ist mein bester Freund", sagte ich dennoch stolz. Sie runzelte die Stirn, sodass ich mich zu einer kleinen Indiskretion hinreißen ließ. „Im Vertrauen gesagt: Ich denke, er ist bereits vergeben."

„Und was will er dann hier?"

„Dein Vater hilft uns bei einem Forschungsprojekt." Sie hob zweifelnd die Augenbraue. „Also er stellt seine Hunde für einige Untersuchungen zur Verfügung", präzisierte ich. Ihre Augenbraue wanderte noch weiter nach oben. „Ehrlich …", sagte ich etwas hilflos.

Endlich lachte sie wieder. „Ich kann streng schauen, nicht wahr?"

„Oh, ja, ich habe mich schon ein wenig gefürchtet." Als sie lächelte, zeigte ich vergnügt die Schneidezähne. Irgendwie konnten wir beide fast eine Minute nicht mehr damit aufhören, uns gegenseitig anzustrahlen. Es war ein magischer Moment. Dann begann ich mich in ihre Situation hineinzuversetzen. „Es muss sehr unerfreulich sein, wenn der eigene Vater einen ständig verkuppeln will." Kurz musste ich an Fiddleburys Kreuzungsideen mit den Ratten denken. Bei einigen Zeitgenossen musste einem elfenhaften Geschöpf wie Julie die Ehe ähnlich absurd vorkommen.

„Es ist sooo peinlich", gab sie mir Recht. „Das erste Mal ist er mit solchen Ideen gekommen, als ich gerade dreizehn war. *Dreizehn*", wiederholte sie noch einmal empört.

„Unglaublich", meinte ich perplex.

Sie nickte aufgebracht. „Weil das nicht aufhörte, habe ich ihm mit meiner Freundin Gwyneth aufgelauert", erzählte sie in einer merkwürdigen Form von wütenden Amüsiertheit. „Wir haben uns eine gut versteckte Ecke im Garten ausgesucht, die man aber von seinem Balkon aus perfekt sehen konnte. Und dann haben wir ein bisschen herumgeknutscht."

Gegen meinen Willen klappte mir der Unterkiefer herunter. Die Bilder, die augenblicklich in meinen Kopf Amok liefen, ließen meine Ohren ein auffälliges Kirschrot annehmen.

„Ihr Männer seid doch alle Ferkel", sagte sie kichernd. „Selbst wenn ihr als Ratte daherkommt." Ihre Worte mochten abgeklärt sein, doch ihr Tonfall ließ erahnen, dass sie nicht wirklich wusste, wovon sie sprach. Allerdings nahm ich diese Tatsache nur nebenbei auf. Ich war zu sehr damit beschäftigt mich zu freuen: Sie sah mich als *Mann* an. Um mir nicht zu viel anmerken zu lassen fragte ich: „Und was hat dein Vater dann gemacht?"

„Er ist völlig durchgedreht. Einen Moment dachte ich sogar, dass er mir eine runterhauen würde. Aber das hat er noch nie getan. Jedenfalls durfte ich Gwyneth seit dem nicht wiedersehen. Zum Ausgleich sorgt er dafür, dass die Männer pausenlos in unserem Garten Schlange stehen, um mich kennenzulernen. Das geht so, seit ich vierzehn bin!"

„Hätten sie dich gesehen, wären sie wohl kaum noch zu zivilisiertem Schlangestehen in der Lage gewesen", rutschte mir heraus. Natürlich war das ein sehr unpassender, wenn auch tief empfundener Kommentar. Julie war für mich das schönste Wesen, dass ich mir vorstellen konnte. Eine junge Göttin. Für meine Augen war selbst Rachel ein hässliches Entlein gegen sie. Und da sie auch noch eine sehr sensible Seele besaß, konnte ihr meine diesbezügliche Meinung kaum entgehen. Während ich verlegen auf der Unterlippe kaute, las sie verdutzt in meinen Augen. Zu meinem maßlosen Erstaunen bekamen ihre Wangen plötzlich Farbe. Ich hatte eher erwartet ausgelacht zu werden. Ich räusperte mich und versuchte das Gespräch in unverfänglichere Bahnen zu lenken: „Und warum bist du dann hier? Ich meine, wenn du dich vor Mister Eagleton verstecken willst, ist sein Balkon ja nicht gerade ideal." Sie lachte und holte einen kleinen Kasten hinter ihrem Rücken hervor. „Ich wollte nur warten, bis Mister Eagleton sein Zimmer verlassen hat, um ihm ein kleines Geschenk zu machen." Sie grinste verschmitzt, wobei die Spitzen ihrer Schneidezähne sichtbar wurden – fast wie bei mir.

„Ein Geschenk?"
„Ja, sechs faule Eier. Ich wollte sie in seinem Gepäck zerdrücken. Vermutlich hätte er die Nachricht verstanden, oder?"
Ich räusperte mich erneut. „Das wäre aber nicht gerade nett gewesen. Hätte es nicht gereicht, sie ihm ins Zimmer zu werfen?"
„Nein, das wäre gemein. Unsere Dienstmädchen haben so schon genug zu tun."
Ich nickte schmunzelnd. „Sehr verständnisvoll. Aber ich nehme an, dass du die Eier für einen passenderen Kandidaten aufheben wirst? Charles wird dich bestimmt nicht bedrängen."
„Na, wenigstens einer weniger." Einen winzigen Moment kam unter ihrer fröhlichen Ausstrahlung ein Hauch von Müdigkeit und Verzweiflung zum Vorschein. Am liebsten hätte ich sie umarmt, aber das war angesichts der physischen Realitäten und der gesellschaftlichen Gepflogenheiten natürlich nicht möglich.
„Warum will er dich nur so dringend verheiraten? Kann er nicht warten, bis du selbst jemanden aussuchst?"
„Wir Blackwells sind schon sehr lange sehr wohlhabend. Mein Ur-Ur-Großvater war ein außergewöhnlicher Soldat. Und jeder seiner Nachkommen war entweder ein Künstler oder besonders geschäftstüchtig. So wurden wir zu einer der reichsten Familien des Empires." Sie zuckte mit den Schultern. „Mein Vater hat nun die Zwangsneurose, dass er alle Geschäfte unserer Familie in den Sand gesetzt hat. Nur die Hundezucht läuft noch. Ich nehme an, er will wenigstens sicherstellen, dass nicht auch die Blutlinie ausgerechnet mit seiner Tochter endet."
„Aber du bist doch keine Zuchtstute", meinte ich empört. Ich schien ihr so sehr aus der Seele zu sprechen, dass ihre Augen feucht wurden. Wieder kam der unsinnige Impuls über mich, sie beschützend zu umarmen. Instinktiv machte ich einen Schritt vorwärts. Und dann brach die unsichtbare Grenze aus Schüchternheit und Konventionen zwischen uns. Mit sanften Händen ergriff sie mich und drückte mich an ihren Hals. Ich erwiderte die Umarmung von ganzem Herzen. An diesem Tag lernte ich, das Umarmungen nichts mit Armlänge und eine Frau aufzufangen nichts mit Körpergröße zu tun hat. Ich war der König des Universums. Ich weiß nicht, was berauschender war: Ihre weiche Haut zu berühren oder ihr wunderbarer Duft.

Den Rest des Abends verbrachte ich auf ihren Knien. Wir vergaßen die Zeit und plauschten über alle erdenklichen Dinge. Ich muss gestehen, dass ich ihr sogar die Hintergründe meiner Existenz offenbarte, auch wenn ich darauf nicht stolz bin. Ich hatte zwar niemandem explizit mein Wort gegeben, Stillschweigen zu bewahren. Dennoch widersprach mein Handeln zweifellos dem geheimen Charakter unseres Projekts. Aber zwischen uns herrschte ein Gefühl, das für alles Andere nur wenig Platz ließ.

Der Abend endete kurz vor Elf, als Charles zurück in unser Zimmer kam. Als er Licht machte, stoben wir auseinander, als hätten wir etwas Verbotenes getan. Dabei konnte er uns ja nicht einmal sehen. Mir blieb fast das Herz stehen, als sie nach einem hastigen Abschied an der efeubewachsenen Außenwand zu ihrem Balkon hinüberkletterte. Meine Sorge erwies sich jedoch als unbegründet: Julie bewegte sich so schnell und sicher wie ein junges Eichhörnchen. Sie winkte noch einmal herüber und verschwand aus meinem Blickfeld.

Als ich schließlich in unser Zimmer huschte, war Charles bereits auf der Suche nach mir. Gerade wollte er mit besorgter Miene die Terrasse betreten. Mein Auftauchen ließ ihn jedoch erleichtert aufatmen. Ich atmete dafür den Duft von frischem Apfelkuchen ein. Erst jetzt fiel mir auf, wie hungrig ich war.

„Da sind Sie ja", meinte er beruhigt. „Ich hatte mir schon Sorgen gemacht, weil ich so lange fort war."

„Ich bitte Sie." Großzügig winkte ich ab. „Wir hatten ja schon damit gerechnet, dass ich den größten Teil der Zeit auf unserem Zimmer bleiben muss."

„Aber bestimmt haben Sie Hunger, nicht wahr?", fragte er und zeigte auf ein gewaltiges Stück Apfelkuchen, das er auf einem Beistelltisch abgestellt hatte. Die Leckerei mochte ungefähr meinem Lebendgewicht entsprechen, doch mein Magen war fest entschlossen, nicht den kleinsten Krümel übrig zu lassen.

„Es wäre bestimmt interessant für Sie geworden", vermutete Charles. „Auch wenn Mister Blackwell heute Abend etwas verstimmt war. Ich nehme an, dies hat damit zu tun, dass Miss Blackwell sogar zum Abendessen mit Abwesenheit geglänzt hat." Meinen Freund schien die Sache sehr zu amüsieren. „Sie muss eine außergewöhnliche Persönlichkeit sein, wenn sie sich so dauerhaft und konsequent den Plänen ihres Vaters widersetzt." Da ich bereits mit vollen Backen kaute, nickte ich nur zustimmend. Charles hatte ja keine Ahnung, wie Recht er hatte.

Dann berichtete er detailliert von den Eindrücken, die er den Abend über gesammelt hatte. Ich würde seine Erlebnisse gerne an dieser Stelle wiedergeben, doch leider hörte ich ihm nicht zu. Zu lebendig waren noch der Eindruck von duftender Haut, frechen Sommersprossen und einem koboldartigen Lächeln.

Kurz nach Mitternacht beschlossen wir, uns in Morpheus' Arme sinken zu lassen. Ich zog mein Nachthemd an und ließ mir wie jeden Abend von Charles beim Aufsetzen der Schlafmütze helfen. Ja, das hört sich seltsam an. Aber wenn der Durchmesser Ihrer Ohren die Länge Ihrer Arme übertreffen würde, hätten Sie ebenfalls Probleme beim Aufsetzen Ihrer Schlafmütze. Wenigstens das Absetzen konnte ich durch Ziehen an dem langen Bommel selbst bewerkstelligen.

Wie auch immer: Wir wünschten uns eine gute Nacht und waren auch bald ins Land der Träume abgetaucht. Doch die Nachtruhe sollte nicht lange andauern. Kurz nach eins wurden wir durch leises Klopfen geweckt. Als wir die Ursache des Geräuschs bemerkten, waren wir wohl beide nicht sicher, tatsächlich wach zu sein. Vor dem Terrassenfenster stand eine Göttin.

Die sternklare Nacht durchdrang ihr dünnes Nachthemd und zeichnete ihre schlanken Konturen als tiefschwarzen Schattenriss nach. Während sie vergeblich versuchte, irgendetwas in unserem dunklen Zimmer zu erkennen, spielte der Wind sanft im Meer ihres blauschimmernden Haares. Zweifellos war sie sich der Unfähigkeit ihrer Kleidung, ihren Körper vor uns zu verbergen, nicht bewusst.

„Heavens", flüsterte Charles, sehr passend, wie ich finde.

„Ich denke, die Dame möchte zu mir", sagte ich eilig. Selbst unter diesen widrigen Sichtbedingungen waren meine Augen problemlos in der Lage, Charles' verblüfftes Gesicht zu erkennen. Aber als echter Freund stellte er natürlich keine Fragen. Als ich mit heftig klopfendem Herzen zu der schönen Erscheinung hinübereilte, öffnete er mir nur die Terrassentür. Er machte das so diskret, dass Julie ihn nicht einmal bemerkte. Als sie mich entdeckte, schien sie sich ohnehin nicht mehr für die sonstige Umgebung zu interessieren. Aus der Nähe konnte ich ihr strahlendes Lächeln sehen. Die Sterne machten aus ihren Augen nachtblaue Diamanten und ihr Duft war nichts Anderes als eine Droge. Schnell glitt sie auf die Knie und beugte sich herab, um mir in die Ohren flüstern zu können. „Entschuldige, dass ich dich geweckt habe", flüsterte sie. Dass ich mir mit Charles ein Zimmer teilte, schien ihr gar nicht in den Sinn zu kommen.

„Dafür musst du dich doch nicht entschuldigen", erwiderte ich aufrichtig, wenn auch etwas lahm.

„Ich konnte nicht schlafen."

„Dann freue ich mich umso mehr, dass du einfach gekommen bist."

Sie stutzte und ertastete vorsichtig meinen Kopf. „Ist das eine Schlafmütze?" Als ich mich nur räusperte, kicherte sie. „Das ist ja toll! Und sogar mit Bommel!" Ja, bei jeder anderen Person hätte ich diese Reaktion wohl als beleidigend oder wenigstens respektlos betrachtet. Bei Julie wäre ich nicht einmal auf die Idee dazu gekommen. „So große Ohren sind bestimmt zugempfindlich", vermutete sie.

Ich zuckte mit den Schultern. „Eigentlich nicht", gab ich zu. „Aber ich scheine Schlafmützen gewöhnt zu sein…"

„Verstehe", sagte sie feixend. „Ich habe ja auch nichts gegen die Träger von Schlafmützen. Nur die Schlafmützen selbst kann ich nicht leiden; die machen mir ja den ganzen Tag den Hof – auch wenn die keinen so schönen Bommel haben."

Ich bekam große Augen, doch offenbar hatte Julie ihren Kommentar gar nicht so anzüglich gemeint, wie ich ihn verstanden hatte. Ich lachte unsicher.

„Ich will dich auch nicht lange wachhalten", sagte das Mädchen das von nun an durch meine Wachträume geistern würde. „Ich habe nur eine Frage." Sie beugte sich erneut nah an mein Ohr. „Werde ich dich wiedersehen?" Sie klang so ängstlich und verletzlich, dass ich mir wie Herkules und Atlas in einer Person vorkam. Einen Moment schnürte mir das Glück regelrecht den Hals zu. Dann schien der Italiener in mir zu übernehmen.

Statt einer Antwort legte ich ihr die Hand unter das Kinn und zog ihr Gesicht zu mir heran. Ich weiß nicht, was in mich fuhr, doch ich küsste sie. Sanft strich ich mit dem Mund über ihre Lippen und knabberte zärtlich an ihrer weichen Haut. Sie schien meine Reaktion vielleicht als überraschend, aber keineswegs unpassend zu empfinden. Sie schloss die Augen und gab sich einfach dem Zauber des Augenblicks hin. Als der Kuss endete, sah sie mich ebenso verwirrt an, wie ich mich fühlte. Doch in ihren Augen stand ein neuer Ausdruck, den ich nicht deuten konnte. Hoffnung? Freude? Dann senkte sie scheu kichernd den Blick und sprang auf. Ehe ich wieder richtig zu Besinnung kam, war sie schon wieder auf ihren Balkon hinübergeklettert und in ihrem Zimmer verschwunden.

Als ich mich umwandte, sah ich mich einem sichtlich erstaunten Charles gegenüber. Verlegen lächelte ich zu ihm hoch. Was hätte ich auch sagen können? Nach einer fast greifbar im Raum stehenden Pause meinte er lapidar: „Ich denke, nach diesem Erlebnis kennen wir uns gut genug, das wir uns duzen sollten."

„Ich bin entzückt." Charles hatte sichtlich Mühe, sein Schmunzeln zu unterdrücken, während er Julie die Hand küsste.

„Hätte ich gewusst, dass wir einen echten Gentleman zu Gast haben, hätte ich meine Migräne einfach ignoriert. Aber Sie haben ja ohnehin nur die Hunde besuchen wollen, nicht wahr?" Ihr Augenaufschlag hätte mich wahrscheinlich in Ohnmacht fallen lassen. Aber leider war meine Teilnahme am Frühstück wegen der Hunde im Haus zu gefährlich. Charles schilderte ihren Augenaufschlag jedoch als äußerst beeindruckend. Und er ist kein Freund von Superlativen.

„Aber nein", versicherte er. „Aber die Hunde Ihres Vaters boten sich als Ausrede dafür, Sie kennenzulernen, geradezu an."

Sie lachte ein wenig übertrieben und ließ sich dann von Charles den Stuhl zurechtschieben.

Julies Auftauchen am Frühstückstisch hatte ihren Vater überrascht. Sie offen mit seinem Gast flirten zu sehen, verschlug ihm jedoch die Sprache.

„Als Erfinder müssen Sie viel zu erzählen haben", führte Julie das Gespräch weiter.

„Oh, Geschichtenerzählen ist nicht gerade meine starke Seite", gab Charles zu. „Ich bin besser darin, mir einen Geschichtenerzähler zu bauen." Zu Blackwells maßlosem Erstaunen machte Julie große Augen. Der Ausdruck war offenbar so selten geübt, dass sich Charles wieder das Grinsen verkneifen musste.

„Dann sollten Sie unbedingt so einen Geschichtenerzähler bauen. Als Erfinder müssen Sie jeden Tag mit so vielen Ideen zu tun haben und spannende Dinge entwickeln." Sie spielte das hübsche Dummchen wirklich meisterhaft.

„Ich glaube, Sie haben ein falsches Bild vom Alltag eines Erfinders, Miss Blackwell. Der größte Teil meiner Arbeit besteht aus Mathematik, dem Zeichnen von Plänen und langwieriger Konstruktion. Das muss man schon sehr mögen, um das spannend …"

„Was Mister Eagleton sagen will", mischte sich Blackwell ein, wurde jedoch sofort in zuckersüßem Ton von Julie unterbrochen.

„Glaubst du, Mister Eagleton benötigt einen Übersetzer, Vater?" Sie wartete seine Antwort nicht ab, sondern wandte sich wieder ihrem Gast zu. „Ich bin sicher, wenn man so viel im Labor ist, wird man schnell einsam? Da schließt man Freundschaft mit den seltsamsten Dingen. Dampfbetriebenen Dienstmädchen, Versuchstiere …"

Charles lachte. „Ich verstehe, was Sie meinen, Miss Blackwell. Aber ich halte keine Versuchstiere. Mein bester Freund ist eine Ratte." Während sich Mister Blackwell fürchterlich verschluckte, begann Julie in einer mädchenhaften Art zu kichern, die so gar nicht zu ihrem bisherigen Auftreten passte. Sie brauchte fast eine Minute, bis sie sich wieder beruhigt hatte. „Dann müssen Sie aber sehr gute Freunde sein, wenn Sie ihm das einfach so an den Kopf werfen können."

„Unter wirklich guten Freunden können Wahrheiten ausgesprochen werden", versicherte Charles und ignorierte Blackwells konsternierte Blicke.

„Was macht Ihr Freund denn beruflich? Als Ratte ist er bestimmt beim Militär – oder Franzose, nicht wahr?" Blackwell prustete entsetzt in seine Tasse, doch Charles blieb ernst.

„Nein, er ist Italiener und ein Kollege. Und er ist wirklich einmalig. Man könnte sagen, dass die genialsten Köpfe der Geschichte an ihm verloren gegangen sind."

Es war wohl ein Versuchsballon. Aber Julies Grinsen zeigte unmissverständlich, dass sie über die Hintergründe meiner Entstehung Bescheid wusste.

Auf der Rückfahrt beglückwünschte mich Charles zu meiner Eroberung. Julie hatte noch den ganzen Vormittag so übertrieben mit ihm geflirtet, dass ihr Vater jeden Augenblick erwartet hatte, aus einem wunderbaren Traum zu erwachen. Bis auf Weiteres würde er wohl auf Kuppelversuche verzichten. Zugleich hatte sie Charles – gerade durch ihre überzogene Art – sehr deutlich gemacht, wem ihr Interesse in Wahrheit galt.

Jedenfalls hatte Charles vorsorglich vereinbart, dass er regelmäßig vorbeikommen würde – natürlich nur, um den Fortschritt der Hundekörbchen zu überwachen. Er ist schon ein echter Freund.

„Eure *methodische Forschung*, kostet zu viel Zeit", ätzte Fiddlebury. Er verdarb damit ein hervorragendes Frühstück, das seine Tochter für uns zubereitet hatte. Warum konnte sich der alte Griesgram nicht an den wirklich guten Dingen des Lebens erfreuen? Sein Teller quoll über vor knusprigem Schinken und gebackenen Bohnen. Dazu gab es frischen Toast, Spiegelei und Würstchen. Er sollte damit beschäftigt sein, sich rund und glücklich zu futtern.

Trotzdem konnte mir das Scheusal mein Frühstück nicht madig machen. Rachel hatte eigens für mich Toast und Würstchen im Miniformat zubereitet. Ich war so gerührt, dass ich meine Mahlzeit auch inmitten einer Messerstecherei genossen hätte.

„Aber das sind doch nur die Vorarbeiten", erklärte Charles geduldig. „Wenn wir erst genug Essenz gesammelt haben …"

„Unsinn", wischte Fiddlebury Charles' Einwand beiseite. „Ich habe es satt, den ganzen Tag herumzusitzen und über geeignete Möglichkeiten zur Essenzernte zu philosophieren! Und ich habe es satt darüber nachzudenken, mit welchen Methoden man diese Essenz am besten untersuchen kann! Für mich zählen Ergebnisse!" Er redete sich mal wieder in Rage, dabei war gerade eine Woche seit unserem Besuch bei den Blackwells vergangen. Ich hatte wohl weit mehr Grund zur Ungeduld; schließlich wartete ein zauberhafter Kobold auf meinen nächsten Besuch bei den Blackwells.

„Aber Mister Fiddlebury", meinte Charles geduldig. „Der Umgang mit Essenz ist zu gefährlich, um …"

„Papperlapapp! Ein Erfinder muss manchmal auch etwas riskieren!"

„Wie wir an dem Schwein gesehen haben, sind nicht unbedingt wir es, die etwas riskieren", wagte ich einzuwenden. Doch wieder einmal würdigte mich unser Gastgeber keines Blickes.

„Sehen Sie nur, was ich ohne Sie bereits geschafft habe", meinte er zu Charles, während er auf Rachel und mich wies. War sie am Ende auch eine Art Versuchstier für ihn?

„Mit Ihrer Methode erhält man aber nur Zufallserfolge", wagte Charles einzuwenden.

„Zufallserfolge? Dafür habe ich aber eine ziemlich hohe Trefferquote, Mister Eagleton. Die haben Sie bei der Fertigung Ihrer Dienstmädchen nicht erreicht."

„Kinkin", kam es so leise aus einer Ecke des Speisezimmers, dass es wohl nur meine feinen Rattenohren wahrnahmen. Als ich mich umwandte, sah ich Kinkin mit hängendem Kopf aus dem Raum schlurfen.

„Ich rede von einem gezielten Einsatz Ihrer Entdeckung", meinte Charles geduldig. Sein Zorn war nur in seinen Augen zu sehen. „Sie könnten *gezielt* die Intelligenz oder die Koordination steigern. Vielleicht ist es sogar möglich, Krankheiten und Missbildungen zu heilen."

„Wer wirklich meine Hilfe will, kann auch die Risiken tragen. Ich bin zu begabt, um mein Genie mit Kleinkram zu verschwenden."

Fiddleburys „Bescheidenheit" verschlug Charles und mir die Sprache. Zufrieden, seinen Standpunkt deutlich gemacht zu haben, steckte sich der alte Geier ein großes Stück Wurst in den Mund.

„Ich denke, an diesem Punkt waren wir schon einmal", sagte Charles. „Ich kann Ihre frühere Art der *Forschung* nicht zulassen." Damit wurde das Wurststück, das sich Fiddlebury gerade in den Mund gesteckt hatte, zum taktischen Nachteil. Er versuchte, zu antworten und verbrannte sich dabei ordentlich die Zunge. So erhielt Rachel Gelegenheit, einmal mehr eine Brücke zwischen den beiden zu bauen:

„Vielleicht können wir beide Wege miteinander verbinden."

Wir schauten sie alle drei ungläubig, wenn auch interessiert an. Charles und Fiddleburys Arbeitsweisen schienen mir völlig unvereinbar zu sein.

„Dich, Vater, stört es ja nicht, auch theoretische Forschungen zu betreiben, solange für die Essenzgewinnung keine monatelangen Pausen des Nichtstuns entstehen."

„Ja, ja – und?", wollte ihr flegelhafter Vater wissen.

„Und Sie, Mister Eagleton, haben nichts gegen praktische Versuche, solange sie der Erlangung neuen Wissens dienen."

„Natürlich nicht, Miss Fiddlebury. Ich wehre mich nur gegen Zufallsexperimente mit Lebewesen, die keine neuen Erkenntnisse bringen. Und ich wehre mich gegen Experimente, bei denen die Versuchswesen nicht auch wenigstens die Chance auf einen Vorteil haben."

Rachel lächelte zufrieden. Wieder entging Fiddlebury der eine Spur zu lange Augenkontakt zwischen Charles und seiner Tochter.

„Dann möchte ich vorschlagen ein Feld zu erforschen, an das wir noch gar nicht gedacht haben: Gespenster."

Wir alle sahen sie entgeistert an. Nach einer Schrecksekunde fuhr Fiddlebury auf: „WAS! Willst du dich über uns lustig machen?"

Rachel schrak zusammen, was Charles sichtlich erzürnte. Nach einem vernichtenden Blick auf unseren Gastgeber meinte er: „Wir würden sehr gerne hören, was Sie zu sagen haben, Miss Fiddlebury." Ich nickte zustimmend. Sie musste sich einen Moment sammeln, so als würde sie ihren Vater fürchten. Ein kurzer Blickkontakt mit Charles zeigte mir, dass ihm ihre Reaktion ebenfalls aufgefallen war.

„Ich habe nachgedacht", begann Rachel. Ein verächtliches Schnaufen ihres Vaters ließ sie stutzen, doch dann fuhr sie fort: „Allen Berichten über Spukerscheinungen scheint ja gemeinsam zu sein, dass sie selten eine erkennbare Intelligenz haben. Mal klopft ein Poltergeist hier – mal ein paar Schritte oder eine Erscheinung dort."

„Ja, und?" Für einen alten Mann war Fiddlebury wirklich sehr ungeduldig.

„Nun, nach landläufiger Meinung soll es sich bei Gespenstern ja um die Seelen von Verstorbenen handeln. Ich habe aber noch nie von einem Geist gehört, mit dem man sich unterhalten konnte."

„Das kann alles Mögliche bedeuten. Aber mit Seelen hat das mit Sicherheit nichts zu tun", ranzte Fiddlebury.

„Ein genialer Gedanke", sagte ich beeindruckt.

Auch Charles nickte begeistert. „Das könnte unser bester Ansatzpunkt werden. Brillant, meine Liebe!"

Wenn Rachel so wie jetzt strahlte, war sie beinahe halb so schön wie Julie.

„Wovon reden Sie überhaupt?" Fiddleburys Ton drohte von „nörgelnd" in „beleidigt" umzuschlagen.

„Aber Vater, die Essenztheorie könnte eine Erklärung für Spukgeschichten sein. Vielleicht handelt es sich einfach um Essenz, die auf eine besondere Art gespeichert wurde."

„Und was ist daran so interessant? Mir reicht Silber zur Essenzspeicherung", meinte Fiddlebury ungnädig. Bei einer Kommission zur Verleihung des höchsten Ordens der Ignoranz hätte er damit bestimmt den ersten Platz gemacht.

„Aber verstehen Sie denn nicht?", mischte ich mich ein. „Das …"

„Ich muss mich wohl kaum von einer Ratte fragen lassen, ob ich begriffsstutzig bin!" Doch bevor er sich erneut in Rage reden konnte, schlug Charles verbal dazwischen: „Wenn Spukerscheinungen tatsächlich auf Essenzeffekte zurückzuführen sind, hätte das eine unabsehbare Bedeutung für uns. Es würde nahelegen, dass Essenz auf eine ‚aktive Weise' gespeichert werden kann, in der sie nach wie vor Informationen mit der Umwelt austauscht. Damit hätten wir ein Werkzeug in der Hand, mit dem diese Essenz untersucht werden könnte."

„Ja, aber das ist noch nicht alles!", meinte Rachel begeistert. „Es könnte bedeuten, dass nicht nur persönliche Eigenschaften, sondern auch Bilder aus der Vergangenheit in der Essenz gespeichert wurden. Wie sonst wäre es zu erklären, dass in einigen Spukfällen von ganzen Szenen berichtet wird, die immer und immer wieder wiederholt werden? Stellen Sie sich nur vor, wir könnten mit antikem Silber Bildnisse und Sprache von Persönlichkeiten wie Kleopatra oder Alexander dem Großen wieder auferstehen lassen! Was für ein Triumph für die Wissenschaft."

„Ich denke auch an die Entwicklung unserer eigenen Möglichkeiten im Umgang mit Essenz", sagte ich. „Wenn – wie in einigen Fällen berichtet wird – nur Geräusche oder Bilder in Erscheinung treten, müsste es mit dieser unbekannten Speicherform möglich sein, Essenz *aufzuspalten*. Und das ist schließlich genau das, was wir brauchen, um Essenz untersuchen und gezielt einsetzen zu können." Jedes meiner Worte schien Fiddlebury maßlos zu ärgern. Es mag allgemein unerfreulich sein, sich als der Begriffsstutzigste im Raum zu erweisen – dass er aber langsamer als ich war, schien ihn besonders zu treffen. Charles fügte hinzu: „Und die Implikationen, die eine Aufklärung der Spukphänomene für unser Weltbild hätten, wären ..."

„Ja, ja! Schon gut!", unterbrach ihn Fiddlebury. „Was schlagen Sie also vor?"

„Zunächst benötigen wir einen Ort, an dem es spukt", stellte Charles fest. „Aber das sollte in England nicht allzu schwer sein, nicht wahr?"

„Na ja", meinte ich zweifelnd. „Nur weil es viele Sichtungen gibt, muss es nicht viele echte Spukerscheinungen geben." Woher ich diese Lebenserfahrung auch immer haben sollte: Mir war durchaus bewusst, dass die meisten Menschen bei übernatürlichen Dingen zu Spinnern wurden.

„Da hätte ich bereits eine Idee." Rachels Lächeln zeigte, dass sie schon längst einen entsprechenden Ort für uns ausgewählt hatte. „Misses Jameson ..."

„Das kann nicht dein Ernst sein", polterte wieder einmal Fiddlebury dazwischen.

„Wer ist Misses Jameson?", erkundigte sich Charles freundlich bei Rachel. Doch bevor sie antworten konnte, ergriff erneut ihr Vater das Wort.

„Misses Jameson ist eine alte Witwe, die ihr Einkommen aus den Mieteinnahmen eines alten Hauses in der Oxford Street bestreitet. Ihre Spukgeschichten sind nichts als dummes Zeug."

„Aber Vater", widersprach ihm Rachel vorsichtig. „Schon bevor Misses Jameson das Haus geerbt hat, konnten die oberen beiden Stockwerke nicht vermietet werden."

„Ja, weil die Leute abergläubische Dummköpfe sind. Misses Jameson hat zu lange keinen Mann mehr gehabt, also macht sie sich wichtig."

Fiddlebury hielt die Angelegenheit damit für erledigt, doch

Rachel blieb hartnäckig: „Aber anfangs hat sie die oberen beiden Stockwerke ja noch an ahnungslose Zugereiste vermietet. Die Mieter sind mitten in der Nacht schreiend aus dem Haus gelaufen. Erst als es den ersten Todesfall gab, verzichtete sie auf eine weitere Vermietung."

„Ein Todesfall?", fragte ich alarmiert. Plötzlich schien es mir doch keine so gute Idee mehr zu sein, Spukhäuser zu untersuchen.

„Ja, ein alter Mann scheint sich zu Tode erschreckt zu haben."

„Hört mir denn niemand zu?", sprach Fiddlebury erneut dazwischen. „Misses Jameson ist eine alte, zwanghafte Frau mit Wahnvorstellungen. Ich habe es bereits abgelehnt, mich weiter mit dem Geschwätz dieser Frau zu befassen!" Er schien ernsthaft zu glauben, damit eine Art bindendes Machtwort über den Fall gesprochen zu haben.

Als habe er die Worte unseres Gastgebers nicht gehört wollte Charles wissen: „Haben die geflüchtete Mieter denn darüber Auskunft gegeben, was sie so erschreckt hat?"

„Einige haben sich geweigert, irgendetwas zu erzählen. Andere Aussagen waren nur wirres Gerede über Lichter und Stimmen, doch niemand scheint das Gleiche gesehen zu haben. Einigkeit schien nur darin zu bestehen, dass die Phänomene alle im Wohnzimmer des oberen Stockwerks beobachtet wurden."

„Und warum sind dann die Mieter aus dem Stockwerk darunter gleich mit ausgezogen?", fragte ich.

„Natürlich wussten die Bewohner dieses Stocks, dass über ihnen niemand wohnte. Trotzdem hörten sie wohl jede Nacht Schritte und seltsame Geräusche aus der Wohnung über ihnen." Rachel zuckte mit den Schultern. „Und natürlich weiß jeder im Haus, dass es unter dem Dach spuken soll. Selbst in den unteren Stockwerken, wo man nichts davon mitbekam, wollte lange niemand einziehen. Misses Jameson hat die Räumlichkeiten deshalb zu extrem niedrigen Preisen an ein paar hartgesottene Menschen vermietet."

„Vielleicht können wir also für die alte Dame auch gleich noch ein gutes Werk tun", meinte Charles voller Tatendrang.

„Das wäre schön", sagte Rachel glücklich. „Ich kenne sie schon aus Kindertagen. Damals hatte sie gemeinsam mit ihrem Mann einen Süßigkeitenladen." Charles' amüsierter Blick machte sie regelrecht verlegen. Offenbar fiel es ihm nicht schwer, sich Rachel ein dutzend Jahre jünger vorzustellen, wie sie sich an der Auslage eines Süßigkeitengeschäfts die Nase platt drückte. „Jedenfalls ist sie eine liebenswerte alte Dame, die unsere Hilfe verdient hätte", stellte Rachel fest.

„Ich sagte doch schon einmal, dass ich mit dieser Hochstaplerin nichts zu tun haben möchte", meinte Fiddlebury mit verschränkten Armen. Ich weiß nicht, warum er sich wie ein bockiges Kind gegen das Projekt stemmte. Vielleicht merkte er langsam, dass ihm die Leitung unseres kleinen Teams aus der Hand genommen worden war.

Mrs Jameson erwies sich tatsächlich als die liebenswerte alte Dame, als die sie von Rachel beschrieben worden war. Mit ihrer rundlichen Gestalt konnte ich sie mir sehr gut als Verkäuferin in einem Süßigkeitenladen vorstellen. Sie wirkte aber so freundlich, dass ich ihr keinen besonderen geschäftlichen Erfolg bei einer solchen Unternehmung zutraute. Sie hätte wohl die Hälfte ihrer Waren an die Kinder verschenkt. Als wir sie wegen unseres Projekts um Erlaubnis baten, hatten ihr Tränen in den Augen gestanden. Natürlich war sie gerne bereit gewesen, uns die heimgesuchte Wohnung für eine Nacht zu überlassen. Nach ihrer Reaktion zu urteilen, hätten wir dort auch kostenlos überwintern können. Als wir die Schlüssel abholten, hatte sie Charles sogar einen üppigen Picknickkorb in die Hand gedrückt.

„Wir sollten davon besser nichts essen", meinte Fiddlebury schnaufend, während wir die enge Treppe erklommen. „Vielleicht ist der Spuk auf Halluzinogene zurück zu führen, die Misses Jameson ihren Mietern ins Essen mischt." Seit seiner Niederlage bei der Auswahl dieses Projekts war er geradezu verzweifelt bemüht, seine Führungsrolle zurückzubekommen. Nicht, dass er selbige seit Charles' Beteiligung an den Forschungen jemals gehabt hätte.

„Dann sollten wir Misses Jameson untersuchen", erwiderte ich unter Charles Zylinder hervor. „Es wäre interessant zu erfahren, wie sie das schon vor ihrer Geburt hinbekommen hat."

Zum Verständnis meiner Anmerkung sollte ich vielleicht erwähnen, dass schon seit hundertzwanzig Jahren von Entsprechenden Vorgängen in diesem Haus berichtet wurde. Zumindest war dies das Ergebnis unserer Recherchen.

Der alte Geier setzte zu einer Entgegnung an, doch schienen ihm die Stufen zu viel abzuverlangen. Mangels Atem musste er seinen Einwand herunterschlucken. Zu seiner Ehrenrettung will ich einräumen, dass auch Charles langsam ins Schnaufen kam. Allerdings trug er einen Rucksack mit Proviant und fast zwanzig Kilo Silber auf dem Rücken. Er tat mir jetzt schon leid, weil er gleich noch einmal hinuntersteigen würde, um unsere beiden 10-Liter Töpfe mit flüssigem Mondlicht hinaufzuwuchten. Das alles wäre natürlich einfacher gewesen, wenn wir Fifi mitgebracht hätten. Doch leider waren die Treppen in keinem besonders guten Zustand, sodass sie das Gewicht des Dienstmädchens vermutlich nicht getragen hätten.

Endlich langten wir an der Tür der „Spukwohnung" an. Während sich Fiddlebury keuchend, als würde er jeden Augenblick verenden, gegen die Wand lehnte, steckte Rachel den Schlüssel ins Schloss. Damit ich besser sehen konnte, nahm Charles den Zylinder ab. Wieder einmal erwies er sich damit als echter Freund. Denn ohne Zylinder sah mein auf seinen Kopf geschnallter Sessel schon etwas eigenartig aus. Vor allem, wenn ich auch noch in selbigem saß. Im Augenblick interessierte sich allerdings niemand für Charles' Aussehen.

Die Tür wirkte noch viel älter, als sie in Wirklichkeit sein konnte. Als das verrostete Schloss endlich den Schlüssel akzeptiert hatte, weigerte sich das dunkle Ding noch immer, uns einzulassen. Das uralte Holz schien sich regelrecht im Türrahmen verkeilt zu haben. *Wir waren hier nicht willkommen.* Der Gedanke durchzuckte mich, als hätte ihn mir jemand ins Ohr geflüstert.

Die Anderen schienen meine Eingebung jedoch nicht zu teilen. Völlig unbeeindruckt setzte Charles mich ab und zwang die Tür mit roher Gewalt beiseite. Ein Hauch unirdischer Kälte schlug uns entgegen, der mich bis ins Mark erschauern ließ. Rachel schien es auch zu fühlen. Doch während ihr nur eine Gänsehaut den Rücken herunterlief, musste ich meinen gesamten Willen aufbieten, um nicht schreiend davonzulaufen. War diese Sensibilität meinen tierischen Anteilen geschuldet? So musste es wohl sein.

„Jedes Gespenst sollte hier bereits vor Jahren an Langeweile eingegangen sein", meinte Charles mit Blick auf die Fingerdicke Staubschicht, die den gesamten Korridor fest im Griff hatte. Einige unter dem Staub kaum noch sichtbare Scherben kündeten von einer überstürzten, aber lange zurückliegenden Flucht. Eine solche wäre aber bereits wegen der geschmacklosen Einrichtung berechtigt gewesen. Sechs unfassbar kitschige Blumenbilder hingen an den von der Zeit dunkel gewordenen Wänden. Sie schienen die einzige Erinnerung darzustellen, die die Wohnung an lebendige Dinge besaß. Nicht einmal Spinnweben waren zu entdecken. Selbst die Luft wirkte verstörend *leblos* auf mich.

Charles schien sich daran nicht zu stören. Ohne Zögern betrat er die Wohnung, die in dieser Nacht unsere Bleibe sein sollte. Ich richtete mich so weit an seiner unbeeindruckten Art auf, dass ich ihm ohne großes Zögern folgen konnte. Schon die ersten Schritte ließen meinen Mut jedoch erneut sinken. In Höhe meines Bauches schien ein arktischer Luftstrom über den Boden zu streichen. Seltsamerweise wurde der hauchfeine Dreck, den die Jahrzehnte auf dem Boden abgeladen hatten, von ihm ignoriert. Der Staub war so trocken, dass er mir praktisch keinen Widerstand entgegensetzte, sondern sich bei Berührung in eine Art feinen Nebel auflöste. Der Luftstrom zog jedoch einfach durch den geisterhaften Dunst hindurch, ohne auch nur die kleinste Verwirbelung zu hinterlassen. Stattdessen schien die Staubwolke wie fettiges Öl an mir zu kleben. Wie Gas drangen mir die feinen Partikel in Mund und Nase. Nach wenigen Schritten konnte ich die Hand nicht mehr vor Augen sehen und blieb hustend stehen. Es war Rachel, die mich beiläufig aufhob und so aus der ekelhaften Staubfalle befreite.

Unser weiteres Vordringen in die Wohnung hatte selbst etwas Geisterhaftes an sich. Niemand sprach ein Wort; außer meinem Gehuste waren nur die Schritte meiner menschlichen Begleiter und das Knarzen einer Tür zu hören. Rachel rannte beinahe, um den Anschluss zu den Männern nicht zu verlieren. Den ganzen Weg durch den Korridor war ich wegen des Staubs in meinen Augen nicht in der Lage, irgendetwas zu erkennen. Ganz kurz schien mein Herz jedoch ohne ersichtlichen Grund aus meiner Brust hüpfen zu wollen. Die Empfindung von Furcht wurde erst von meinem Kopf verarbeitet, als es schon wieder vorüber war. Hätte ich vorher gewusst, dass ich so heftig reagieren würde, wäre ich vielleicht besser gewappnet gewesen oder hätte Beruhigungsmittel einnehmen können. Im Augenblick fühlte ich mich meinen Empfindungen aber hilflos ausgeliefert.

Als ich wieder sehen konnte, saß ich auf einem Schminktisch. Das breite Bett, dessen Tagesdecke Charles gerade wendete, ließ keinen Zweifel über die Bestimmung dieses Zimmers aufkommen. Erstaunlicherweise war der gesamte Raum nur marginal von Staub bedeckt. Ein riesiges Gemälde verlieh der Räumlichkeit sogar eine gewisse Fröhlichkeit: Zwei kleine Mädchen liefen mit wehenden blauen Kleidern durch ein Rapsfeld. Allerdings würde man die leuchtenden Farben nicht mehr lange erkennen können. Mit großem Unbehagen konnte ich durch die hohen Fenster sehen, dass sich der Horizont bereits rötlich verfärbte.

Ich war offenbar nicht der Einzige, der dem bevorstehenden Sonnenuntergang mit abergläubischem Unbehagen entgegen sah. Die Fiddleburys starrten mit bleichen Gesichtern aus dem Fenster, während Charles der Einzige war, der arbeitete. Als die Decke gewendet war, meinte er: „Wir sollten uns zuerst hier einrichten. Vielleicht wollen Sie schon einmal Misses Jamesons Picknickkorb auspacken?" Die Frage war an uns alle gerichtet, doch niemand fühlte sich angesprochen. „Ich werde unterdessen schon einmal das Mondlicht heraufholen."

Seine Worte waren kaum verklungen, als sowohl Fiddlebury als auch Rachel darauf dringen wollten, ihn zu begleiten. Doch Charles lachte nur. „Mich beeindruckt die unheimliche Ausstrahlung ebenfalls. Aber denken Sie daran: Selbst wenn es spuken sollte, gibt es hier nichts, was Ihnen gefährlich werden könnte. Die einzige Gefahr ist Ihre eigene Angst."

„Ich habe keine Angst", behauptete Fiddlebury gekränkt. Er war ein so mieser Schauspieler, dass ich beinahe grinsen musste. „Ich dachte nur, dass wir uns nicht trennen sollten."

„Dann werde ich Mister Bradley mitnehmen. Ihm wäre das Auspacken des Picknickkorbs ohnehin schlecht möglich."

Ich nickte, auch wenn die Aussicht, wieder an dem unheimlichen Zimmer vorübergetragen zu werden, mich nicht gerade beglückte. Charles' Enthusiasmus machte mir jedoch wieder einmal Mut. Ohne sich etwas dabei zu denken, setzte er mich auf den auf seinem Kopf befestigten Sessel und betrat den

Korridor. Im Gegensatz zu Rachel, die eben mit mir durch den Flur gerannt war, hatte Charles es nicht eilig. Das Haus nutzte die Gelegenheit, seine Wirkung im vollen Umfang zu entfalten.

Ich kannte den Grundriss der Wohnung nicht; dennoch gab es für mich keinen Zweifel, welches das „verfluchte" Zimmer war. Mit jedem von Charles' Schritten zerrte das Grauen energischer an meinen Nerven. Doch ich hielt stand. Ich presste die Kiefer so angestrengt zusammen, dass sogar Charles meine Zähne knirschen hörte. Ich würde mich auf keinen Fall einschüchtern lassen. Ich war kein instinktgesteuertes Tier sondern ein vernunftbegabtes Wesen. Es war ein harter Kampf, den ich mit mir selbst um meine Selbstachtung austragen musste. Als wir den Raum schließlich passierten, erhaschte ich einen Blick in einen unspektakulären Salon mit auffallend schönen schwarzen Ledersesseln und einem offenstehenden Humidor. In meinem Inneren fochten jedoch nackte Panik und Selbstbeherrschung eine gnadenlose Schlacht miteinander aus. Dass Rachel auf dem Hinweg beinahe gerannt war, hatte mir wohl einiges erspart.

Erst als wir endlich im Treppenhaus angekommen waren, sprach Charles mich leise an: „Es ist schlimm für dich, nicht wahr?" Ich nickte. Dann bemerkte ich, dass er mich ja nicht sehen konnte. „Ja. Es tut mir leid." Ich staunte über den fremden Klang meiner Stimme.

„Das muss dir nicht leid tun. Vermutlich hat es mit deinen tierischen Anteilen zu tun." Wieder nickte ich sinnloserweise. Doch dieses Mal sprach Charles schon weiter, ehe ich meinen Fehler korrigieren konnte. „Hältst du durch? Oder soll ich dich nach Hause bringen?"

„Ich weigere mich, vor blinder Furcht zu kapitulieren", meinte ich wütend. Meine belegte Stimme ließ die Worte noch beeindruckender klingen.

„Ich kann dich gut verstehen." Ich glaube Charles verstand tatsächlich exakt, was in mir vorging, ohne dass ich es ihm erläutern musste. Erst, als wir schon wieder auf dem Weg nach oben waren, sprach er weiter. „Wenn du es über dich bringst, könnte uns deine Sensitivität von großer Hilfe sein, Bradley."

„Ja, darüber habe ich auch schon nachgedacht", gestand ich ohne Begeisterung. „Vielleicht könnte ich das Medium aufspüren, in dem die Essenz gespeichert ist." *Wenn Geister nicht doch übernatürliche Wesen aus dem Reich der Toten sind*, setze eine innere Stimme furchtsam hinzu. Aber diese lächerlichen Worte würden mir nie über die Lippen kommen.

„Ich wusste, dass du das sagen würdest", sagte Charles stolz. „Aber denke immer daran – ein Wort von dir und ich bringe dich aus dem Haus. Auf keinen Fall darfst du panisch davonlaufen; das könnte dich in Lebensgefahr bringen."

„Heißt das, wir bekommen eine Chance, Fiddlebury für immer loszuwerden?", versuchte ich das ernste Thema aufzulockern.

Charles lachte. Mit gespieltem Tadel flüsterte er: „So etwas sagt man nicht, Bradley. Hoffnungen wecken, die sich dann nicht erfüllen, ist einfach nicht fair."

„Ich finde, die alte Mumie würde sich gut beim Herumgeistern dort oben machen", erwiderte ich nur halb im Scherz.

Die Sonne war bereits seit drei Stunden untergegangen, als wir endlich von Mrs Jamesons Picknickkorb abließen. Selbst Charles hatte mit ausschweifender Langsamkeit gegessen und sich an der nichtssagenden Plauderei beteiligt, die wir mit Mühe aufrechterhalten hatten. Es war, als stünde dieser Raum unter Belagerung. Das kleinste Flackern unserer Öllampen hatte unser ohnehin schleppendes Gespräch immer wieder verebben lassen. Dabei hatte sich absolut nichts Ungewöhnliches ereignet. Unser Verhalten war so lächerlich, dass ich mich schäme es hier so offen auszubreiten. Wieder war es Charles, der uns mit seinem Lachen befreite.

„Wir benehmen uns wie abergläubische Wilde", stellte er amüsiert fest. Rachel musste ebenfalls Lächeln und meinte: „Vielleicht sollten wir einfach aufhören, uns vor der Arbeit zu drücken." Sogar ihr Vater brachte ein kurzes, entschlossenes Nicken zustande.

Während sich die Fiddleburys mit Öllampen bewaffneten lud sich Charles unsere gesamte Ausrüstung auf. Als mich Rachel dann auch noch auf den Arm nahm, kam ich mir selbst wie ein Stück Gepäck vor. Allerdings schien ich ein Mut spendendes zu sein; Rachel hielt sich regelrecht an mir fest. Da Charles mit dem Silber auf dem Rücken und den beiden Töpfen in den Händen keine Lampe tragen konnte, betraten wir als Erste den Flur. Schon im nächsten Augenblick erschien mir unser Verhalten gar nicht mehr lächerlich.

Nein, es standen keine Geister auf dem Flur, niemand ließ ein hohles Kichern hören und auch sonst schien alles in bester Ordnung zu sein. Dennoch begann mein Herz zu rasen, als würde der Leibhaftige an meinem Fuß nagen. Die unheilvolle Ausstrahlung des Spukzimmers war seit Sonnenuntergang um vieles bedrohlicher geworden. Ängstlich wie eine Maus verkrallte ich mich in Rachels Unterarm. Warum mussten wir diese Expedition auch nachts durchführen? Plötzlich erschien mir Charles' Argument, dass wir das Phänomen während seiner stärksten Ausprägung studieren sollten, nicht mehr stichhaltig zu sein.

Auf Rachel schien die bedrohliche Ausstrahlung bei Weitem nicht so stark zu wirken. Gnadenlos trug sie mich immer näher an die Tür des schrecklichen Zimmers heran. Auf dessen Schwelle blieb sie jedoch stehen, um einen langen, zaghaften Blick in den Raum zu werfen. Augenscheinlich handelte es sich um einen gewöhnlichen Raum. Zwei Sessel, ein Diwan, Regale voller Bücher ... das einzig Bemerkenswerte war, dass der Boden absolut sauber war. Nicht einmal der Staub schien sich über die Schwelle zu trauen.

Vorsichtig, als würde der Boden sie nicht tragen, machte Rachel einen Schritt nach vorn – und schrie entsetzt auf. Im von außen nicht sichtbaren Teil des Zimmers bewegte sich eine Gestalt auf uns zu. Instinktiv verkrallten wir uns ineinander. Erst nach zwei Herzschlägen erkannten wir, dass wir uns vor einem Spiegel erschreckt hatten. Rachel giggelte völlig überdreht und nahm damit die Spannung von der ganzen Gruppe. Nur mir war der Schreck so tief in die Glieder gefahren, dass ich noch immer wie erstarrt in den Spiegel sah.

„Ein Spiegel, nur ein dummer Spiegel", rief Rachel lachend und drehte sich zu den beiden an der Tür wartenden Männern um. Und da sah ich es: Die Rachel im Spiegel hatte keine grünen, sondern blaue Augen! Während die Rachel, auf deren Arm ich saß, mit den anderen beiden alberne Scherze austauschte, bemerkte die Rachel im Spiegel offenbar mein Starren. Mit furchtbarer Langsamkeit wandte sie mir ihr Gesicht zu. Als würde es um mein Leben gehen, wollte ich den Blick abwenden, doch das Grauen hatte meinen Körper vollkommen in Besitz genommen. Er gehorchte mir nicht mehr.

Die Rachel im Spiegel begann zu lächeln. Es war das entsetzlichste Lächeln, das ich in meinem ganzen Leben zu Gesicht bekommen habe. Eine Unmenge schwarzer, zerfressener Zähne kam zum Vorschein. So viel Bosheit lag in diesem Lächeln. So viel abgrundtiefe Verderbtheit, dass ich mich besudelt gefühlt hätte, wäre ich nicht so mit meiner Todesangst beschäftigt gewesen. Schlimmer als die schrecklichen Zähne war, dass dieses „Lächeln" einfach nicht enden wollte. Es wurde nur immer breiter! Dann war der Punkt erreicht, an dem der Mund sogar breiter als das Gesicht wurde. Aber noch immer wollte das Zerrbild der Heiterkeit nicht aufhören, sich zu verbreiten. Jeden Augenblick würde die Haut ihrer Wangen aufplatzen, doch das wäre der Alptraumrachel wohl zu vorhersehbar gewesen. Stattdessen riss sie urplötzlich einen Rachen auf, der einem Hai alle Ehre gemacht hätte. Mit einem Ausdruck abgründiger Wollust fuhr sie herum und biss dem Bradley im Spiegel den Kopf ab.

Was danach geschah, weiß ich nur aus Erzählungen. Angeblich stieß ich plötzlich ein Krächzen aus und brach ohnmächtig zusammen. Augenblicklich endete die überdrehte Plauderei meiner Begleiter. Nachdem Charles und Rachel überprüft hatten, dass ich nur ohnmächtig war, begannen sie mit der Arbeit. Rachel kümmerte sich um mich, während die beiden Männer schweigend das Silber ausbreiteten und die Töpfe mit dem Mondlicht installierten.

Nach dem, was Charles mir erzählte, schien nichts weiter passiert zu sein. Und genau daraus konnte ich mir später zusammenreimen, dass meine Begleiter nicht weniger die Nerven verloren hatten als ich. Denn ursprünglich war es unser Plan gewesen, das Zimmer vor dem Essenzentzug ausführlich zu untersuchen. Auch und gerade mögliche Spukerscheinungen wollten wir dokumentieren, um daraus Schlüsse ziehen zu können. Charles und Fiddlebury bereiteten jedoch hastig die Essenzannihilation vor, flüchteten aus dem Zimmer und schlossen die Tür. Sofort danach lösten sie mit einem Seil die Annihilierung aus. Doch auch dies war bereits sehr aufschlussreich:

Während des Ausgießens des Mondlichts war eine Mischung aus Knallen und Knacken zu hören. Charles verglich dieses Geräusch gerne mit dem Überspringen einer elektrischen Ladung. Auch nachdem das Mondlicht bereits vergangen war, drangen lautlose Lichteffekte unter der geschlossenen Tür durch, als würde im Zimmer ein Wetterleuchten toben. Als sie die Tür nach gut fünf Minuten wieder zu öffnen wagten, hatten sie ein Zimmer wie jedes andere vor sich. Nicht das kleinste Nackenhärchen stellte sich mehr auf. Nur das Silber war mit einer Streichholzdicken schwarzen Schicht bedeckt.

„Oh, mon Chérie! I'r so schrecklisch Angst ge'abt 'aben müscht", vermutete Fifi mitfühlend, nachdem ich geendet hatte. Der Einfachheit halber hatte Charles die Fiddleburys zu uns zum Frühstück eingeladen. Ich nehme an, Fifis völlig überzogene, erschreckte Zwischenrufe hatten meinen Bericht über die grausige Rachel im Spiegel nicht gerade glaubwürdiger gemacht. Auch dass sie mir tröstend den Kopf tätschelte, untergrub meine Reputation als seriöser Wissenschaftler – zumindest in meinen Augen. Allerdings fühlte es sich sehr gut an. Und Charles reagierte ebenso ernst auf meine Worte, als wäre Fifi gar nicht hier.

„Außerordentlich", meinte er nachdenklich. Auch Rachel schien Fifi nicht wahrzunehmen. Noch immer hielt sie sich entsetzt die Hand vor den Mund; so, als könne sie auf diese Weise der erneuten Verwandlung ihres Spiegelbildes vorbeugen. Nur der alte Geier war mal wieder anderer Meinung.

„Aber Mister Eagleton. Die Ratte …"

„Mister Bradley", korrigierten Charles, Rachel und ich im Chor.

„… war überdreht – wie wir alle. Das kann einfach eine Halluzination gewesen sein."

„Er gemeint 'at disch mit Ratté, Chérie?" Fifis Empörung schien keine Grenzen zu kennen.

„Lass nur", sagte ich, doch Fifi hatte bereits auf den Hacken kehrtgemacht und war auf dem Weg in die Küche.

„Es ist die einzige Beobachtung, die wir haben", setzte Charles unterdessen das Gespräch fort. „Wir haben uns schließlich alle nicht gerade wie vorbildliche Wissenschaftler verhalten." Es war kaum zu übersehen, dass ihn sein Versagen in dieser Hinsicht ernsthaft bestürzte.

Aus der Küche drang in diesem Augenblick ein metallisches Scheppern, das ich damals noch nicht deuten konnte. Heute ist mir das Geräusch sehr vertraut. Es entsteht immer dann, wenn Fifi den großen Mülleimer aus seiner Ecke holt. Charles' zerknirschter Ausdruck wich einer gewissen Alarmiertheit. Eilig stand er auf, um sein Dienstmädchen abzufangen. Wäre ich zu diesem Zeitpunkt schon über seine erste Erfahrungen mit Fifi – die ich ja bei unserem früheren Beisammensein zum Besten gegeben habe – informiert gewesen, hätte ich seine Reaktion verstanden. So aber schaute ich ihm ebenso erstaunt wie die Fiddleburys hinterher.

Aus dem Flur waren leider nur Wortfetzen zu vernehmen. Fifi benutzte mehrere Male das Wort „Ungeziefer" und schien sehr aufgebracht zu sein. Charles' Stimme klang besänftigend, sein Ton wurde aber immer wieder auch sehr bestimmend. Nach einigen Minuten kam er schief lächelnd zurück.

„Stimmt etwas nicht?", wollte Rachel besorgt wissen.

„Nein, nein. Ich musste nur kurz etwas mit Fifi klären."

„Vielleicht können Sie solche Probleme mit Ihren *Haushaltsgeräten* lösen, wenn wir dieses Gespräch beendet haben", meinte Fiddlebury empört. Charles musterte ihn mit einem seltsamen Blick. Rachel war es, die unsere Arbeit wieder in den Mittelpunkt der Aufmerksamkeit schob: „Ich mache mir Sorgen, dass Mister Bradleys Wahrnehmungen vielleicht doch keine Halluzinationen waren." „Solltest du nicht, mein Kind", meinte ihr Vater. „Offenkundig konnte uns der Geist nichts antun – ein bisschen kalte Luft und ein Spiegelbild. Beides nichts, wovor man Angst haben muss."

„Das meinte ich nicht, Vater. Aber wenn dort ein Wesen gehaust haben sollte, haben wir dann das Recht, es einfach zu vernichten? Zu *töten*?" Fiddlebury lachte humorlos auf. „Aber Rachel! Wenn es dort ein Wesen gab, war es ein Geist. Wenn du dem nachtrauerst, musst du auch Kammerjäger verdammen, weil diese Leute Ratten vergiften."

Fifi, die gerade in den Speisesaal zurückkam, kehrte bei diesen Worten auf den Absätzen um.

„FIFI!", rief Charles scharf.

„Geiné Sorgé, Mister Igeltón. Isch núhr vergessén mac´en frisch Tä", kam es aus dem Flur.

„Natürlich. Entschuldige, Fifi."

Fragend schaute ich meinen Freund an, doch er tat so, als bemerke er mich nicht. Die Fiddleburys hatten sich dieses Mal jedoch nicht ablenken lassen. Rachel sagte: „Aber Vater! Wenn Geister wirklich die Seelen verstorbener Menschen sind ..."

„Unsinn." Damit schien die Diskussion für den alten Geier beendet zu sein.

„Ich denke, dass wir ausschließen können, dass die Erscheinung von heute Nacht eine *Seele* im christlichen Sinne war", sagte Charles. „Wenn irgendetwas an irgendeinem Glaubenssystem der Weltreligionen dran ist, ist die Seele unsterblich und unzerstörbar."

„Ich dachte, Sie sind nicht gläubig", entfuhr es Rachel erstaunt.

„Das bin ich auch nicht", bestätigte Charles. „Deshalb halte ich es natürlich für ausgeschlossen, dass es so etwas wie eine Seele gibt. Für mich steht deshalb fest, dass wir auch keine gesehen haben können. Ich wollte nur darauf hinweisen, dass auch ein strenggläubiger Mensch nicht annehmen kann, dass wir mit unserer Methode eine Seele gefangen oder sogar vernichtet haben."

„Aber es gab doch eine Interaktion", ließ Rachel nicht locker. „Wenn es keine Halluzination war, hat irgendjemand auf Mister Bradley reagiert!"

„Nicht unbedingt", wandte ich ein. „Es gibt Drogen, die derartige Wahrnehmungen verursachen können. Mutterkorn zum Beispiel." Ich staunte über mein eigenes Wissen.

„Dann glaubst du, dass wir unter Drogeneinfluss standen?" Offenkundig hatte ich Charles mit meinem Kommentar verwirrt.

„Nein, natürlich nicht. Ich dachte eher an eine Art Feld – ähnlich wie ein elektrisches Feld. Meines Erachtens ..."

„Das ist nun wirklich reine Spekulation!", polterte Fiddlebury mal wieder unqualifiziert dazwischen.

„Nein, es ist nur eine Umformulierung unserer bisherigen Annahme", erklärte ich kühl. „Wenn Essenz wirklich Lebensenergie ist und Spukerscheinungen tatsächlich auf abgestrahlte Essenz zurückzuführen sind, scheinen wir ja dieser Energie in irgendeiner Form ausgesetzt gewesen zu sein. Und wie nennt man Energie, die in einem räumlich begrenzten Bereich Wirkungen erzielen kann?"

„Ein Feld", antwortete Rachel anstelle ihres Vaters. Sie hörte mir so gespannt zu, dass sie Fiddleburys verkniffenen Mund gar nicht bemerkte. Charles' Schmunzeln entging mir jedoch nicht.

„Richtig", bestätigte ich. „Und an meinem Beispiel können wir es wohl als gesichert ansehen, dass Erfahrungen und die Persönlichkeit eines Menschen Teil seiner Essenz sind."

„Aber wie kommt es dann zu einer Reaktion, als hätte man es mit einem Wesen zu tun?", wollte Rachel verwirrt wissen.

„Kommt es nicht", erklärte ich lächelnd. „Wenn ich Recht habe, werden wir nur der Gedankenwelt oder der Realitätswahrnehmung eines anderen Menschen *ausgesetzt*. Ich denke, dass wir einfach fremde Gefühle und Gedankengänge aufgezwungen bekommen, die sich dann mit unseren eigenen vermischen. Möglicherweise hat in dem Zimmer ein Wahnsinniger oder ein Drogenabhängiger gelebt. Vielleicht genügt aber bereits die Vermischung von Gedanken gesunder Menschen, um solche Erscheinungen hervorzurufen."

„Das hört sich nach einer sehr logischen Erklärung an", fand Charles. Rachel grübelte einen Moment über meine Worte nach. Ich nutzte den Augenblick, um einen Seitenblick auf ihren Vater zu werfen. Der alte Geier saß verkniffen da und ließ sich gerade von einer viel zu stillen Fifi frischen Tee einschenken. Mir fiel auf, dass seine Tasse aus einer anderen Kanne als die von Charles und Rachel aufgefüllt wurde – ich selbst hatte mich nach dieser harten Nacht für Kaffee entschieden. Fifis „Zwei-Kannen-Politik" maß ich aber erst später eine tiefere Bedeutung bei, als Fiddlebury für mehrere Tage nicht mehr von der Toilette kam.

„Es ist eine gute Theorie", gab Rachel schließlich zu. „Aber bis wir diese bewiesen haben, sollten wir immer im Hinterkopf behalten, dass wir uns irren könnten." Beinahe zaghaft trug sie uns diese Bedingung vor.

Beruhigend ergriff Charles ihre Hände. „Selbstverständlich.

Aber Spuk kann sehr großes Leid erzeugen – vielleicht sogar für einen eventuell vorhandenen Geist. Insofern sind unsere Bemühungen auf jeden Fall moralisch angemessen."

„Entschuldigen Sie, Mister Eagleton. Ich weiß natürlich, dass Sie die Forschungen nie mit unmoralischen Mitteln vorangetrieben hätten."

Tja – und dann sahen sich die beiden in die Augen und schienen alles andere um sich herum vergessen zu haben. Und ich fand, dass Charles' Blick überhaupt nicht besonders moralisch wirkte. Fiddlebury bekam mal wieder überhaupt nichts mit, sondern war mit „beleidigt sein" beschäftigt. Hilflos blickte ich zu Fifi, doch diese verstand meinen Blick falsch.

„Isch gommén soll und etwas graulen Ö'rc'en, Chérie?", bot sie – wohl nicht uneigennützig – an.

Sie kam schon um den Tisch herum, doch ich lehnte höflich ab: „Sehr freundlich, Fifi, aber das wird nicht nötig sein." Etwas aus dem Konzept gebracht räusperte ich mich. „Vielleicht hat es etwas zu bedeuten, dass ich die Erscheinung in einem Spiegel gesehen habe", versuchte ich unser bisher so produktives Gespräch wieder aufzunehmen. „Immerhin bestehen auch Spiegel zum Teil aus Silber …" Als niemand reagierte, räusperte ich mich erneut. „Vielleicht sind Spiegel ja für Spukerscheinungen erforderlich … wir sollten darauf achten …" Als immer noch niemand reagierte, stimmte ich einfach in das allgemeine Schweigen ein. Kurz dachte ich darüber nach, Fifis Angebot doch noch anzunehmen.

Das Läuten der Türglocke rettete mich aus dieser seltsamen Atmosphäre und weckte die beiden Turteltauben aus ihrer Trance.

„Oh, Ihr nüscht störén Euch lascht, Mister Igeltón!" Fifi wippte noch einmal anzüglich mit den Augenbrauen, bevor sie leise vor sich hin singend zur Tür ging. Rachel bekam rote Wangen, während sich Charles mit verlegenem Nasereiben begnügte. Fiddlebury brummelte irgendetwas Unverständliches vor sich hin.

Als dann Stimmen im Flur laut wurden, blendete ich die anderen jedoch vollkommen aus meiner Wahrnehmung aus. Julie war hier!

Ihre Stimme hätte ich aus jeder Menschenmenge sofort herausgehört. Hatte sie mich so sehr vermisst, dass sie es nicht mehr ausgehalten hatte? Oder gab es ein Problem? Gespannt wartete ich auf Fifis Rückkehr. Ich war froh, dass Charles ihr vorsorglich von Julie erzählt hatte; unsere stählerne Freundin wendet zuweilen recht unkonventionelle Mittel bei unangekündigten Besuchern an.

Als sie endlich zurückkam, hatte es mich schon nicht mehr auf dem Sessel gehalten. Unruhig ging ich auf und ab.

„Mister und ´übsches Miss Blackwell an Tür sind dér. Und júngés Mann mit Augé von Ku´", flötete Fifi.

„Wir lassen natürlich bitten", antwortete ich wie aus der Pistole geschossen.

Doch Charles hob Einhalt gebietend die Hand. „Ich mache das schon, Fifi." Er warf mir einen bedeutsamen Blick zu. Natürlich. Ich durfte mich nicht sehen lassen. Wer noch nicht selbst in meiner Lage war, kann sich wohl nicht vorstellen, wie erniedrigend dieses Versteckspiel ist. Schweren Herzens und mit hängenden Ohren kletterte ich vom Tisch.

Charles verließ unterdessen das Zimmer, wurde aber kurz hinter der Tür bereits abgefangen.

„Mister Eagleton!" Mein hübscher Kobold hatte sich offenbar nicht lange mit Höflichkeitsregeln aufgehalten, sondern war Fifi beinahe bis zum Speisesaal gefolgt. Als Charles den Flur betrat, wurden ihre federleichten Schritte hörbar. Nach den Geräuschen zu urteilen, flog sie Charles gerade regelrecht in die Arme. „Oh Mister Eagleton! Wo sind nur meine Manieren", meinte sie kichernd. „Das kann nur Ihre Schuld sein. Bevor ich Sie kennen lernte, war ich ein wohl erzogenes Mädchen."

Nun leben sie, mein lieber Zuhörer, natürlich in einer völlig anderen Welt als ich. Nach unseren Maßstäben war Julies Verhalten absolut skandalös. Schon dafür verliebte ich mich in diesem Augenblick erneut in meinen Wirbelwind. Charles fehlten nach dieser Begrüßung erst einmal die Worte. Ihre fröhliche Stimme ließ mich so sehr dahinschmelzen, dass ich mitten im Zimmer stehen blieb. Fifi nahm mich auf und setzte mich in ein Regal hinter eine reich verzierte Uhr.

„Es tut mir leid, dass wir hier so hereinplatzen", war Mr Blackwells Stimme zu vernehmen. Ihm war deutlich anzuhören, wie unangenehm ihm die Situation war.

„Ich bitte Sie, Mister Blackwell. Wenn ich Ihre Tochter sehe, ist mein Tag gerettet. Ich würde sie am liebsten gleich hierbehalten", scherzte Charles charmant.

„Aber Mister Eagleton!", rief Julie übertrieben verlegen. Wahrscheinlich war ich heute nicht sehr schnell von Begriff. Erst jetzt dämmerte mir, dass Julie nicht nur für ihren Vater eine Show abzog. der kuhäugige junge Mann, den Fifi erwähnt hatte, war offenbar einer jener unsäglichen Verehrer, mit denen Mister Blackwell seine Tochter terrorisierte. Dabei hatten wir angenommen, dass dieses Problem bereits aus der Welt war.

„Und auch Sie und Ihre Freunde sind mir natürlich jederzeit willkommen, Mister Blackwell", log Charles meisterlich wie ein Politiker. „Kommen Sie doch herein."

Als der Besuch dieser Aufforderung nachkam, wäre ich fast aus dem Regal gefallen. Julie trug ein fließendes schwarzes Kleid, das ihren zierlichen Körperbau und ihre Blässe unterstrich. Auch ihr ausladender Hut war schwarz und mit Rosen geschmückt, die man augenscheinlich in schwarze Farbe getaucht hatte. Zum Ausgleich schmückten große rosa Glasblüten ihren Gürtel und ein Handgelenk. Lippen und Lider hatte sie in einem hellen Grün geschminkt und sogar ihre Sommersprossen in grün nachgezeichnet. Es mag seltsam klingen, aber sie sah einfach großartig aus.

Weniger gut machte sich die Farbe ihrer Lippen jedoch auf Charles' Wange. Er hatte den Kussmund in seinem Gesicht offenbar nicht bemerkt, sondern führte meinen Kobold vorgeblich stolz in den Speisesaal. Sie schien sich verliebt an seinem Arm festzuhalten, doch ihre Blicke waren unaufhörlich auf der Suche nach mir. Hinter den beiden traten Mister Blackwell und ein Bürschchen von vielleicht Ende zwanzig in den Saal. Trotz seines Alters urteilte ich den Kerl auf den ersten Blick als Jüngelchen ab. Mama hatte ihn offenbar mit viel Mühe für seine Verabredung mit Julie herausgeputzt. Ich räume allerdings ein, dass ich zu einer objektiven Beurteilung des jungen Mannes nicht fähig war.

„Darf ich vorstellen?", wandte sich Charles an die Fiddleburys. „Mein guter Freund Mister Blackwell und seine Tochter Julie. Meine Partner Mister und Miss Fiddlebury."

Der alte Geier schien sich belästigt zu fühlen. Und Rachel begrüßte die Neuankömmlinge merkwürdig steif. Sie konnte doch nicht wirklich glauben, dass Charles mit einem so jungen Mädchen – nein, das war zu absurd. Vermutlich fühlte sie sich, wie ihr Vater, einfach gestört.

„Und darf ich vorstellen?", fragte nun Blackwell seinerseits. „Sir James Morthington, seines Zeichens …"

Julie fiel ihm an dieser Stelle herrlich ungezogen ins Wort.

„… jüngster Spross einer Dynastie von Waffenschmieden. Am liebsten stellen die Morthingtons große Flinten her, mit denen rundbäuchige Pensionäre wehrlose Tiere in Afrika abknallen können. Dabei fühlen sich die alten Herren noch einmal wie richtige Kerle." Sie benahm sich so unsagbar schlecht, dass ich sie nur bewundern konnte. Als ich die Gesichter der Anderen sah, konnte ich mir ein Glucksen nicht verkneifen. Julie war die Einzige, die mich hörte. Kurz trafen sich unsere Blicke, dann löste sie sich von Charles' Arm und kam zu mir herüber.

„Oh, was für eine herrliche Uhr!", rief sie überschwänglich. Vorgebend, meine Deckung begutachten zu wollen, umfasste sie die Uhr. Endlich hatte ich Gelegenheit, sie zu berühren. Die anderen Anwesenden schienen für sie schon nicht mehr zu existieren. Andersherum waren ihre Worte noch lange nicht vergessen.

Morthington wurde erst bleich und lief dann rot an. Schließlich presste er hervor: „Das ist unerhört. Ich werde mich nicht von …", weiter kam er nicht.

Charles fiel ihm mit einer autoritären Bestimmtheit ins Wort, die das Jüngelchen erneut erbleichen ließ. „Niemand erhebt das Wort gegen Miss Blackwell in meiner Gegenwart, junger Mann. Habe ich mich klar genug ausgedrückt?" Mein Freund verbreitete eine so bedrohliche Aura um sich, dass sogar Fiddlebury beunruhigt schluckte.

„Soll isch …", wollte Fifi eifrig wissen, doch Charles unterbrach auch sie. „Danke, Fifi. Das wird nicht nötig sein, Sir Morthington wollte gerade gehen." Als selbiger ihn nur verdattert anstarrte, fügte er hinzu: „Wenn er in einer Minute die Tür noch nicht gefunden hat, darfst du ihm aber gerne helfen."

Fifi wackelte vergnügt mit dem Kopf und schaute voller Vorfreude zur Uhr. Blackwell war die Situation hingegen mehr als peinlich. Unschlüssig, wie er sich verhalten sollte, beobachtete er Morthingtons Abgang. Das Jüngelchen hatte es so eilig, dass

man allerdings weniger von einem *Abgang*, als von einer Flucht sprechen musste.

„Es tut mir leid", sprach Charles seinen Clubfreund an. „Aber mir scheint, der junge Mann hatte ein unpassendes Interesse an Ihrer Tochter ..." Blackwell fasste Charles Worte zugleich als Entschuldigung und Anklage auf. „... und keine Manieren", vervollständigte er den Satz seines Wunsch-Schwiegersohns. „Ich werde in Zukunft darauf achten, das Julie von solchen Männern nicht mehr belästigt wird. Nachdem Sie sich so lange nicht gemeldet haben nahm ich an, dass Ihr Interesse ..." Der Mann war unglaublich, fand ich. Es klang, als würde er seine Tochter auf einem arabischen Basar verschachern wollen. Glücklicherweise unterbrach ihn Charles sofort.

„Aber ich bitte Sie, Mister Blackwell! Ich hatte in der ganzen Woche keine freie Minute zur Verfügung." Charles sah hilfesuchend in meine Richtung, aber ich war beschäftigt. Geistesgegenwärtig fügte er hinzu: „Aber gerade heute wollte ich zu Ihnen hinausfahren. Für unser Forschungsprojekt muss ich morgen einige Sehenswürdigkeiten besichtigen. Und ich hatte gehofft, dass Ihre Tochter mich auf diesen Touren begleiten möchte."

Ein euphorischer Ausdruck trat in Blackwells Augen, während sich Rachels Miene von „eisig" in „arktisch" verwandelte. Julie hatte jedoch nichts von dem Gespräch mitbekommen. Für alle außer Charles musste es so aussehen, als hätte sie eine solche debile Freude an der Uhr, dass sie nichts Anderes mitbekam.

„Vielleicht sollten Sie Ihrer kleinen Freundin die Uhr schenken, Mister Eagleton", schlug Rachel unterkühlt vor. Bevor Charles etwas sagen konnte, sprach Blackwell seine Tochter mit etwas lauterer Stimme an: „Julie? Möchtest du mit Mister Eagleton eine Landtour machen?"

Schweren Herzens ließ sie mich los und flog Charles erneut in die Arme. „Oh, das wäre ja so wundervoll, Mister Eagleton!" Dann schob sie ihn betont züchtig auf Armeslänge von sich weg und drohte ihm mit dem Zeigefinger: „Aber nicht, dass Sie sich irgendwelche Schwachheiten einbilden, wenn wir beide allein sind."

„Wir benehmen uns wirklich schlecht", meinte Julie plötzlich. Und sie hatte Recht. Den ganzen Vormittag waren wir schon unterwegs und schnatterten unentwegt vor uns hin. Na schön, um ehrlich zu sein hatte vor allem Julie geredet, während ich versonnen auf ihren Knien saß und zuhörte. Viel wichtiger als das, was sie sagte, war ohnehin das, was ich in ihren Augen lesen konnte. Das klingt furchtbar kitschig, nicht wahr?

Charles, der unser zweisitziges Gespann kutschierte, hatten wir scheinbar vollkommen vergessen. Andererseits war es nicht Julies Art, über Belanglosigkeiten zu plaudern. Das Geplapper war Teil ihrer Maske, die sie vor ihren Verehrern geschützt hatte. Rückblickend muss ich also sagen, dass sie Charles wohl doch nicht ganz aus ihrer Wahrnehmung ausgeblendet hatte.

„Du hast Recht", stimmte ich Julie zerknirscht zu. Charles schmunzelte nur.

„Es tut mir wirklich leid, Mister Eagleton", sprach Julie meinen Freund nun direkt an. „Ich weiß wirklich zu schätzen, was Sie für uns tun."

„Für eine Entschuldigung besteht kein Anlass, Miss Blackwell", sagte Charles freundlich. Grinsend fügte er hinzu: „Ich wurde bereits heute Morgen mit einer Umarmung und einem Kuss entschädigt. Außerdem fühle ich mich in Ihrer Gegenwart recht wohl, wenn Sie mich ignorieren."

„Ja, es kann manchmal sehr unangenehm sein, von mir bemerkt zu werden", stimmte ihm Julie verschmitzt lächelnd zu. Daraufhin erzählte ich Charles von ihrem Vorhaben, ihm bei seinem ersten Besuch faule Eier in seinem Gepäck zu zerdrücken. Wir alle mussten herzlich darüber lachen.

„Sie sind schon eine verzogene Göre", meinte Charles schmunzelnd zu Julie. „Nach diesem Ereignis habe ich wohl gleich doppelten Grund zur Dankbarkeit dafür, dass ihr euch gefunden habt."

„Doppelt?", fragte Julie irritiert.

„Oder eher dreifach." Er setzte dieses charmante Lächeln auf, mit dem er auf Frauen unwiderstehlich wirkte. „Zum einen scheint mir ein gutes Verhältnis zu Ihnen eine gute Versicherung gegen verschiedene Schicksalsschläge zu sein. Zum Beispiel faule Eier, brennende Haare oder allzu intensive Bekanntschaft mit den Sanitäranlagen meines Hauses." Julie prustete in einer mädchenhaften Weise unkontrolliert los. „Zum anderen", fuhr Charles fort, „ist es für einen Gentleman immer eine besondere Ehre, in der Öffentlichkeit mit einer so charmanten und wunderschönen jungen Dame wie Ihnen gesehen zu werden."

„Sie sind ein Großmeister im Schleimen", unterbrach Julie meinen Freund feixend.

Mit einer angedeuteten Verbeugung, als habe er ein Kompliment bekommen, vervollständigte Charles seine Aussage: „Besonders, wenn sie dafür bekannt ist, sich jedem anderen Mann gegenüber wie eine ungezogene Kratzbürste aufzuführen."

„Ungezogene Kratzbürste?", fragte Julie treuherzig. „Und ich hatte so an dem Ruf eines verzogenen Miststücks gearbeitet."

Wir alle lachten ausgelassen.

„Ich bin sicher, dass die Diskrepanz nichts mit Ihrem Einsatz oder Ihren Fähigkeiten zu tun hat. Ich würde solche Worte aber niemals im Bezug auf Sie in den Mund nehmen." Sich übertrieben zu mir herunterbeugend, als wolle sie mir etwas zuflüstern, fragte Julie: „Dein Freund ist ja sehr charmant, aber ich glaube, er flirtet gerade mit mir."

Ebenso verschwörerisch beugte ich mich vor und „flüsterte" zurück: „Ich würde ihn ja zum Duell fordern, aber wer fährt uns dann zurück?" Wieder brachen wir in Gelächter aus. Julies hohes Gekicher war so ansteckend, dass wir kaum noch aufhören konnten. Während sie sich die Tränen von der mittlerweile verlaufenen Schminke tupfte fragte sie: „Und was ist der dritte Vorteil, Mister Eagleton?"

Charles schenkte ihr einen gleichermaßen warmen und nachdenklichen Blick. „Sie machen meinen besten Freund sehr glücklich."

Gerührt lächelte ich ihn an. Einen Augenblick hielt das Schweigen an.

„Wenn Sie uns aber häufiger solche Ausfahrten ermöglicht, wird das womöglich ernste Konsequenzen für Ihr Privatleben haben", sagte Julie plötzlich wieder sehr ernst.

„Wie meinen Sie das?"

„Nun …" Es war ihr sichtlich peinlich, so indiskret zu sein. „Shortbread sagte mir, dass Sie bereits gebunden sind. Und wenn bekannt wird, dass wir miteinander ausgehen …" Charles hatte sich bereits an meinen neuen Kosenamen *Shortbread* gewöhnt und lächelte nur jovial. „Danke, dass Sie sich solche Gedanken um mich machen, Miss Blackwell. Bislang bin ich aber keinerlei formale Bindung mit einer Dame eingegangen." Offenbar wollte er diesen Punkt nicht mit uns diskutieren. Leider übersah ich diesen dezenten Hinweis.

„Ich glaube nicht, dass Rachel dich als Konkurrenz sieht, dafür turteln die beiden zu sehr", neckte ich.

„Rachel? Rachel Fiddlebury? Ihre wunderschöne rothaarige Partnerin ist Ihre Verlobte?" Julie war völlig aus dem Häuschen.

„Wie gesagt, wir sind nicht verlobt", meinte Charles freundlich. Er war zu britisch, als dass er diese Dinge öffentlich diskutieren wollte.

„Aber dann können Sie ja wirklich vollkommen beruhigt sein. Eine solche Dame wird wohl kaum auf ein einfaches Mädchen wie mich eifersüchtig sein", meinte Julie überzeugt.

„Dann hast du lange nicht mehr in den Spiegel geschaut", stellte ich fest. Sie sah traumhaft aus in diesem weißen Sommerkleid mit den riesigen kirschroten Blüten darauf. Vor allem dann, wenn sie mich verliebt anlächelte – so wie jetzt.

„In der Tat", stimmte Charles mir zu. „Sie sind eine besonders reizende Person." So wie er es sagte, klang es wie eine sachliche Feststellung.

„Aber dann bringen wir Sie ja in eine unmögliche Situation." Julie war ernsthaft besorgt.

„Ihre Sorge spricht für Sie, Miss Blackwell. Aber ich habe Miss Fiddlebury zu verstehen gegeben, dass unser Ausflug rein freundschaftliche Hintergründe hat. Ich war in dieser Hinsicht so deutlich, wie es ohne direktes Ansprechen des Themas ging."

„Und wenn sie Ihnen nicht glaubt?", hakte Julie besorgt nach.

„Miss Blackwell, wenn eine Frau mir unterstellt, dass ich sie wegen einer anderen Frau anlügen würde, spricht sie mir ab, ein Ehrenmann zu sein. Und wenn sie das tut, hat sie nicht den gleichen Respekt vor mir, den ich vor ihr habe. Auf solchen Grundlagen kann für mich keine Beziehung aufbauen."

Ja, Charles hatte immer schon etwas Heldenhaftes an sich.

Und er hatte Recht, fand ich. Julie war jedenfalls sehr beeindruckt. Wir schwiegen eine Weile.

„Warum erzählen Sie Miss Fiddlebury nicht einfach die Wahrheit?", fragte Julie plötzlich.

Charles lachte. „Aber Miss Blackwell, wie stellen Sie sich das vor? Sie selbst besitzen einen unglaublich freien Geist, der über alle unwichtigen Dinge einfach hinwegschaut. Ich bewundere Sie dafür." Tatsächlich hatte er mir gegenüber bereits etwas Ähnliches gesagt. „Für die Welt um uns herum ist das, was Sie mit Bradley verbindet aber etwas, wofür es keine oder nur sehr hässliche Worte gibt. Und Rachel ist durch ihre Erziehung und durch ihren Vater noch immer sehr in sich selbst gefangen. Sie sieht Bradley noch immer als Ratte mit besonderen Fähigkeiten und nicht als ebenbürtiges Wesen an. Sie würde es nicht verstehen. Noch nicht." Nachdenklich studierte Julie Charles' Züge. Als wäre sie zur Lösung eines komplizierten Problems gekommen sagte sie: „Sie sind ein außergewöhnlicher Mann." Dann beugte sie sich zu ihm hinüber und küsste ihn auf die Wange. Ich glaube, in diesem Augenblick begann die tiefe Freundschaft, die die beiden bis heute verbindet. Jedenfalls redeten sich die beiden wichtigsten Personen in meinem Leben seit dem mit Vornamen an.

Selbstverständlich hätten wir niemals ernsthaft erwartet, dass es auf dem lange verlassenen Friedhof im Nordwesten Londons tatsächlich spukte. Schließlich war der Gottesacker allenfalls von toten Menschen bevölkert, die nach unserer Theorie keine Essenz „abstrahlten". Die vielen Geistergeschichten, die sich um diesen angeblich verfluchten Ort rankten, hatten wir sehr weltlichen Phänomenen zugeschrieben. Zum Beispiel dem häufig auftretenden Nebel und den schlecht verwesenden Toten, die beide auf das nahe Moor zurückzuführen waren. Wir hatten den Ort überhaupt nur deshalb als Ziel unseres Ausflugs ausgewählt, weil wir den Fiddleburys natürlich einen Bericht über unsere Aktivitäten schuldig waren.

Tatsächlich war der Friedhof kaum noch als solcher zu erkennen. Im Licht der freundlichen Nachmittagssonne wirkte er eher wie ein wild romantisches Ruinenfeld einer lange untergegangenen Zivilisation. Nur bei genauem Hinschauen entpuppten sich die verwitterten Brocken auf der wild wuchernden Wiese als Grabsteine. Julie schaute jedoch nicht genauer hin. Übermütig lachend tanzte sie mit mir über das Gräberfeld, während Charles den Picknickkorb auspackte.

Nach einigen Minuten der überschwänglichen Lebensfreude nahmen wir Charles jedoch das Auspacken der Leckereien ab, damit er sich schon einmal um das Gespann kümmern konnte. Julie setzte den von Charles selbst gebauten Teekocher in Gang, während ich ein paar Eier pellte. Ich hatte gerade ein Ei von seiner Schale befreit, als ich wegen eines plötzlich über unsere Picknickdecke fallenden Schattens zusammenfuhr. Schon im nächsten Augenblick konnte ich aber schon wieder über mich lachen: Unterbewusst hatte ich wohl nicht vergessen, dass wir uns an einem *verfluchten Ort* befanden. Charles musste schneller als erwartet mit seiner Arbeit fertig geworden sein und stand jetzt hinter mir. Sein Schatten genügte bereits, um mich bis ins Mark zu erschrecken.

Dennoch wagte ich nicht, mich umzudrehen. Ich ärgerte mich maßlos über diesen abergläubischen Impuls, doch auch wenn ein Teil von mir völlig entspannt blieb, machte mir mein tierischer Anteil das Umdrehen unmöglich. Beinahe verzweifelt hoffte ich, dass er endlich etwas sagte. Julie hatte dieses Problem nicht – schließlich hatten wir ihr auch nicht gesagt, wo wir uns befanden. Erfreulicherweise hatte sie auch nicht mein Zusammenzucken bemerkt. Während sie konzentriert das Feuerloch des Teekochers betrachtete fragte sie: „Charles? Muss man hier ein Feuerhölzchen hineinhalten? Oder zündet das von selbst?" Zu meinem Entsetzen antwortete Charles nicht. „Charles?", fragte Julie erneut und drehte sich um. Ich erwartete einen erschreckten Aufschrei oder ein Kreischen zu hören, doch stattdessen lachte sie. „Charles?", rief sie jetzt recht laut. „Zündet dein Teekocher von selbst?"

„Ja", kam es von viel zu weit entfernt zurück. „Ich zeige es dir gleich, Julie." Wie erstarrt beobachtete ich weiterhin den Schatten, der offenbar von irgendetwas *Unsichtbarem* hinter mir geworfen wurde. Überdeutlich zeichnete sich die Silhouette eines

Mannes mit Mantel und Zylinder auf dem weißen Picknicktuch ab. Trotz meiner lähmenden Angst wunderte sich ein Teil von mir über sich selbst. Es war doch nur Essenz! Eine Naturkraft, wie Feuer oder Wind. Warum überkam mich bei ihrem Auftauchen diese kreatürliche Furcht?

„Und ich hätte geschworen, dass er direkt hinter uns steht", sprach Julie mich lachend an. „Dabei hat sich wohl nur eine Wolke vor die Sonne geschoben. Was er wohl davon hält, mit einer Wolke verwechselt zu werden?"

Eine Wolke! Das musste es sein! Hoffnungsvoll drehte ich mich zur Sonne um, doch selten hatte ich einen so wolkenlosen Himmel wie heute gesehen. Dafür glaubte ich ein leichtes Flirren in etwa einem Meter achtzig über dem Boden zu sehen …

Die Augen, schoss es mir durch den Kopf. Heute würde ich aber nicht mehr beschwören, dass ich mir diesen Lichteffekt nicht bloß einbildete.

„Mein Gott, Shortbread", meinte Julie bestürzt. „Du zitterst ja!" Ihre Berührung brach den Bann, den die unheimliche Erscheinung über mich geworfen hatte. Zumindest so weit, dass ich einigermaßen geistesgegenwärtig reagieren konnte. Mit belegter Stimme sagte ich: „Ja, ich habe mich wohl etwas verkühlt."

„Was machst du nur für Sachen?" Eilig holte sie eine weitere Decke aus dem Korb und kuschelte uns beide darin ein. Die plötzliche Nähe und vor allem ihr wunderbarer Duft befreiten mich endgültig aus der eisigen Umklammerung der Furcht. Ich konnte schon wieder vergnügt die Schneidezähne zeigen, als ich sagte: „Vielleicht bin ich auch nur ein guter Schauspieler und jetzt am Ziel meiner Wünsche."

Spitzbübisch lächelte sie zurück. Spöttisch zeigte sie die Schneidezähne dabei etwas mehr als nötig. Als ich daraufhin laut zu lachen begann, verschwand der Spott aus ihren Augen und machte herzerwärmender Zärtlichkeit Platz. Als Charles endlich zu uns stieß, waren wir mit hingebungsvollem Lippenknabbern beschäftigt. Die Welt um uns hatten wir vollkommen vergessen.

Dass der Spuk auf diesem Friedhof nicht so stark wie das verfluchte Haus in der Oxford Street auf das Unterbewusstsein wirkte, war uns als großer Vorteil erschienen. Weder Julie noch Charles hatten auch nur das kleinste Unwohlsein verspürt. Allerdings hatten wir den Friedhof auch vor Einbruch der Dunkelheit wieder verlassen. Nachdem wir Julie auf dem Anwesen der Blackwells abgesetzt hatten, wurde Charles von meinem aufgeregten Bericht völlig überrascht. Aber selbstverständlich glaubte er mir jedes Wort. Noch am selben Abend verabredeten wir mit den Fiddleburys eine erneute Exkursion. Leider verzögerte sich unser Aufbruch um einige Tage, weil Fiddlebury nach dem Genuss von Fifis Tee eine enorme Affinität zu Sanitäranlagen entwickelte. Erfreulicherweise schien aber nur ich meine stählerne Freundin im Verdacht zu haben.

Jedenfalls war deshalb seit meiner Entdeckung des Spuks einige Zeit vergangen. Und je länger wir hier warteten, umso unsicherer wurde ich, ob meine Beobachtungen nicht das Produkt eines überreizten Nervenkostüms waren. Schon vor zwei Stunden war die Sonne untergegangen; außer einem lauen Nachtwind hatten wir keine außergewöhnlichen Sinneseindrücke zu verzeichnen. Fiddlebury lächelte Charles und mich seit einer halben Stunde so süffisant an, dass ich am liebsten die Lampen gelöscht hätte. Was erwartete er? Dass der Spuk auf Knopfdruck losgehen würde? Waren wir vielleicht mit dem Geist verabredet?

Mehr Sorgen bereitete mir allerdings Rachels Verhalten. Sie beschränkte jede Kommunikation auf das Notwendigste und verzog keine Miene. Ich hatte Charles gegenüber ein furchtbar schlechtes Gewissen.

„Vielleicht tritt der Spuk nur bei Tageslicht auf", meinte mein Freund gerade.

„Es besteht keine Notwendigkeit davon auszugehen, dass Spukphänomene überhaupt jede Nacht stattfinden", vermutete Rachel. Fast glaubte ich, die Eiszapfen an ihren Stimmbändern nachklingen zu hören.

„Oder hier ist nichts und wir schlagen uns ohne Grund die

Nacht in dieser Einöde um die Ohren", ätzte ihr Vater. Mittlerweile schien dem Griesgram sogar das süffisante Grinsen zu vergehen. Wieder staunte ich, dass ein so alter Mann so ungeduldig sein konnte.

„Es wird uns nichts übrig bleiben, als zu warten", stellte Charles fest. „Dass die Aktivität hier nicht so stark ist, sollte uns das Beobachten sehr viel leichter machen." Fiddlebury schnaubte abfällig.

„Wenn es hier nur das von mir beschriebene Phänomen geben sollte, gibt es hier nur herumgeisternde Schatten. Die würden wir in der Dunkelheit gar nicht sehen", gab ich zu bedenken.

„Ja warum sind wir dann mitten in der Nacht hier?", pöbelte der alte Geier, als hätte er mit den Entscheidungen unserer Gruppe nichts zu tun. Wir hatten den Zeitpunkt schließlich ausführlich diskutiert. Doch nicht nur deshalb wartete Fiddlebury vergeblich auf eine Antwort. Wir alle glotzten ihn fassungslos an: Seine Augen glühten. Nein, nicht einfach die Augen – seine *Augäpfel* glühten in einem so gleißenden Feuer, dass sie *durch seinen Schädel* hindurch sichtbar waren. Der Anblick war mehr als unheimlich, doch die lähmende Angst, die ich in der Oxford Street oder gestern Nachmittag empfunden hatte, blieb aus. Dennoch brachte niemand ein Wort heraus.

„Was ist los?", fauchte Fiddlebury. Dann trat das Glühen aus seinen Augen heraus und blendete ihn. Mit einem heiseren Aufschrei warf er sich so wild nach hinten, dass er mitsamt seines Klappstuhls umfiel. Doch nicht einmal Rachel kümmerte sich um ihn. Das Leuchten schien jetzt von zwei nur noch stecknadelkopfgroßen Punkten auszugehen, die gemächlich auf eine unserer Öllampen zutrieben. Die Lampe hing gut einen Schritt von Charles entfernt hoch in einem Baum.

Als die Erscheinung auf vielleicht einen halben Meter herangekommen war, begann das Licht zu flackern. Mit jedem Zentimeter, den sich die Lichtpunkte näherten, schien die Flamme verzweifelter um ihr Leben zu kämpfen. Doch vergebens. Die geisterhaften Lichter waren vielleicht noch eine Handbreit von der Lampe entfernt, als die Flamme ihren Kampf verlor. Entgegen unserer Erwartung verlöschte sie jedoch nicht, sondern wurde *aus der Lampe herausgezogen*. Deutlich war zu sehen, wie sie einen Moment durch die Luft schwebte und dann von den Geisterlichtern *aufgesogen* wurde. Die Lichter selbst schienen sich davon nicht beeinflussen zu lassen, sondern trieben einfach weiter.

Nach einer – wohl verständlichen – Schrecksekunde funktionierten wir alle wie abgesprochen: Charles griff sich unsere Silbervorräte und das Mondlicht, während Rachel ein paar Messinstrumente mitnahm. Fiddlebury und ich waren mit jeweils zwei Lampen für die Beleuchtung zuständig. Charles hatte eigens für diesen Zweck für mich handhabbare Öllampen angefertigt. Augenblicke später hetzten wir der Erscheinung bereits hinterher.

Doch wir hätten uns nicht zu beeilen brauchen. Die Geisterlichter trieben gemächlich über den Gottesacker und schienen uns gar nicht wahrzunehmen. Rachel konnte sogar in aller Ruhe einige Messungen vornehmen: Luftdruck und Temperatur waren danach in unmittelbarer Nähe der Lichter relativ niedrig. Als der Weg immer länger wurde, nahm sie mich schließlich auf den Arm. Charles musste sein schweres Gepäck immer häufiger abstellen; nicht nur das Gewicht auch der unebene Boden schien ihm zu schaffen zu machen.

Nach einer halben Stunde hatten wir noch immer kein Wort miteinander gesprochen. Dafür erreichten wir die äußeren Ausläufer des Moores. Der Untergrund wurde immer weniger vertrauenerweckend. Als Rachel plötzlich bis zu den Knöcheln im weichen Boden versank, wollte ich schon vorschlagen, die Verfolgung abzubrechen. Doch dann schlug es über uns zusammen. Anders kann man es nicht ausdrücken.

Es begann mit dem Schrei eines jungen Mädchens. Einem so unglaublich lauten und verzweifelten Schrei, dass er uns allen wie ein Reibeisen in die Knochen fuhr. Weit schlimmer war, dass dieser Schrei einfach nicht enden wollte. Mehrere Herzschläge lang versuchte ich erfolglos, mir die Ohren zuzuhalten; dann ließ mich Rachel plötzlich fallen. Mit dem Gesicht voran landete ich im Matsch. Um mich herum schlugen Lampen, Thermometer und Manometer auf, doch erfreulicherweise verlöschte das Licht nicht. Benommen sah ich zu Rachel auf.

Erst dann begriff ich, dass dieser entsetzliche, anhaltende Schrei von ihr ausgestoßen wurde. Ihre Augäpfel glühten blutrot durch ihren Schädel und aus ihrem weit geöffneten Mund strömte gleißend helles Licht. Wie eine Wahnsinnige riss sie an ihren roten Haaren, während sie mit dieser fremden Stimme ihre Verzweiflung herausschrie. Plötzlich war Charles bei ihr und versuchte, beruhigend ihre Arme festzuhalten. Keine Sekunde später stieß ihn die zierliche Rachel so hart von sich, dass er mitsamt seines schweren Rucksacks fast fünf Meter weit fortgeschleudert wurde. Im nächsten Moment lief sie wie am Spieß schreiend in das Moor hinein. Natürlich nahmen wir alle augenblicklich die Verfolgung auf.

Charles nahm sich nicht einmal die Zeit, eine Lampe mitzunehmen. Benommen rappelte er sich auf, und versuchte, Rachel mit einem Sprint den Weg abzuschneiden. Bei ihrem Tempo war dieses Unterfangen meiner Einschätzung nach jedoch zum Scheitern verurteilt. Fiddlebury und ich liefen mit unseren Lampen hinterher; allerdings konnte ich mit meinen kurzen Beinen nicht einmal mit dem alten Mann mithalten. Ich stürzte in einen seiner Fußabdrücke und nahm mit meinem Gesicht erneut eine Bodenprobe. Als ich mich wieder aus dem breiigen Schlamm aufgerappelt hatte, konnte ich Fiddleburys Funzel gerade hinter einer Baumgruppe verschwinden sehen. Rachels glühende Augen schienen mittlerweile kilometerweit entfernt zu sein und selbst ihre Schreie wurden fast vollständig von der tiefschwarzen Nacht des Moores verschluckt. Jeden Augenblick würde ich in dieser Welt aus Dunkelheit vollkommen allein sein.

Wie eine eigenständige Wesenheit griff die Panik nach meinem Herzen und biss sich darin fest. Das glühende Licht in Rachels Augen war der einzige sichtbare Hinweis auf eine andere Seele in diesem Geistermoor. Und so hechtete ich dem dämonischen Feuer hinterher, als würde mein Leben davon abhängen. Da ich auf zwei Beinen viel zu langsam war, ließ ich sogar die Lampe fallen und rannte blind vor Angst dem immer schwächer werdenden Licht hinterher. Ich lief gegen Pflanzen, stolperte über Steine und klatschte schließlich in schlammiges Wasser. Die stinkende Brühe schien mich mit Milliarden glitschiger Krakenarme in die Tiefe ziehen zu wollen, doch die Panik schenkte mir Bärenkräfte. Irgendwie gelang es mir, Boden unter die Füße zu bekommen – oder zumindest etwas, das nicht wie Öl unter meinen Füßen nachgab.

Es schien eine Art Holz zu sein, das wenige Zentimeter unter der Oberfläche lag. Ich war so erleichtert, dass ich beinahe wieder denken konnte. Mir diesen Zustand zu erhalten, war jedoch nicht leicht. Außer dem leisen Schlürfen des brackigen Wassers um mich war kein Geräusch mehr zu hören. Meine Begleiter schienen endgültig von der Dunkelheit verschluckt worden zu sein, als könne man in dieser Nacht ebenso versinken, wie im Moor darunter. Oder vielleicht war *ich* es, der *verschluckt* worden war. Der irrationale Gedanke ließ mich nicht mehr los. Mit einem Mal schien die Dunkelheit wie eine riesige glitschige Nacktschnecke *näher an mich heranzuschieben*. Die Nacht schien nicht einfach die Abwesenheit des Tages zu sein. Sie war wie ein Fluidum, das unerbittlich in mich hineinzudringen schien. Vielleicht bin ich nicht mehr auf der mir bekannten Welt, durchzuckte es mich. Beinahe schien das schlammige Wasser um mich eine erlösende Rettung aus den Schrecken dieser Nacht zu bieten.

Was würde Julie denken? Dass ich aus Furcht vor der Dunkelheit ertrunken war? Natürlich war der Gedanke lächerlich – wäre ich damals wirklich ertrunken, hätte wohl nie jemand von meinen Nöten erfahren. Aber der Gedanke an Julie rettete mich. Plötzlich konnte ich wieder klar denken.

Zunächst musste ich aus diesem Wasser heraus. Vorsichtig ertastete ich meine Umgebung. Meine rettende „Insel" war rundherum fest und mit einer lederartigen Pelle umgeben, auf der ich gut Halt fand. Nach weinigen Augenblicken stellte ich fest, dass es sich tatsächlich um eine Art Leder handelte: Ich ertastete Zähne. Als hätte jemand das Licht angemacht, formte sich in meinem Kopf das Bild einer grässlichen Moorleiche, auf deren Gesicht ich gerade saß. Ja, ich bin Wissenschaftler. Aber bitte beziehen Sie die Umstände in Ihr Urteil ein. Ich frage mich, wie Sie in einer solchen Situation reagieren würden.

Von einem Herzschlag auf den anderen sprang mich das Grauen mit derartiger Intensität an, dass ich erneut die Kontrolle verlor. Irgendwie gelang es mir, von der Leiche herunter und sogar auf beinahe festen Boden zu kommen. Ich erinnere mich, völlig von Sinnen durch die absolute Dunkelheit gerannt zu sein. Alles, was ich hörte, war mein Blut, das wie ein panischer Orkan durch meine Ohren rauschte. Ein Wunder, dass ich mir nicht an irgendeinem Hindernis den Schädel einschlug.

Meine wilde Flucht endete auf eine Weise, die ich noch immer nicht genau erklären kann. Bis heute habe ich es nur bei einem Menschen über mich gebracht, von den weiteren Geschehnissen in dieser Nacht zu berichten. Ich bitte Sie deshalb, diesen Teil meiner Geschichte als absolute Privatangelegenheit zu betrachten und auf keinen Fall weiterzuerzählen.

Denn von einem Augenblick auf den anderen hatte ich wieder Licht und wurde vom Gejagten zum Jäger. In meiner Hand hielt ich eine Fackel und ich war so groß, dass mir der Schlamm nicht mehr die Hosen verunreinigen konnte – Schließlich reichten sie auch nur noch bis zu den Knien. Meine Füße steckten in edlen Halbschuhen mit goldener Schnalle und meine Unterschenkel wurden von blütenweißen Seidenstrümpfen geschützt.

Das Rennen bereitete mir keine besondere Mühe, auch wenn ich unter dem Dreispitz und der schneeweißen Perücke stark schwitzte. Nicht das mich Anstrengung aufgehalten hätte. Ich war so auf die langen blonden Haare meiner Beute fixiert, dass ich mich nicht einmal über die plötzliche Veränderung wunderte. Nichts außer den wehenden Haaren und dem schlanken, weiblichen Körper vor mir hatte irgendeine Bedeutung. Trotz ihrer panischen Angst setzte sie wie eine Gazelle über Hindernisse hinweg, doch ich kam erregt, wie ein ganzes Rudel Hyänen hinter ihr her. Sie konnte mir nicht entkommen und sie wusste es. Beinahe konnte ich ihre Furcht auf meiner Zunge schmecken.

Ich wartete nicht, bis sie die Kräfte verließen; sie sollte noch etwas Kampfgeist für den Schlussakt übrig behalten. Ich erhöhte das Tempo und griff mit der freien Hand in ein Meer goldener Seide. Ich bekam den größten Teil ihrer Haare zu fassen, drehte meine Hand und riss sie mit einem harten Ruck zurück. Mit einem Aufschrei verlor das junge Ding den Boden unter den Füßen. Ehe sie sich wehren konnte, biss ich ihr in die Unterlippe und stieß sie zu Boden. Das Fackellicht zeichnete verzerrte Dämonen an die Bäume, die sich geifernd und tanzend über die Darbietung freuten …

Es tut mir leid, aber ich fürchte, dass ich an dieser Stelle nicht weitererzählen kann. Ich tat dem armen Ding unaussprechliche Dinge an. Die ganze Zeit hielt mich eine klebrige, Sinne vernebelnde Form von Wollust fest im Griff. Ich missbrauchte das arme Ding nicht nur. Der Höhepunkt war, sie barbarisch langsam zu erdrosseln und ihr dabei in die Augen zu sehen. Warum auch nicht? Sie war nur ein Bauernmädchen und ich …

Ja, wer war ich eigentlich?

Als der schreckliche Rausch nachließ, war ich wieder Bradley und die Sonne ging auf. Nie hatte ich mich so über einen Sonnenaufgang gefreut, wie dieses Mal. Statt aber zu lachen und tanzen musste ich mich erst einmal übergeben. Zu tief waren die Bilder und vor allem die abscheulichen Gefühle in meine Seele gesunken, als dass ich das Geschehene sofort abschütteln konnte. Ich fühlte mich in einer Weise besudelt, die ich nicht in Worte fassen kann.

Die Sonne war schon ein Stück über den Horizont gestiegen, als ich mich endlich aufrappeln konnte, um nach den Anderen zu suchen. Erfreulicherweise verblassten die Bilder der vergangenen Nacht mit jedem Schritt, den ich mich von meinem Übernachtungsort entfernte. Ich wurde wieder zu mir selbst, auch wenn man mich wohl nicht erkannt hätte. Mit meinem dreckverkrusteten, in alle Richtungen abstehenden Fell ähnelte ich eher einem in einen Sturm geratenen Kuhfladen als einem italienischen Gentleman.

Charles und Rachel fand ich nur wenige Meter entfernt eng aneinander gekuschelt vor. Charles schien müde, aber erleichtert zu sein, mich zu sehen. Rachel war ohnmächtig, klammerte sich aber weiterhin an meinen Freund, als wäre er der letzte Halt, der sie vor dem Sturz in den Wahnsinn bewahren konnte. Die Pose passte zu ihrem Aussehen – sowohl Charles als auch Rachels Garderobe hatte so gelitten, dass sie auch als Schiffbrüchige durchgehen konnten. Kurz darauf stieß auch Fiddlebury zu uns. Er war fast nackt, am ganzen Körper zerkratzt und vollkommen mit den Nerven am Ende. Bis heute hat keiner von uns den Anderen je erzählt, was ihm in dieser Nacht zugestoßen ist.

„Wir müssen morgen noch einmal dorthin", sagte Charles mitten in unsere entspannte Stimmung hinein. Er saß mit einer di-cken Zigarre in einem luxuriösen Schaumbad, und sah endlich wieder wie er selbst aus. Ich hatte es noch weit luxuriöser getroffen: Mein Schaumbad befand sich in einer silbernen Schüssel und Fifis schlanke Finger streichelten mir sanft den Dreck aus dem Fell.

„Es gewesén sä'r schmutzig dort", stellte sie kopfschüttelnd fest. „Wir dann nac' Eusch Rückke'r gleisch noc' einmal badén ge'en, mein drollisch Chérie?" Wer noch nie von Fifi in dieser Weise behandelt wurde, kann kaum nachfühlen, was man alles für diesen Genuss riskieren würde.

„Wenn ich nicht richtig schmutzig werde, werde ich mich dafür in eine Schlammpfütze werfen", versprach ich grinsend. Seltsam, wie leicht mir das Lachen schon wieder fiel. So nah die Eindrücke mir auch gekommen waren – jetzt schien es, als hätte sie ein Anderer durchlebt. Dennoch war es mir nicht möglich, Charles auch nur von der Moorleiche zu erzählen, dabei war die für die wissenschaftliche Auswertung unseres Experiments vielleicht von großer Bedeutung.

Auch Charles konnte schon wieder lächeln. „Du sagst ja gar nichts dazu", stellte er fest.

„Nein", stimmte ich ernst zu. „Du hast nur ausgesprochen, was wir beide gedacht haben. So etwas darf einfach nicht auf dieser Welt sein Unwesen treiben."

„Unwesen treiben? Hast du deine Meinung darüber geändert, was die Natur von Geistererscheinungen angeht?"

„Nein, im Gegenteil." Einen Moment flammten wieder die Bilder der vergangenen Nacht in mir auf, sodass ich einen Augenblick schwieg. „Mehr denn je bin ich sicher, dass Spukerscheinungen nichts Anderes als marodierende Erinnerungen sind."

„Erinnerungen?" Charles stellte die Frage seltsam schwankend, so als würde sie ihn sehr persönlich betreffen. Offenbar waren unsere Erlebnisse ähnlicher gewesen, als ich erwartet hatte.

„Ich meinte natürlich Essenz", sagte ich dennoch schnell. Nebenbei bemerkte ich, dass Fifi mich aus dem Wasser hob. „Nach dem gestrigen Abend können wir es wohl als gesichert ansehen, dass ..." Der Rest meines Satzes ging in einem Schwall warmem Wassers unter, den Fifi über mir ausgoss. Gleich danach begann sie vergnügt summend mein Fell auszuwringen, mich in klares warmes Wasser zu tauchen und die Prozedur dann zu wiederholen. Das hört sich vielleicht sehr martialisch an, war aber angenehm wie eine Massage.

„... dass es sich bei Spukerscheinungen nicht um Wesenheiten handelt?", schlug Charles mir als Ende meines Satzes vor.

Ich nickte, was auch das höchste der Gefühle war, was ich bei meiner Behandlung noch zu unserem Gespräch beitragen konnte.

Die Fiddleburys sahen sich die nächsten Tage außerstande, weiter an unserem Projekt zu arbeiten. Vor allem Rachels Vater schien schwer angeschlagen und musste sogar das Bett hüten. Allerdings hätten wir die beiden auf diese Mission auch nicht mitgenommen. Wie Julie es später ausdrückte: Diese Mission war nichts für Frauen und Greise, sondern für echte Männer und zähe Ratten. Zunächst hatten wir überlegt, ob die Mission vielleicht auch für stahlharte Dienstmädchen geeignet war, doch Fifi wäre in dem weichen Boden vermutlich einfach versunken.

Also kamen wir an diesem Nachmittag nur zu zweit an den Ort des Geschehens zurück, um dem Spuk im wahrsten Sinne des Wortes ein Ende zu machen. Dabei war dies gar nicht so einfach. Im Gegensatz zu unserem ersten Fall, ging es hier um ein sehr großes Gebiet, dessen Ausmaße uns nicht genau bekannt waren. Aus diesem Grund benutzten wir diesmal einige tausend Silbermünzen, die wir sowohl im Moor als auch auf dem ehemaligen Friedhof auslegten. Erfreulicherweise verloren die Münzen durch unsere Arbeit ja nicht ihren Wert, sodass die Aktion Charles nicht ruinieren konnte.

Noch schwieriger gestaltete sich die Arbeit mit dem Mondlicht. Wir hatten nur zwei Töpfe, die sich problemlos mit unserem Seilzug umstürzen ließen. Erfreulicherweise kam uns der Zufall zu Hilfe. Während ich entlang unserer Pfade, die zumindest meine menschlichen Partner in der Horrornacht in das Moor getrampelt hatten, Münzen auslegte, fand ich sie wieder: Die Moorleiche, die mich vor dem Ertrinken gerettet hatte. Einer ihrer Füße ragte mehrere Zentimeter aus dem Wasser.

Der grausige Anblick rief das schlechte Gewissen in mir wach. Plötzlich konnte ich wieder diese langen blonden Haare vor mir sehen. Diese unschuldige Furcht und dieses Unverständnis in ihrem Blick. Hatte ihre Essenz diesen Spuk verursacht? Dann hätte ich wohl kaum durch die Augen ihres Mörders geblickt. Ob es vielleicht Menschen gab, die durch ihre eigenen Gefühle andere zu vermehrtem Essenzausstoß bringen konnten? Mit einem Mal erkannte ich einen Findling und einen alten Baum wieder. Hier war es gewesen! Diesen Weg waren das Mädchen und ihr Häscher vor langer Zeit entlanggelaufen!

„Geht es dir gut, mein Freund?", sprach mich Charles plötzlich an. Ich war so in Gedanken versunken gewesen, dass ich sein Näherkommen nicht bemerkt hatte. Ich fuhr zusammen und schaute verwirrt zu ihm auf.

„Ist hier etwas?", fragte er besorgt. Sah er denn die Leiche nicht? Aus seiner Höhe musste er sie noch viel besser als ich sehen können und er schaute genau auf sie. Ich nickte. Ich musste mich räuspern bevor ich antworten konnte.

„Genau hier. Und den Weg da entlang."

Ich war sehr dankbar, dass Charles keine Fragen stellte. Penibel legten wir den Weg mit Münzen aus und installierten beide Töpfe. Zwar legten wir auch Münzen an unserem Picknickplatz und dort aus, wo Charles und Rachel die Nacht verbracht hatten, doch bei der Auswahl des Schwerpunktes verließ er sich auf mich. Als das geschafft war, statteten wir alle fraglichen Orte mit Fackeln aus, damit wir in der Nacht auch die anderen Orte einen nach dem anderen annihilieren konnten. Dann schlugen wir unser Lager am Rand des Moores auf und warteten, gemütlich am Lagerfeuer grillend, auf die Nacht. Obwohl wir trotz der Umstände durchaus eine schöne Zeit hatten, verspürte keiner von uns das Bedürfnis, zu reden.

Als die Sonne ihre letzten Strahlen über das Firmament sandte, waren wir noch immer nicht von einem wie auch immer gearteten Spuk belästigt worden. Keiner von uns wollte jedoch darauf warten, dass sich dies änderte. Kaum war das Moor in der Dunkelheit versunken, schützten wir uns mit mehreren dicken Decken vor eventuellem Streulicht und lösten die Annihilation aus. Die Nacht war schwarz als bestünde sie aus Tinte. So konnte ich unter der Decke ebenso viel wie unter freiem Himmel sehen – mit Ausnahme der Sterne natürlich.

Als wir aus unserer Deckung hervorkamen, schien sich das Moor verändert zu haben. Auch Charles spürte es. Es war, als wäre die Luft irgendwie *leichter* geworden und als könne man wieder richtig durchatmen, obwohl ich vorher keinerlei Beklemmung verspürt hatte.

„Es ist vorbei", kleidete ich das Gefühl in Worte und Charles nickte. Ohne darüber zu sprechen, änderten wir unseren Plan, jetzt auch die anderen vorbereiteten Bereiche zu behandeln. Charles nahm seine Lampe und mich auf den Arm und dann inspizierten wir unser Werk. Doch es erwartete uns ein trauriger Anblick. Die Münzen waren kohlrabenschwarz, doch nicht nur dem Spuk war seine Kraft entzogen worden, sondern auch den Pflanzen. Der uralte Baum stand kahl und tot an seinem Platz; von den an seinem Stamm wuchernden Pilzen waren nur noch schwarze Krümel übrig. Schachtelhalme und Sumpfgras waren weißlich-gelb geworden, als wäre das Moor von einem Augenblick auf den anderen ergraut, und vermutlich würde das wahre Ausmaß der Zerstörung erst bei Anbruch des Tages sichtbar werden.

Charles und ich wechselten einen Blick. In seinen Augen sah ich das gleiche schlechte Gewissen, das auch mich umtrieb. War es das wert gewesen? Als ich noch einen Blick über diesen furchtbaren Kahlschlag gleiten ließ, erstarrte ich plötzlich.

Die Leiche! Sie war fort. Fort, *als wäre sie nie hier gewesen.*

„Die Struktur scheint bei beiden Proben identisch zu sein", stellte Rachel nachdenklich fest, als sie den Fadenzähler absetzte. Sie hatte sich bemerkenswert schnell wieder gefangen und schien nicht einmal mehr an die Vorgänge im Moor zu denken. Auch mit Charles ging sie nicht mehr so eisig um. Und während wir dem Spuk ein Ende machten, hatte sie bereits ein Schema erstellt, mit dem sie die Oberflächenstrukturen unserer Essenzausbeute miteinander vergleichen konnte. Ihr Vater war noch immer zittrig, hatte sich seine bösartige Nörgelei aber bewahrt: „Ja, was heißt das schon?"

„Erstaunlich", sagte Charles, als hätte der alte Geier nichts gesagt. „Ich hätte erwartet, dass die Struktur mit dem darunter liegenden Objekt zusammenhängt."

Rachel war diplomatischer und reagierte gleichzeitig auf die

Kommentare der beiden Männer: „Unerwartet, aber bemerkenswert. Die Struktur der beiden Spukproben unterscheidet sich so deutlich von allen anderen Proben, die ich bisher gesehen habe, dass wir es vielleicht mit einer völlig anderen Art von Essenz zu tun haben."

Ich für meinen Teil fand die identische Schichtung weniger spektakulär als die Farbe. Als Erstes hatten wir unsere mitgebrachte Probe nämlich in Charles' Prismometer gelegt und dabei festgestellt, dass auch die Farbprofile der beiden Spukproben nahezu identisch waren. Die minimalen Abweichungen schrieb ich der pflanzlichen Essenz zu, die wir notgedrungen nebenbei annihiliert hatten. Doch trotz dieser minimalen Abweichungen waren sich bislang keine zwei Proben so ähnlich gewesen.

„Vielleicht zeigt sich darin, dass wir es nur mit einem Spiegelbild von Essenz zu tun haben", sagte ich deshalb. „Vielleicht fehlt außerhalb von Körpern gespeicherte Essenz die Individualität, weil sie eben auch nicht von einem Individuum ausgestrahlt wird." Sowohl das Thema als auch die Tatsache, dass ich mich an den Vermutungen beteiligte, schien das Gespräch für Fiddlebury zu einer unüberwindlichen Geduldsprobe zu machen. Wie ein kleines Kind buhlte er mit unqualifizierten Störmanövern um unsere Aufmerksamkeit. „Wo bleiben eigentlich die Plätzchen?", fragte er plötzlich. Tatsächlich hatte er Kinkin schon vor einer halben Stunde nach oben geschickt, um ihm die Keksdose zu holen. Warum er gleich nach dem Frühstück unbedingt seine Werkstatt vollkrümeln musste oder warum er sich das Backwerk nicht selbst holte, war mir allerdings schleierhaft.

„Ich schaue sofort nach", erbot sich Rachel. Ihre Reaktion kam so willfährig, dass sie wie das Ergebnis einer regelrechten Dressur wirkte. Es tut mir leid, so etwas über meine Freundin Rachel sagen zu müssen, aber sie erinnerte mich in diesem Augenblick tatsächlich an ein gutes Pferd, das auf jeden Wink seines Herren zu springen bereit ist. Bevor sie ihr Versprechen jedoch in die Tat umsetzen konnte, hielt Charles sie sanft am Arm fest. „Bitte lasst mich das übernehmen", bat er. Bevor sie antworten konnte, hatte er die Treppe bereits überwunden.

Rachel lächelte ihm einen Augenblick nach, bevor sie sich wieder an die Arbeit machte. Sie nahm eine unserer angelaufenen

Münzen in die Hand und schritt mit ihr zum Essenz-Aspirator …

Oh? Davon hatte ich noch gar nicht erzählt? Das kommt vor, wenn ein Begriff für jemanden alltäglich geworden ist. Immerhin bin ich in dem Ding ja geboren worden, nicht wahr?

Der Essenz-Aspirator ist gewissermaßen das Herzstück von Fiddleburys Forschungen. Es ist ein wuchtiges Monstrum von einer Maschine, an der bestimmt ein Dutzend Messgeräten und doppelt so viele Regler und Hebel angebracht sind. Im Wesentlichen besteht das Gerät aber aus zwei Kammern. Einer kleinen Silberkammer – deren Größe der einer etwas überdimensionierten Hutschachtel entsprach – und der großen Zielkammer. In dieser wurde das Subjekt während der Essenzübertragung eingeschlossen. Die Fiddleburys hatten für ihre Konstruktion auf eine ausgediente Experimentaldruckkammer der Royal Navy zurückgegriffen. Sie war groß genug, um einen Menschen aufzunehmen, aber vollkommen schall- und luftdicht. Über ein kleines Bullauge konnte man jedoch hineinsehen und eine dampfgetriebene Pumpe versorgte eventuelle Insassen mit Atemluft. Eben diese Luftpumpe machte das Gerät zu einem laut lärmenden Ungeheuer.

Die Hauptfunktion der Apparatur war allerdings nicht das Erzeugen von Lärm. Die Maschine war in der Lage mit Druck, Chemikalien und geschickter Ladungsverteilung die schwarze Schicht von Silber in Sekunden zu verdampfen und die darin gespeicherte Essenz auf ein in der Zielkammer kauerndes Lebewesen zu übertragen.

Natürlich wollte Rachel das Gerät jetzt nicht seiner eigentlichen Bestimmung gemäß benutzen. Die Silberkammer des Essenz-Aspirators zeichnete sich aber durch eine Reihe praktischer Messgeräte aus. Rachel legte die Münze ein und verdampfte einen winzigen Teil der Probe. So konnten wichtige Erkenntnisse gewonnen werden. Zum Beispiel, wie stark die Essenz aus ihrer Bindung in der schwarzen Substanz herausdrängte. Oder wie hoch der Schwefelanteil im physischen Teil der schwarzen Substanz ist. Beides war bei den aus unseren Spukexperimenten gewonnenen Proben außerordentlich niedrig.

Während Rachel die Probe untersuchte, hörte ich Kinkins schlurfende Schritte die Treppe herunterkommen.

„Alles in Ordnung?", erkundigte ich mich.
„Alles bestens", antwortete Charles lächelnd. „Kinkin hatte nur vergessen, was sie tun sollte."
Wie üblich bestätigte sein Geschöpf die Erklärung mit einem schüchtern klingendem Kommentar: „Kinkin."
Als sie Fiddlebury die Keksdose reichte, winkte dieser nur ab. „Jetzt habe ich auch keinen Hunger mehr", erklärte er ungnädig.
Als ich sah, wie sie nach Verarbeitung des Kommentars den Kopf hängen lassen wollte, griff ich ein: „Also ich für meinen Teil könnte jetzt gut einen Keks gebrauchen." Fröhlich mit den Augen blinkend drehte sich das stählerne Dienstmädchen zu mir um.
„Kinkin", sagte sie nicht minder erfreut. Allerdings blieb sie an Ort und Stelle stehen.
Nach einer kurzen Pause fügte ich grinsend hinzu: „Gib mir bitte einen Keks."
„Kinkin!" Sie wirkte richtig aufgeregt, als sie zu mir herüberschlurfte. Unbeholfen ließ sie die Keksdose auf den Tisch poltern und bemühte sich gleich darauf, sie zu öffnen. Erst glitten ihre behandschuhten Stahlfinger von der glatten Oberfläche ab. Dann griff sie jedoch so fest zu, dass sich das dünne Blech des Behältnisses immer mehr verbog. Nach beinahe zwei Minuten angestrengter Arbeit bekam sie plötzlich den Deckel zu fassen und riss ihn in einer ungeschickten Bewegung von der Dose herunter. Gleich darauf flog das verbeulte Blechteil im hohen Bogen durch den Raum und Charles an den Kopf.
Mein Freund war gerade in ein angeregtes wissenschaftliches Gespräch über die Befunde vertieft, welches ich leider nicht mitgehört habe. Als ihn das Geschoss traf, schien es ihn aus einer anderen Welt zurückzuholen. Sein Gesichtsausdruck war wirklich köstlich. Fiddlebury brach jedoch in solch ein gehässiges Gelächter aus, dass er sich an seinem Tee verbrannte. Kinkin hatte die Folgen ihres Tuns gar nicht bemerkt. Sie war vollauf damit beschäftigt, die scheinbar nur noch mit Krümeln gefüllte Dose nach einem Keks für mich zu durchsuchen.
„Was denken Sie, Mister Bradley?", erkundigte sich Charles. Offenbar wollte er den Vorfall ignorieren. Die förmliche Anrede war natürlich der Anwesenheit der Fiddleburys geschuldet. Es wäre unhöflich gewesen, sich in diesem Kreis zu duzen.

„Worüber genau, Mister Eagleton?" Es war peinlich, zugeben zu müssen, dass ich nicht zugehört hatte.

Charles war jedoch nicht verärgert. „Miss Fiddlebury schlägt die Fortsetzung unserer Spukexperimente vor."

Dass ausgerechnet sie, die wohl am Meisten von uns unter der Erscheinung gelitten hatte, diesen Vorschlag machte, beeindruckte mich. Aus Fiddleburys Reaktion war ersichtlich, dass er ebenfalls nicht zugehört hatte.

„Wie bitte?", meinte er entsetzt.

„Unsere Arbeit ist so wichtig", argumentierte Rachel. „Ohne uns würden noch viele Jahrhunderte lang Menschen von diesen Erscheinungen tyrannisiert werden. Und Vater, denke nur daran, wie dankbar Misses Jameson war." Sie wandte sich an Charles und mich. „Sie ist gestern noch einmal vorbeigekommen und war vollkommen außer sich vor Freude. Sie hat die Wohnungen vermietet und kann im ganzen Haus endlich höhere Mieten verlangen. Sie wirkte so glücklich."

Wenn Rachel so strahlte, konnte sie beinahe mit Julie mithalten. Allerdings fehlten ihr die Sommersprossen und das koboldartige Glühen in den Augen. Und erfreulicherweise war Julie nicht so *heldisch* wie Rachel. Der Rotschopf passte in jeder Beziehung zu meinem Freund.

„Davon abgesehen scheinen auch die Ergebnisse sehr wertvoll für uns zu sein", meinte Charles. „Wir sind schon ein ganzes Stück weitergekommen."

„Ich gehe auf keinen Fall noch einmal an so einen Spukort!" Fiddlebury fuhr auf.

„Das ist auch gar nicht erforderlich", sagte Charles besänftigend. „Vermutlich werden wenige Spukorte so leicht wie die bisherigen zugänglich sein. Und eventuell wird es erforderlich sein, schnell zu laufen oder zu klettern …" Mein Freund meinte es – glaube ich – wirklich gut.

Doch seine Worte packten den alten Geier an einem wunden Punkt. „Wollen Sie behaupten, ich sei gebrechlich?", fuhr er ihn lautstark an. „Nur weil ich ein paar Jahre älter bin als Sie, bin ich noch lange kein Greis!" Er regte sich so sehr auf, dass sein Hemd und der Tisch einen Speichelschauer abbekamen.

Charles hob beschwichtigend die Hände. „Das wollte ich auch nicht damit sagen, aber …"

„Kein *Aber*! Selbstverständlich werde ich an der nächsten Expedition teilnehmen!" Charles nickte ergeben, dann breitete sich ein betretenes Schweigen aus.

„Ich hätte auch schon ein neues Ziel", meinte Rachel zu unser aller Überraschung. Dann verschwand sie hinter einem riesigen Keks, den Kinkin in mein Blickfeld schob. Während ich Kinkin leise dankte, würdigte Charles Rachels Eifer. Ich stand auf, um dem Gespräch weiter folgen zu können, aber Kinkin hob den Keks exakt so weit an, dass er weiterhin mein gesamtes Gesichtsfeld ausfüllte.

„Vielleicht sollten wir uns vor dem nächsten Experiment einige Tage Pause gönnen", warf ich dennoch in der Hoffnung ein, dass Charles und ich noch einmal das Anwesen der Blackwells besuchen würden. Ich kam beinahe um vor Sehnsucht.

„Leider haben wir nicht viel Zeit", enttäuschte die hinter dem Keks verborgene Rachel meine Hoffnung. „Bei Kanalarbeiten ist man unter der Innenstadt versehentlich zu bislang unbekannten Räumen durchgebrochen. Es soll dort unten seltsame *Lichteffekte* geben. Übermorgen werden sich das ein paar Ingenieure und Archäologen anschauen. Und danach werden die Räume aus Sicherheitsgründen zugeschüttet, weil direkt über ihnen die Oper steht."

Ich weiß nicht, ob mein enttäuschtes, sehnsuchtsvolles Seufzen zu hören war oder nur durch mein Inneres hallte. Liebeskrank biss ich in meinen Keks.

„Es wirklisch sähr schmutzisch ist ´ier", konstatierte Fifi empört. „Schlescht Dienschtmädschen ´aben." Da wir nicht durch die bewachte Baustelle gehen konnten, mussten wir einen ziemlichen Marsch durch die Londoner Kanalisation auf uns nehmen. Zudem waren die Beschreibungen der Phänomene und der Räumlichkeiten sehr vage, so dass wir – um für jeden denkbaren Fall gerüstet zu sein – eine Menge Ausrüstung mitbringen mussten. Also hatten wir Fifi gebeten, uns beim Tragen zu „helfen".

Seit über einer Stunde schleppte sie mühelos fast eine halbe

Tonne Silber, unsere beiden Töpfe mit Mondlicht und eine Wagenladung Ausrüstung mit sich herum. Für sie schien das einzige echte Problem jedoch der allgegenwärtige Schmutz zu sein. Insbesondere der Schmutz, der sich in den Spezialsocken sammelte, mit denen Charles ihre Füße geschützt hatte. Ihre üblichen High Heels hätten dem Gewicht nicht standhalten können.

Das einzige Gepäck der restlichen Expedition bestand aus jeweils zwei starken Öllampen und dazugehörigem Reserveöl. Allerdings hatten die Menschen im Augenblick nur je eine in Betrieb. Ich hatte meine beiden Lampen noch nicht entzündet, weil ich in Charles' Brusttasche saß. Wenn man ganz genau war, trug er also vier Lampen und wurde durch meine Person mit zusätzlichem Gewicht belastet.

Aber auch Fiddlebury schien zusätzliches Gewicht mit sich herumzuschleppen. Selbst im Licht der Lampen war deutlich zu sehen, wie bleich er war. Ich konnte seine Angst förmlich riechen. Wenigstens sorgte dieser Zustand dafür, dass er uns mit seinen Kommentaren und Beschwerden verschonte.

„Die haben hier keine Dienstmädchen", erklärte Charles freundlich. „Weil hier so gut wie nie jemand ist."

„Núr weil guckt geinér Schmutz ischt nischt weg", meinte Fifi noch immer empört. „I´r auck nicht guckt untér Schrank und ´inter Bett – isch da drotzdem saubér mac'e!"

Dieser Logik konnte Charles wenig entgegensetzen. „Du hast natürlich Recht …"

Bevor es zu weiteren Erörterungen des Themas kommen konnte meinte Rachel: „Ich glaube, wir sind da."

Tatsächlich gab es hier eine gerade im Bau begriffene Abzweigung. Die Decke des abzweigenden Ganges wurde noch notdürftig mit Holz abgestützt. Überall lagen Ziegel, Sandhaufen und Werkzeuge herum. Einige Öllampen waren an den Wänden befestigt und würden die Baustelle recht gut beleuchten, wenn sie wieder in Betrieb ging.

„Mon Dieu! Wie unordentlisch!", meinte Fifi pikiert, während wir in den Gang traten. Der Tunnel war gut dreißig Meter vorgetrieben worden, doch schon nach zwanzig Metern standen wir vor einem gewaltigen Loch. Offenbar war die Arbeitskolonne schon eine Strecke weiter gewesen, als an dieser Stelle der Boden und ein Teil der Wand weggebrochen war. Das Licht unserer Lampen konnte in gut zehn Metern Tiefe einen Schutthaufen ausmachen. Mehr war leider nicht zu erkennen. Die Arbeiter schienen bei der Entdeckung das Problem ebenfalls erkannt zu haben. Direkt über dem Loch war ein Spiegel installiert worden. Vermutlich war man gerade dabei, für die Ingenieure und Archäologen ein Spiegelsystem aufzubauen, mit dem die unterirdischen Räume bei Tageslicht betrachtet werden konnten. Erfreulicherweise hatten sie auch eine Strickleiter zurückgelassen, sodass die Kletterei für meine menschlichen Begleiter nicht zu anstrengend werden würde. Fifis Gewicht würde die Leiter aber sicher nicht tragen können.

„Sehr gut", meinte Charles, als er die Strickleiter entdeckte. „Vielleicht werden wir unser Seil noch als Verlängerung für die Topfauslöser brauchen."

„Vielleicht sollten wir schon einmal eine Lampe am Seil herunterlassen", schlug Rachel vor.

Skeptisch schaute Charles nach unten. „Der Boden ist recht uneben, die Lampe könnte umfallen und verlöschen …" Plötzlich lächelte er mich an. „Außerdem wird das auch nicht nötig sein. Mister Bradley kann für mich leuchten, während ich hintersteige. Unten kann ich dann für Sie leuchten." Sogleich löschte er seine Lampe und hängte sie an seinen Gürtel. Danach half er mir dabei, die meine zu entzünden.

Fiddlebury stand unterdessen am Rand des Loches und schaute mit banger Miene hinunter. Er sah um mindestens zehn Jahre gealtert aus. Beinahe hätte er mir leid getan, allerdings verflog dieser lächerliche Gedanke ebenso schnell, wie er über mich gekommen war.

„Du wirst leider nicht mitkommen können", sagte Charles bedauernd zu Fifi. „Aber es ist mir ohnehin wohler, wenn jemand hier auf das Loch aufpasst. Bitte zünde dir einige Lampen an, damit du nicht stürzt."

„Oh, Mister Igeltón, nüscht Sorgén Eusch mac't. Mir gutt ge´en wird", meinte sie fröhlich. Wohl nur, um ihrem Herrn eine Freude zu machen, entzündete sie etliche der Baulampen. Ob sie überhaupt so etwas wie Angst kannte? Es musste toll sein, keine Furcht zu kennen.

„Sie können natürlich auch gerne hierbleiben", bot Charles Fiddlebury an. Doch dieser schüttelte nur schmallippig den

Kopf. Wenigstens ersparte er uns eine Tirade über Charles' „Anmaßung". Immerhin suggerierte Charles mit seinem Angebot ja, dass er dem alten Mann das Hierbleiben erlauben müsse; und das war schon etwas frech.

Nach einem kurzen Blickkontakt mit Rachel machte sich Charles mit mir an den Abstieg. Nach ihrem Zustand zu schließen, war die Strickleiter schon bei vielen Baustellen im Einsatz gewesen. Seile und Sprossen waren dreckverkrustet und knarzten beunruhigend unter unserem Gewicht. Charles schien sich keine Sorgen über die Zuverlässigkeit des alten Dings zu machen, doch ich atmete erleichtert auf, als er endlich wieder auf festem Boden stand.

Mein Freund klemmte eine seiner Lampen in einen Felsspalt und entriss unsere Umgebung damit weitgehend der allumfassenden Dunkelheit. Ein extrem großer Raum musste sich hier befunden haben. Sein ehemaliges Aussehen war aber leider nicht mehr zu rekonstruieren. Die Decke war vollständig eingestürzt und hatte den Großteil der Wände mit sich gerissen. Der Boden war meterhoch mit Schutt bedeckt. Ein in der Mitte des Raums aufgebauter Spiegel bestätigte meine erste Vermutung, nach der der oben aufgehängte Spiegel zum Weiterleiten von Tageslicht gedacht war. Scheinbar war die Fläche jedoch gegen eine Wand gerichtet.

Erst auf den zweiten Blick war ein von diesem Raum ausgehender Gang zu erkennen, der allerdings zu mehr als zwei Drittel verschüttet war. Charles und Rachel würden kriechen müssen, um dort hineinzukommen. Und ich mochte gar nicht daran denken, wie wir unsere Ausrüstung dort hindurchbekommen sollten. Die Öffnung zu vergrößern war allerdings wegen des tückischen Untergrundes unmöglich.

Während ich mich noch meinen Betrachtungen hingab, stieg Rachel bereits die Leiter hinab. Charles leuchtete ihr, schaute aber – ganz Gentleman – nicht nach oben. Denn auch wenn Rachel für diese Expedition züchtige wollene Strumpfhosen trug, gehörte es sich einfach nicht, einer Dame unter den Rock zu schauen.

Fifi nutzte unterdessen das Seil um erst den Rucksack und dann die Töpfe mit dem Mondlicht herabzulassen. Allein das Seil mochte ob seiner Länge mehr wiegen als Rachel tragen konnte; selbst Charles hätte die schwere Rolle wohl hinter sich herschleifen müssen. Fifi war für diese Expedition einfach unverzichtbar, auch wenn ich sehr froh war, dass sie uns nicht in den engen Gang begleitete. Ihre Abgase hätten zu einer echten Gefahr werden können.

„Ich denke, in diesem Fall sollte ich vielleicht den Anfang machen", erbot ich mich, als meine beiden verbliebenen Begleiter fast vollständig verschütteten Zugang entdeckt hatten. Beide nickten und waren wegen der Enge sichtlich nervös. Wenn sie dort erst einmal hineingeklettert waren, würde es keine Umkehr mehr geben. Ich würde wenigstens sicherstellen können, dass es keine gefährlichen Hindernisse gab und dass dies wirklich der Zugang zu unserem Ziel war.

Das erste Mal hatte ich das Gefühl, einen wertvollen Beitrag zu unseren Expeditionen leisten zu können. Als ich mich mit meinen beiden Lampen auf den Weg machte, war ich so stolz, dass mir die Konsequenzen gar nicht bewusst waren. Unter Umständen würde ich, der am stärksten auf Spukphänomene reagierte, der Erscheinung völlig allein ausgeliefert sein. Niemand würde mir helfen können. Es ist schon manchmal gut, sich nicht alle Konsequenzen im Vorhinein auszumalen.

Der Weg stellte für mich keinerlei Problem dar. Für Menschen kritische Enge herrschte nur für etwa zwei Meter; schon nach vier Metern würde Rachel wieder aufrecht stehen können. Der Gang, den ich jetzt betrat, war jedoch so sehenswert, dass ich nicht sofort umkehrte. Er bestand aus fugenlosem schwarzen Stein, der mit absolut perfekten Reliefs verziert war. Ich sah die lebensgroße Darstellung einer Frau, die vor einer Gruppe von Kriegern hertanzte. Die Männer schienen etwas zu tragen, doch es war vom Schutt verdeckt. An der gegenüberliegenden Wand breitete ein gewaltiger Drache seine Flügel über den Mond, während er die Sonne verschlang. Die Darstellungen waren so naturalistisch, dass ich bezweifelte, dass ein heutiger Bildhauer etwas Vergleichbares schaffen konnte. Fasziniert betrachtete ich die Details, die in das Kleid der Tänzerin eingearbeitet waren.

„Bradley?" Charles' Stimme klang besorgt und wurde durch den Gang seltsam hohl verzerrt.

„Ich bin hier! Es ist unglaublich. Ein Verbrechen, so etwas zuzuschütten." Ich ließ eine meiner Lampen stehen und kletterte zurück, um den beiden von meinem Fund zu berichten. Natürlich waren sie begeistert und folgten mir sogleich in den engen Zugang. Allerdings erwies sich die Passage als weit schwieriger denn gedacht. Als sie endlich neben mir im Gang standen war ihre Kleidung an vielen Stellen aufgerissen und von oben bis unten verdreckt. Die überwältigenden Reliefs entschädigten die beiden jedoch für diese Mühen. Staunend standen wir für mehrere Minuten vor den Kunstwerken.

„Ob das hier eine Art Grab ist?" Rachel flüsterte, als würden wir uns in einem Museum befinden.

„Vielleicht", meinte Charles ebenso leise. „Auch wenn der Stil völlig anders ist, fühlt man sich an ägyptische Grabanlagen erinnert."

Ich verstand die Assoziation, aber irgendwie *fühlte* es sich so gar nicht nach einem Grab an.

Nur wenige Schritte weiter machte der Gang einen Knick. Auch hier war ein Spiegel installiert worden. Wohl wegen des engen Zugangs war er jedoch aus mehreren kleinen Spiegeln zusammengesetzt worden. Als wir die Ecke umrundeten, öffnete sich ein wenige Schritte langer Gang, der vor einem eigenartigen Portal endete. Es war oval wie ein Bilderrahmen und auch am unteren Ende geschlossen. Um den dahinter liegenden Raum betreten zu können, musste also eine gut dreißig Zentimeter hohe Schwelle überwunden werden. Ein sanfter aber unnatürlich kalter *Hauch* entströmte dem Tor und ließ mich frösteln. Unwillkürlich fühlte ich mich an einen auf der Seite liegenden Mund erinnert.

Meine Begleiter betrachteten unterdessen die beiden Reliefs, die den Zugang links und rechts des Ganges flankierten. Auf der einen Seite kniete eine nackte Frau. Ihre ehrerbietig erhobenen Hände reichten aus dem Relief heraus und wirkten beinahe wie echt. Bestimmt hatte einst irgendetwas in diesen Händen gelegen. Gegenüber zeigte das Relief ein menschliches Skelett mit Katzenschädel. Auch das Skelett streckte die knochigen Hände aus der Wand heraus. Sie hielten ein großes steinernes Becken. Das wuchtige Becken an den filigranen Handgelenken aufzuhängen, schien den Gesetzen der Statik zu widersprechen. Noch viel erstaunlicher war jedoch die unerreichte Qualität und der makellose Zustand der Kunstwerke.

Mehr und mehr schien sich unser Ausflug zu einer archäologischen Expedition zu entwickeln. Dennoch nahmen wir uns nicht so viel Zeit, wie wir es gerne tun würden. Jeden Augenblick konnten wir entdeckt werden. Außerdem war nicht abzusehen, wie lange unsere eigentliche Aufgabe in Anspruch nehmen würde.

Bevor Charles durch das Portal trat, nahm er mich dankenswerterweise auf und verstaute mich erneut in seiner Brusttasche. Das mag sich etwas merkwürdig anhören, aber mittlerweile hatte ich mich daran gewöhnt, dass Julie, Charles, Fifi und Rachel mich plötzlich ungefragt ergriffen und irgendwo verstauten oder hintrugen. Als intelligente Ratte muss man einfach begreifen, dass die persönliche Würde nicht von solchen Äußerlichkeiten abhängt. Und schließlich wäre es weit würdeloser, wenn ich ständig darum bitten müsste, hierhin getragen oder dort hinaufgesetzt zu werden, nicht wahr? Jedenfalls wartete die eigentliche Überraschung unseres Ausflugs hinter dem ovalen Portal: Wir betraten einen etwa fünf mal drei Meter großen Raum – zumindest war dies der Teil des Raums, der zu sehen war. Statt Wänden schien es eine unsichtbare Grenze zu geben, hinter der das Licht unserer Lampen einfach verschwand. Ein eisiger Hauch schlug uns entgegen, der meine Tasthaare mit winzigen Eiskristallen überzog. Doch es war nicht die unnatürliche Kälte, die mich unwillkürlich tiefer in Charles' Tasche gleiten und die beiden Menschen näher zusammenrücken ließ. Jemand oder *etwas* war hier. Eine machtvolle, schlafende *Präsenz*. Charles und Rachel sagten mir später, dass sie sich zunächst aus der Dunkelheit beobachtet gefühlt hätten, der Eindruck aber schnell verschwunden sei. Ich lasse meine Zuhörer deshalb ihre eigenen Schlüsse ziehen.

Zu sehen war jedenfalls nur schwarzer Boden und ein kleines Podium. Drei organisch geschwungene Stufen führten zu einem leeren Podest, das nicht größer als Charles' Kopfkissen war. Die schwere steinerne Plattform wurde von zwei knienden Statuen aus weißem Marmor gehalten. Wie die Reliefs vor der Tür stellte die eine ein knidendes Skelett mit Katzenschädel dar, während die Andere eine dreidimensionale Version der nackten Frau von draußen zu sein schien. Als Charles näher herantrat konnte ich erkennen, dass das Skelett nicht nur absolut naturalistisch dargestellt war; es trotzte auch den Naturgesetzen: Die marmornen Knochen schienen keinerlei Verbindung miteinander zu haben, sondern einfach an ihrem Platz zu „schweben".

Sofort wollte ich meine Entdeckung mitteilen doch als ich zu sprechen begann, kam kein Ton über meine Lippen. Es fühlte sich an, als würde ich etwas sagen, doch der Raum schien jedes Wort einfach zu verschlucken. Als ich verwirrt aufblickte, stellte ich fest, dass auch meine beiden Begleiter das Phänomen gerade entdeckten. Ich fühlte, dass Charles lachte, aber hören konnte ich ihn nicht.

Also verlegten wir uns auf Handzeichen. Charles gab gestenreich zu verstehen, dass er versuchsweise seine Lampe in den finsteren Teil des Raumes halten wolle. Er trat also dicht an die wie mit dem Lineal gezogen Grenze heran, hinter die sich das Licht nicht zu wagen schien. Dann steckte er den Arm hinein. Im gleichen Augenblick kam seine Hand mitsamt Lampe an der gegenüber liegenden Seite des Raums aus der Dunkelheit. Der surreale Anblick dauerte aber nur einen winzigen Moment an. Mit schmerzverzerrtem Gesicht riss er seinen Arm zurück und taumelte unsicher rückwärts. Seine Hand war bläulich verfärbt und er selbst schien seinen ganzen Willen aufbieten zu müssen, um sich nicht unter Schmerzen auf dem Boden zu winden.

Natürlich wollte Rachel sofort helfen, doch Charles bedeutete ihr, dass das nicht nötig sei. Vorläufig zogen wir uns jedoch aus dem Raum zurück.

„Können Sie die Hand bewegen?", fragte Rachel besorgt.

„Es ist wirklich in Ordnung – nur sehr unangenehm. Ich brauche einfach ein paar Minuten", meinte Charles tapfer. Da ich an seiner Brust saß konnte ich spüren, dass er vor Schmerzen zitterte. Seine Hand war so steif, dass Rachel ihm vorsichtig die Lampe abnehmen musste. Allerdings bekamen die Finger schon wieder etwas Farbe.

„Entschuldigen Sie, Mister Eagleton, aber Heldenmut ist im Augenblick nicht hilfreich." Rachel versuchte vergeblich, ihre Sorge mit Resolutheit zu überdecken. Mit einer sanften Massage regte sie die Durchblutung in Charles' Hand an. Sie tat bestimmt das Richtige, aber die Schmerzen waren so überwältigend, dass mein Freund aufkeuchend in die Knie ging. Dennoch machte Rachel weiter. Doch während er sich zähneknirschend zusammenriss, wurde sie von ihrem Mitgefühl übermannt. Sie schluchzte leise vor sich hin, wobei ihre Schminke immer mehr verlief. Ich fand, dass die beiden ein drolliges Paar abgaben. Natürlich tat ich so, als sei ich nicht anwesend.

Als sich Charles nach einer Weile endlich entspannte, meinte ich: „Seltsame *Lichteffekte* ist wirklich eine erstaunliche Untertreibung für das, was wir gesehen haben."

„Ja", stimmte mir Rachel zu, während sie sich das Gesicht abtupfte. „So etwas hätte ich auch nicht erwartet."

„Ich denke wir haben es hier mit einem bisher völlig unbekannten wissenschaftlichen Phänomen zu tun." Charles spannte seinen Arm einige Male an, um das Gefühl zurückzubekommen. „Einen Spuk können wir natürlich nicht ausschließen, aber das alles scheint mir etwas völlig Anderes als die bisherigen Erscheinungen zu sein." Ich hatte den Eindruck, dass ihm die berührende Szene mit Rachel ein klein wenig peinlich war und er deshalb nun besonders „wissenschaftlich" daherredete.

„Wie kann man das einfach zuschütten?", meinte ich. „Dieser Raum ist doch viel zu klein, um eine Gefahr für das Fundament der Oper darzustellen!"

„Wie kann man das wissen?" Rachel wiegte zweifelnd den Kopf. „Auf seine Weise scheint der Raum unendlich groß zu sein – davon abgesehen gibt es hier bestimmt noch ein größeres Gangsystem, sonst hätte man den Raum nicht erreichen können."

„Die Oper ist ein uraltes Prestigeobjekt", stimmte Charles zu. „Egal wie großartig dieser Fund ist: Bevor sie die Oper riskieren, werden diese Barbaren einfach alles zuschütten. Ich würde also vorschlagen zu untersuchen was wir können." Schweren Herzens beugte ich mich dieser Logik. Ich hatte ein wirklich schlechtes Gefühl bei dem Gedanken, hier eine Annihilierung durchzuführen.

„Sie haben Recht …", meinte ich zögernd.

„Ich glaube nicht, dass eine Annihilierung funktionieren wird", tröstete mich Charles, der meine emotionalen Zweifel offenkundig bemerkte. „Aber auch das wäre ein wertvolles Ergebnis, nicht wahr?"

„Hoffentlich werden wenigstens die schönen Statuen gerettet", meinte Rachel bedauernd.

So machten wir uns ans Werk. Während Rachel alle uns möglichen Messungen durchführte und ich diese protokollierte, schaffte Charles nach und nach die gesamte Ausrüstung herbei. Als wir nach einer guten halben Stunde endlich alles in dem seltsamen Raum beisammen hatten, sah Charles aus, als wäre er in einen Rasenmäher geraten. Ich hatte ihn noch nie in derartig zerschlissenen Kleidungsüberresten gesehen. Selbst sein Gesicht war von zahlreichen kleinen Schnitten verunziert und bis zur Unkenntlichkeit verdreckt.

Nur zögernd bereiteten wir die Annihilierung vor. Deutlich spürte ich, dass auch meine menschlichen Begleiter in der Tiefe ihres Herzens wussten, dass wir einen fatalen Fehler begingen. Es ist schwer, sich nach solchen Eingebungen zu richten, wenn sie sich doch im täglichen Leben gewöhnlich als dummes Zeug und Aberglauben erweisen. Jedenfalls brauchten wir weit länger als sonst. Jeder von uns zog seine Aufgabe unnötig in die Länge, doch irgendwann war wirklich alles getan und dreimal überprüft.

Wegen der von den Entdeckern dieser Räume aufgestellten Spiegel konnten wir uns nicht einfach hinter der nächsten Ecke verschanzen, um die Annihilierung auszulösen. Kurz dachten wir darüber nach, sie umzudrehen, doch die schweren Gestelle waren zumindest hier fest mit dem Untergrund verschraubt worden. So nutzten wir das Seil, um eine Art Fernauslöser zu improvisieren. Dies erwies sich als weit problemloser denn gedacht, weil wir das Seil über die Rohre der Spiegelgestelle spannen konnten. Und als wir am oberen Ende der Strickleiter ankamen, war noch reichlich Seil vorhanden.

„Oh, Mister Igeltón! Da Schneidér Eusch abér glücklisch sein wird!", begrüßte uns Fifi mit ihrer fröhlichen, singenden Art. Bevor Charles auf diesen Kommentar reagieren konnte, murmelte ein sehr bleicher Fiddlebury gepresst dazwischen: „Können wir jetzt endlich gehen?"

„Gleich, Vater", nahm Rachel meinem Freund die Antwort ab. „Wir müssen den Vorgang nur noch auslösen."

„Ja, dann macht doch endlich!" Der alte Geier war mit den Nerven buchstäblich am Ende.

„Das geht nicht, das Licht könnte uns hier wegen der Spiegel erreichen", erklärte seine Tochter geduldig. „Wir müssen nur noch diesen Gang hinunter. Hinter der Ecke lösen wir es aus."
„Ja, ja. Dann macht schon!"
Während wir langsam, immer wieder Seil nachlassend, den Gang hinuntergingen, war Fiddleburys Zittern kaum zu übersehen. Mir fiel aber noch etwas Anderes auf: „Nanu? lagen hier nicht überall Werkzeuge herum?"
„Oui, mein drollisch Chérie", flötete Fifi. „Sähr unordentlisch, das war! Isch genommen 'abe alles und geworfén in Dreckwassér swei'ündert Metér weiter unten." Während Charles und ich uns mit großen Augen anschauten, kicherte sie in ihrer unnachahmlichen Art. „Dass sie wird le'ren zu 'alten Ordnúng."
„Aber du kannst doch nicht einfach ...", wollte ich sagen, doch Fiddlebury unterbrach mich: „Können wir jetzt mit dem Getratsche aufhören und die Sache zu Ende bringen?"
„Oh, Chérie", sagte Fifi, als wäre sein Einwurf in einem Paralleluniversum gefallen. „Natürlisch isch gann. Isch gutés Dienstmädschen bin – arbeite immer sähr schnell und gründlisch." Wieder kicherte sie. „Wenn du erst längér verwö'nt von Fifi wurdést, du wissén, Chérie."
Ich zeigte die Schneidezähne und zuckte mit den Schultern.
„Ich weiß schon jetzt, dass du das beste Dienstmädchen von allen bist."
Sie quittierte mein Kompliment mit leuchtend blauen Augen. „Und du das drollischste Rattenchérie bisd, Chérie."
„So, reicht das?", unterbrach Fiddlebury brüsk unser Geturtel. Er meinte jedoch nicht uns, sondern bezog sich auf den Umstand, dass wir uns an der von Rachel genannten Abzweigung befanden. Ohne auf seinen unpassenden Einwurf zu reagieren, suchten wir alle hinter der Ecke Deckung. Seltsamerweise ging Charles dieses Mal sogar in die Hocke, als erwarte er eine Explosion oder Ähnliches. Da ich mich noch immer in seiner Brusttasche befand, ging ich gewissermaßen „mit". Und auch die Fiddleburys schienen nervöser als sonst zu sein. Vorsichtig traten sie bis auf die andere Seite des Gangs zurück. Charles nahm es schließlich auf sich, die endgültige Entscheidung zu fällen und am Auslöser zu ziehen.
Im ersten Moment schien nichts zu passieren. Einen Herz-

schlag später „fielen mir die Ohren zu" – ich kann es nicht anders erklären. Es war, als würde die gesamte Welt der Geräusche von einem auf den anderen Moment aufhören, zu existieren. Sekunden später drang *gleißend schwarzes Licht* durch die massive Mauer vor mir, dass ich selbst dann noch sehen konnte, als ich geblendet die Augen schloss. Im nächsten Moment spürte ich, wie Charles von Fifi gepackt und zurückgerissen wurde; dann war die Welt der Geräusche wieder überdeutlich zurück: Ein Inferno aus donnernd zu Boden stürzenden Felsbrocken und grollend aufgeworfenen Erdmassen brach über uns herein. Der Lärm war so allumfassend, dass ich unseren Sturz erst mit Verzögerung bemerkte. Die ganze Welt drehte sich in einer endlosen Spirale um mich.

Ich weiß nicht, ob es Sekunden oder Minuten waren, die ich mich desorientiert mit völlig überfluteten Sinnen in Charles' Tasche festkeilte. Als es endlich vorbei war, sah ich jedoch direkt in den Sternenhimmel. Der geheimnisvolle Raum, die Gänge der Kanalisation und die Oper darüber waren einem gewaltigen Krater gewichen. Anstelle des Convent Garden gähnte ein monströses Loch in der Londoner City.

Im Nachhinein kann ich mir zusammenreimen, dass ich mit Charles einen fünfundzwanzig Meter langen Abhang aus Trümmern hinabgekugelt war, wobei uns Fifi mit ihrem Körper vor schlimmerem bewahrt hatte. Während ich mich umsah, schien sich mein Kopf noch immer weiter zu drehen. Fifis glockenhelles Gelächter ließ mich zunächst nicht begreifen, soeben Zeuge einer Katastrophe geworden zu sein. Sie saß wie eine Puppe mit ausgestreckten Beinen auf dem Trümmerhaufen, während wir uns langsam auf ihrem Schoß hochrappelten.

„Charles!" Rachels panischer Schrei brachte meinen Verstand endlich wieder in Gang. Offenbar hatte sie die Explosion – oder was immer wir gerade erlebt hatten – mit nur geringen Blessuren überstanden. „Ihre" Hälfte des ursprünglichen Gangs war weitgehend intakt und die Fiddleburys waren nur von einem Haufen Erde zu Boden gerissen worden. In den Überresten ihrer Kleider stolperte sie hektisch den Krater herab, um nach uns zu sehen. Ich freute mich für meinen Freund, dass sie um sein Befinden sichtlich besorgter als um das ihres Vaters war.

„Es geht mir gut!", rief Charles mit schwankender Stimme,

während er unsicher auf die Beine kam. Er schien unter Schock zu stehen, reagierte aber völlig rational. „Wie geht es Ihrem Vater?"

„Ich … ich weiß nicht", stotterte sie, kam aber weiter auf uns zu. Sie konnte offenbar noch keinen klaren Gedanken fassen. Zitternd fiel sie Charles in die Arme und drückte mir damit die Luft ab. Nach wenigen Augenblicken der Panik rettete mir Fifi heute zum zweiten Mal das Leben. Die beiden wurden mit unwiderstehlicher Kraft auseinandergezogen und ich bekam gerade noch den Rest von Fifis Kommentar mit: „... men Chérie!" Mit resoluter Geste nahm sie mich aus Charles' Hemd. „Isch jetzt passé auf", meinte sie mit großer Bestimmtheit.

„Heavens! Entschuldige", stieß Charles besorgt hervor, doch ich winkte nur ab. Auch wenn das Sprechen mit dem unter meinem Kinn kraulenden Finger schwierig war, sagte ich: „Schon gut. Ich glaube, wir haben keine Zeit für lange Worte. Wir müssen hier weg!"

„Oh Gott, Vater!", rief Rachel, der der noch immer unbekannte Zustand ihres alten Herrn erst jetzt bewusst wurde. Sofort kletterte sie stolpernd und teilweise auf allen vieren den Hang hinauf. Ich weiß nicht, ob Charles der Gesundheit des alten Geiers so wenig Bedeutung wie ich beimaß oder ob er noch unter Schock stand. Er drehte sich jedenfalls geistesgegenwärtig zum Zentrum des Kraters um. Nur wenige Meter entfernt, am tiefsten Punkt dieser Katastrophe, machten wir ein silbernes Glühen aus.

Sofort setzte er sich in Bewegung und Fifi folgte ihm auf dem Fuße. Offenbar war es unser Silber, das hier auf eine unbekannte Art von innen leuchtete. Die halbe Tonne des Metalls war zu einem einzigen grauen Klumpen zusammengeschmolzen. In der Mitte der Schlacke war eine Art Kristall gewachsen, der einer Mischung aus Stern und Schneeflocke ähnelte. Er schien aus dem reinsten und klarsten Silber zu bestehen, was ich je gesehen hatte und glühte hell wie eine Fackel. Je nach Blickwinkel wirkten die einzelnen Facetten jedoch so schwarz, als wären sie gar nicht da. Ein vergleichbares Objekt hatte ich noch nie gesehen.

Als wir auf vier Schritte heran waren, war die unnatürliche Kälte zu spüren, die von dem Gebilde ausging. Nie im Leben würde ein lebendes Wesen den Kristall hier mit eigenen Händen wegtragen können. So bat Charles Fifi, mich „zurückzugeben" – ja, ich weiß, wie sich das anhört – und den Kristall mitzunehmen. Ich hätte es wohl nicht gewagt, Fifi dieser Gefahr auszusetzen, doch sie schien mit dem Anfassen keinerlei Probleme zu haben. Geschickt hob sie den Kristall aus der Schlacke, die scheinbar nur aus einem mehligen Staub bestand, und nahm ihn mit. Als wir uns gerade noch vor der anrückenden Polizei in die Überreste der Kanalisation flüchteten meinte sie: „Das lustisch war, Mister Igeltón! Wir gönnen mac´en morgén gleisch wiedér!"

Fiddlebury glaubte ernsthaft verletzt worden zu sein und machte ein großes Drama daraus. Ich schob diese Überzeugung eher auf den Umstand, dass sich zunächst niemand um sein Befinden gekümmert hatte. Dabei hätte er sich eher freuen sollen, nur von ein paar Zentimetern Erde verschüttet worden zu sein. Er konnte Arme und Beine problemlos bewegen und hatte außer ein paar blauen Flecken nichts abbekommen. Aber weil er darauf bestand, hatten ihn Charles und Rachel eine Stunde nach der Katastrophe ins Krankenhaus eingeliefert. Unter all den anderen Opfern der Katastrophe war er nicht einmal aufgefallen.

Ich muss wohl nicht extra erwähnen, was für ein schlechtes Gewissen wir wegen der vielen verletzten Menschen hatten. Wie durch ein Wunder war niemand getötet worden. Dass wir so viel Leid verursacht hatten, war eine Verpflichtung, mindestens ebenso viel Leid durch unsere Erkenntnisse wieder ungeschehen zu machen. Ich bin sicher, dass die Anderen das ebenso sahen, auch wenn wir nie darüber sprachen. So machten wir uns am nächsten Morgen, nach nur wenigen Stunden Schlaf, auch sofort ans Werk:

„Das ist irgendwie unheimlich", äußerte Rachel verwirrt. Ich fand, dass sie damit die Untertreibung des Tages für sich verbuchen konnte. Ihr Messversuch hatte soeben die Instrumente des Essenz-Aspirators zerspringen lassen. Abgesehen davon, dass dies überhaupt nicht möglich sein sollte – der seltsame Kristall hatte ja keine Oxidationsschicht, die verdampfen konnte – war damit unser wichtigstes Forschungsinstrument blind geworden. Es würde Wochen dauern, den Schaden zu reparieren.

Doch auch unsere anderen Instrumente hatten auf ganzer Linie versagt: Charles Prismometer behauptete steif und fest, dass von dem Kristall überhaupt kein Licht ausgehe und konnte folglich auch keine Farbsignatur ermitteln. Und unter dem Fadenzähler sah die Oberfläche des Gebildes absolut strukturlos aus. Außerdem waren die Untersuchungen sehr mühsam gewesen. Der Kristall war noch immer so kalt, dass man nur schwer mit ihm arbeiten konnte. Wenigstens konnte man sich ihm mittlerweile problemlos nähern; nur das Berühren war mit bloßen Händen noch nicht möglich. Auch das „Glühen" hatte aufgehört. Hätte ich es nicht besser gewusst, hätte ich unser Forschungsobjekt wohl für einen besonders merkwürdigen Eiskristall gehalten.

„Ja", stimmte Charles Rachel zu. „Und es führt uns in eine Sackgasse. Wie untersucht man etwas, was sich allen bisherigen Beobachtungsmethoden entzieht?"

„Man erfindet neue Untersuchungsmethoden?", schlug ich vor

„Angesichts unserer bisherigen Erfahrungen werden wir das wohl für alle bisherigen Essenzproben ins Auge fassen müssen", meinte Charles nickend. Dankbar lächelte er Fifi an, die ihm gerade frischen Tee einschenkte. Kinkin sah ihrer Schwester mit rötlich flackernden Augen zu.

„Vielleicht wird es auch Zeit für ein wenig Theorie", gab Rachel zu bedenken. „Zumindest diese Probe scheint gefährlich zu sein. Wir sollten erst einmal herausfinden, womit wir es zu tun haben."

„Isch nac´ ´ause ge´en muss bald", warf mein Lieblingsdienstmädchen ein. „Wäsche waschén. Geradé, wenn Mister Igeltón sisch mac´t dreckisch so." Ihr tadelnder Unterton ließ mich schmunzeln.

„Du hast Recht, Fifi." Charles strich ihr über die Wange. „Und wir müssen dich nach diesem Einsatz ebenfalls grundreinigen und nachpolieren."

Fifi kicherte sichtlich verlegen und warf einen irgendwie verstohlen wirkenden Blick auf Rachel. Glaubte sie vielleicht, Neid oder etwas Ähnliches zu sehen?

„Kinkin", kam es leise maulend aus der Ecke. Offenbar suchte Fifi an der falschen Stelle nach Eifersucht. Ich nahm mir fest vor, Charles auch um ein „Wohlfühlprogramm" für Fifis unperfekte Schwester zu bitten.

„Die Frage ist, wie wir etwas über ein Forschungsgebiet herausfinden können, dass noch gar nicht erforscht wurde", nahm ich unseren ursprünglichen Gesprächsfaden wieder auf.

„Das geht natürlich nur indirekt", erklärte Rachel. „Indem wir die Geschichte des Ortes erkunden, in dem das Phänomen vorkommt." Charles wiegte nachdenklich den Kopf. „In diesem Fall wird es nicht einfach sein, an Informationen zu kommen. Ich nehme an, dass die Räume dort unten älter als London sind. Und ich habe noch nie von einer so alten Kultur gehört, die auch nur annähernd derartige Kunstwerke erschaffen konnte."

„Ich glaube nicht einmal, dass man heute etwas Vergleichbares herstellen könnte", stimmte ich ihm zu. „Aber ich denke, dass Miss Fiddlebury Recht hat. Wir sollten unbedingt nach derartigen Informationen suchen. Vielleicht finden wir über diese Recherche auch Anhaltspunkte, die uns zu neuen Untersuchungsmethoden inspirieren."

„London hat viele Bibliotheken – unsere Chancen stehen gar nicht so schlecht", sagte Rachel mit vor Tatendrang leuchtenden Augen. Damit hatte sie heute die zweite rekordverdächtige Untertreibung ausgesprochen.

Entweder war London weit größer, als ich es je für möglich gehalten hatte, oder es bestand in erster Linie aus Bibliotheken, Universitäten, Archiven und historischen Sammlungen. Die Menge der im Herzen Englands lagernden unersetzlichen Dokumente war ebenso unfassbar, wie das Desinteresse an ihnen. Nur in den großen Bibliotheken stießen wir auf andere Wissenshungrige. In der Regel konnten wir uns aber so frei durch die wunderbaren Schätze bewegen, dass ich mich nicht einmal unter Charles' Hut verstecken musste. Bis zum Abend hatten wir nur einen Bruchteil aller denkbaren Anlaufstellen abgeklappert und bereits beeindruckende „Beute" gemacht.

In einem kleinen Privatarchiv in Kew Village fanden wir zwei römische Originaltexte, die vor allem mich in helle Begeisterung versetzten. Da war zum einen der Bericht eines gewissen Lepius Ovinius, der die Bauwerke und geographischen Voraussetzungen diskutierte, die hier vor dem Entstehen Londons zu finden gewesen waren. Der zweite Text schien mir jedoch noch vielversprechender. Er stammte aus der Feder eines Scipio Saturius, der England Jahrhunderte, bevor Julius Cäsar den Namen „Britannia" geprägt hatte, besuchte. Saturius hatte sich mit den Religionen, Traditionen und Künsten der verschiedenen englischen Stämme befasst. Schon auf den ersten Seiten unterschied er keltische Bevölkerungsgruppen von solchen, die seiner Meinung nach schon viel länger in Britannien wohnten und „mächtige Künste" pflegten.

Erfreulicherweise hatte der Eigentümer dieser Schätze gleich nach dem Erwerb Abschriften von den unersetzlichen Stücken anfertigen lassen. Und diese hatte er uns wegen Charles' untadeligem Ruf als genialer Erfinder sogar ausgeliehen.

Unsere restliche Ausbeute bestand aus einigen historischen Büchern, die jedoch alle innerhalb der letzten hundert Jahre geschrieben worden waren. Ich bezweifelte, dass wir hier Erhellendes zu Tage fördern würden. Da ich jedoch der Einzige in unserer Gruppe war, der die lateinische Sprache beherrschte, konnte auch nur ich an den alten Texten arbeiten. Mit Hilfe der historischen Bücher, würden sich die Anderen aber wenigstens teilweise an der Aufgabe beteiligen können. Allerdings einigten wir uns schnell darauf, dass die Bearbeitung der neuzeitlichen Werke keine große Priorität hatte. Charles wollte den morgigen Tag deshalb darauf verwenden, Fifi mit einem Öl- und Polierprogramm wieder in Bestform zu bringen.

Ich machte eine große Show daraus, dass mir das sehr entgegen kam. Ab dem kommenden Tag würde ich absolute Ruhe benötigen, um die komplizierten Texte aus dem Lateinischen zu übersetzen. Da ich Latein beinahe wie meine Muttersprache beherrschte, war das natürlich glatt gelogen. Aber diesen Flecken auf meiner Ehre war ich gerne bereit hinzunehmen, um Charles wenigstens einen Teil meiner Schuld zurückzuzahlen. Wann ergab sich schon einmal die Gelegenheit für ihn, mit Rachel allein zu sein? Ihr Vater würde nicht ewig im Krankenhaus bleiben.

Also setzte ich durch, dass die beiden für ein paar Tage in Charles' Haus zogen, damit ich hier „in Ruhe arbeiten" konnte. Mein Freund durchschaute mich, als hätten wir eine telepathische Verbindung und hatte mir zum Abschied dankbar zugezwinkert. Rachel schien die Aussicht, allein unter dem Dach eines anderen Mannes als ihrem Vater zu nächtigen, in regelrechte Aufregung zu versetzen. Ihre Wangen glühten beim Abschied. Die Einzige, die ganz und gar nicht mit dem Arrangement einverstanden war, war Fifi. Die Kleine schien einen Narren an mir gefressen zu haben. Wie sich später herausstellte, traf diese Formulierung den Nagel auf den Kopf – nur das Fifi mich niemals essen würde.

So kam es jedenfalls, dass ich das erste Mal in meinem Leben ein Haus ganz für mich alleine hatte. Ich bin wirklich niemand, der gern allein ist, doch an diesem Tag durchströmte mich ein Gefühl von Freiheit und Unabhängigkeit. Auch Kinkin schien die Situation zu gefallen. Als müsse sie etwas beweisen, schien sie alles noch vorsichtiger als nötig zu tun. Mit Bedacht ließ ich mir von ihr nur Dinge zum Frühstück bringen, die nicht kaputtgehen konnten und machte mir meinen Tee selbst. Entgegen meiner sonstigen Gewohnheiten zelebrierte ich beinahe drei Stunden meinen Morgen und las dabei die *Times* vom Vortag fast vollständig durch.

Ja, ich gestehe, die Situation weidlich ausgenutzt zu haben, doch dann stürzte ich mich mit umso größerem Schwung in die Arbeit. Dass dieser Schwung auch bitter nötig war werden Sie vielleicht verstehen, wenn Sie sich die Größenverhältnisse vergegenwärtigen. Die Buchrücken waren mindestens drei Mal so hoch wie ich. Für jeden Handgriff benötigte ich Kinkins Hilfe. Dennoch war ich schon bald so tief in meine Aufgabe versunken, dass ich die Zeit fast völlig vergaß.

Als es am frühen Nachmittag plötzlich an der Tür schellte, fuhr ich so sehr zusammen, dass ich einen riesigen Tintenklecks auf meinen Notizen hinterließ. Der langsam schwerhörig werdende Fiddlebury hatte in jedem wichtigeren Raum seines Heims das infernalische Gegenstück einer Türglocke installiert.

In diesem Haus konnte auch einem Toten nicht entgehen, wenn draußen jemand am Klingelseil zog. Hier im Salon hatte er aber das mit Abstand lauteste Läutwerk aufgehängt.

Vielleicht war ich mittlerweile zu sehr an die Bequemlichkeit gewöhnt. Statt auf meinen eigenen Füßen den Flur zu überwinden und auf ein Fensterbrett neben der Tür zu klettern, ließ mich von Kinkin an die Tür tragen und vor den Spion halten. Während ich noch damit beschäftigt war, Kinkins Hand mit leisen Kommandos so vor dem Spion zu positionieren, dass ich ihn auch benutzen konnte, klingelte es erneut. Wer war denn da so ungeduldig? Als ich endlich sah, wer vor der Tür stand, sprang das Gefühl augenblicklich auf mich über. Julie! Julie war gekommen! Und noch dazu ohne Aufpasser!

„Mach die Tür auf, Kinkin!" Ich war so aufgeregt, dass die Worte aus mir heraussprudelten, bevor ich meinen Kopf einschalten konnte. Und leider nahm sich auch Kinkin diesmal nicht die Pause, die sie vor der Ausführung der meisten Anweisungen einlegt.

„Kinkin", sagte sie fröhlich und griff ohne zu zögern nach der Klinke. Da ich auf ihrer Handfläche saß, ließ mir das nur wenig Zeit, um mich mit einem beherzten Sprung in Sicherheit zu bringen. Ich erwischte Kinkins Unterarm, konnte mich aber an dem glatten Metall kaum festhalten. Wie in Zeitlupe rutschte ich auf ihr Handgelenk zu. Als Kinkin die Türklinke bis zum Anschlag nach unten gedrückt hatte, endete die Abwärtsbewegung so ruckartig, dass ich völlig den Halt verlor. Mit einem erschreckten Aufschrei ging ich kurz in freien Fall über, bis ich panisch um mich greifend den Saum von Kinkins Handschuh zu fassen bekam.

In diesem Moment riss Kinkin die Tür auf, wodurch mein Rücken unsanfte Bekanntschaft mit in erstklassiger englischer Tradition verarbeiteter Eiche machte. Dennoch gelang es mir, mich eisern festhalten. In der Hoffnung, das Schlimmste damit überstanden zu haben, wollte ich mich absetzen lassen. Doch in diesem Augenblick begann Kinkin mit ihrer Begrüßungszeremonie.

„Kinkin!" Mit einer ruckartigen Bewegung fuhr ihre Hand in die Höhe und wurde wild hin und her geschleudert. Ich nehme an, Kinkin würde die Bewegung als „Winken" bezeichnen, wenn sie sprechen könnte. Jedenfalls überforderte der enthusiastische Gruß meine Kräfte. Mit einem erschreckten Aufschrei – ich bin nun einmal Italiener und kein Brite – verlor ich erneut den Halt und flog wild um die eigene Achse kreisend durch die Luft. Seltsamerweise machte ich mir weniger Sorge um meine Unversehrtheit als um den Eindruck, den meine absurde Einlage bei Julie hinterlassen musste.

Mein Aufschlag war jedoch unglaublich angenehm. Das Schicksal wollte es, dass ich genau da landete, wo ein Gentleman eine Dame eigentlich nicht in der Öffentlichkeit berührt. Julie störte sich jedoch nicht an solchen Konventionen. Lachend drückte sie mich nur noch fester an ihren Busen. Wo ich nun einmal da war wäre es schon unhöflich gewesen mich zu wehren, nicht wahr?

„Du musst Kinkin sein", sagte sie, als wäre ich nicht da. Ihre zärtlichen Hände hatten mich jedoch nicht vergessen.

„Kinkin!", meinte Kinkin fröhlich.

„Na, du weißt jedenfalls, wie man eine Dame schnell mit der perfekten Erfrischung zufrieden stellt." Bei diesen Worten sah Julie mich so verliebt an, dass ich jeden Augenblick wie flüssige Butter durch ihre Finger rinnen würde. Kinkin freute sich so sehr über das Kompliment, dass sie glücklich mit beiden Armen wedelte. Dabei musste sie auch die kleine Vase vom Fensterbrett gestoßen haben, deren Scherben mir später auffallen sollten. Ich hatte jedoch keine Chance, das Ende des hässlichen Gefäßes selbst wahrzunehmen. Als Julie mich zaghaft küsste, versank die Welt um mich.

Meine Erinnerung setzte leider erst ein paar Minuten später wieder ein, als ich mit meinem kleinen Kobold im Salon saß. Barfuß hatte sie sich mit angezogenen Beinen auf einem von Fiddleburys Ohrensesseln niedergelassen. Ich saß auf ihren Knien und genoss ihren Duft. Wenn menschliche Nasen wahrnehmen würden, wie gut einige Frauen duften, wäre das Parfum nie erfunden worden.

Während mich ihre Finger mit Streicheleinheiten überschütteten, berichtete mir Julie, wie sie mit einem vorgeschobenen Besuch bei einer Freundin ihren Vater überlistet habe. Weit schwieriger als das Loseisen war es jedoch gewesen, mich zu finden.

„Zuerst habe ich natürlich bei Charles vorbeigeschaut", erzählte sie. „Aber da war nur dieses andere dampfgetriebene Dienstmädchen."

„Fifi", bestätigte ich.

„Oh?", ahmte Julie meisterhaft Fifis Stimme nach. „´übsches Miss Blackwell? I´r bestimmt suc´t mein drollisch Chérie?" Ich kringelte mich vor Lachen. Julie drohte in gespieltem Ernst mit dem Finger. „Aha? Du lachst mich also aus, wenn ich dir von anderen Frauen erzähle, die Kosenamen für dich haben?"

„Na, immerhin hat sie dich ´übsch genannt. Ich bin nur *drollisch*", zog ich sie auf.

„So habe ich das noch gar nicht betrachtet." Wenn sie in übertriebener Nachdenklichkeit die Stirn in Falten legte, sah sie einfach zum Anbeißen aus – nicht dass dies bei glatter Stirn anders gewesen wäre. „So eine glänzend polierte Metallhaut hat etwas Sinnliches ... und außerdem räumt Fifi gerne auf, nicht wahr? Vielleicht sollte ich ..."

In diesem Moment legte ich ihr die Hand unter das Kinn und schaute ihr tief in die Augen. Von einem Augenblick auf den anderen schienen sich die Größenverhältnisse umzukehren. Sanft zog ich sie zu mir heran und küsste sie. Ihre Lippen waren so unsagbar weich, dass ich erneut jedes Zeitgefühl verlor. Die Rückkehr in die Wirklichkeit war umso schmerzhafter.

„Sodomie!" Fiddlebury schien urplötzlich im Zimmer materialisiert zu sein und schrie uns in schrillem Ton an. Er war so aufgebracht, dass sich seine Stimme überschlug. „Das ist ekelhaft! Pervers! Abartig!" Schneller, als ich denken konnte, hatte er Julie an den Haaren gepackt und aus dem Sessel gerissen. Ich purzelte auf den Boden und konnte gerade noch sehen, wie der Kopf meines kleinen Kobolds von zwei Ohrfeigen malträtiert wurde. Ab diesem Zeitpunkt war ich zu keinem klaren Gedanken mehr fähig. Ich sah einfach rot; wurde zu einem reinen Tier.

Mit einem Wutschrei warf ich mich auf seinen Unterschenkel. Ich zerfetzte seine Hose und verbiss mich in seinem Fleisch. Dabei warf ich wie ein Hai den Kopf hin und her, um die Wunde zu vergrößern. Ich geriet in einen regelrechten Blutrausch. Dennoch entging mir nicht, wie das Scheusal Julie an den Haaren zur Eingangstür schleifte. Sie wehrte sich heftig, doch sie war viel zu filigran gebaut, um sich auch nur gegen einen Greis wie Fiddlebury durchsetzen zu können. Schließlich riss der brutale Kerl die Haustür auf und warf Julie die drei Stufen vor dem Eingang hinab.

„Lass dich nie wieder hier blicken, perverse Hure!", brüllte er schrill über die Straße. Dann schlug er die Tür zu. Erst jetzt schien er überhaupt zu bemerken, dass ich mich in seinem Bein verbissen hatte. Entsetzt brüllte er auf und sprang wild um sich tretend durch das Haus. Leider kam selbst sein greises Hirn irgendwann auf die Idee, meine Seite des Beins gegen eine Wand zu schlagen. Doch auch, wenn er mit aller Kraft zutrat, brauchte er drei Versuche, bis ich schließlich losließ. Kaum lag ich auf dem Boden kassierte ich einen Tritt, der mich vom Flur bis in die Küche beförderte. Ich schlug in ein Regal mit Gläsern ein. Als wäre ich explodiert wurde ich zum Mittelpunkt eines Sturms aus Scherben, Glas und Lärm. Ich selbst blieb einen Augenblick nach Luft ringend liegen. Der Schmerz war so allumfassend, dass ich nicht einmal sagen konnte, ob ich ernsthaft verletzt war. Allein dass ich diesen Tritt überlebt hatte, zeugte von der bemerkenswerten Robustheit, die uns Ratten auszeichnet.

Bevor ich auch nur einen klaren Gedanken fassen konnte, fegte Fiddlebury mich mit dem Schürhaken aus dem Regal. Der Hieb war furchtbar schmerzhaft, dafür bekam ich den Aufschlag in dem Scherbenhaufen am Boden kaum mit. Ich erinnere mich, staunend darüber nachgedacht zu haben, warum ich nicht endlich das Bewusstsein verlor.

Lange konnte ich mich derartigen Überlegungen allerdings nicht hingeben. Fiddlebury setzte mir seinen Fuß auf den Rücken. Als würde es ihm unendlichen Genuss bereiten, verlagerte er langsam immer mehr Gewicht auf mich. Sofort wurde mir die Luft aus den Lungen gepresst und ich fühlte meine Knochen knacken. Doch mein einziger Gedanke galt Julie. Ich hoffte, dass sie nicht ernsthaft verletzt war und sie glücklich werden würde.

Dann war der Fuß plötzlich verschwunden.

„Nein", sagte Fiddlebury kalt. „Eagleton wird deinetwegen ein großes Theater machen. Du wirst durch einen Unfall umkommen." Seine Stimme glich beinahe dem Zischen einer Schlange. Ich wurde grob am Nacken gepackt und fiel endlich in eine barmherzige Ohnmacht.

Niemand kann sich meine Verwirrung vorstellen, als ich wieder erwachte. Ich hatte mich selbst in die Kategorie „tot" eingeordnet und *konnte gar nicht* erwachen. Oder hatte ich mich geirrt und es gab doch ein Leben nach dem Tod? Die Gitterstäbe in meinem Blickfeld ließen mich einen Moment darüber nachsinnen, wie seltsam dieses Jenseits war. Vielleicht war ich auch wiedergeboren worden? Dass ich fast eine Minute mit diesen absurden Gedanken verschwendete lässt vielleicht ermessen, wie angeschlagen ich war.

Doch dann setzte endlich mein Verstand wieder ein. Ich befand mich in dem Käfig, in dem die Fiddleburys mich vor Charles' Eingreifen gehalten hatten. Um sicherzugehen, dass ich nicht entkam, hatte er den Riegel mit einem zusätzlichen Draht gesichert. Offenbar hatte das Scheusal noch keinen plausiblen Unfall erdacht, bei dem ich zu Tode kommen könnte. Tja, wenn meine Hinrichtung von Fiddleburys Kreativität abhing, würde ich vermutlich noch Charles' Enkel kennenlernen.

Dann schoss mir der Anblick von der geohrfeigten Julie durch den Kopf. In mir erwachte eine Mordlust, die einem zivilisierten Geist eigentlich fremd sein sollte. Wäre ich in diesem Moment dazu in der Lage gewesen, hätte ich Fiddlebury für diese Untat in kleine Stücke gerissen. Was war aus ihr geworden? War sie verletzt? Hatte sie versucht, mich zu retten? Aber sie wusste ja nicht, dass ich in Lebensgefahr schwebte.

Als ich mich aufsetzte, meldete sich mein Körper zurück. Mir tat buchstäblich jeder Knochen im Leib weh, doch gebrochen schien ich mir nichts zu haben. Ratten sind eben erstaunlich robust. Endlich drangen auch meine Sinne wieder zu mir durch. Meine Nase war mit blutigen Krümeln verstopft. Trotzdem roch ich Rauch und ein leises Schleifgeräusch lag in der Luft. Wollte Fiddlebury mich verbrennen? Der Schreck ließ mich die Schmerzen einen Augenblick vergessen. Als ich mich umwandte, fuhr ich so sehr zusammen, dass ich beinahe wieder umgefallen wäre: Direkt hinter den Gitterstäben starrte mich ein riesiges Metallgesicht ausdruckslos an.

„Kinkin!", sagte es freundlich und ich lachte erleichtert. Ich musste sehr benebelt sein, dass ich ihr typisches Schleifgeräusch nicht erkannt hatte. Der Rauchgeruch, der mich so beunruhigt hatte, war auf ihre Abgase zurückzuführen.

„Oh, Kinkin", sagte ich mit rauer Stimme. „Ich kann dir gar nicht sagen, wie froh ich bin, dich zu sehen."

„Kinkin!" Wie ein junger Hund freute sie sich über meine Worte. Der dämliche Fiddlebury hatte offenbar übersehen, dass ich mit Hilfe unseres dampfbetriebenen Dienstmädchens problemlos fliehen konnte. Aber ich wollte das gar nicht. Ich war von einer primitiven Rachsucht erfüllt, für die ich mich heute sehr schäme.

„Kannst du den Käfig aufmachen?", fragte ich.

„Kinkin." Es klang sehr selbstbewusst, doch machte sie keine Anstalten, zur Tat zu schreiten.

Ich lachte leise. „Kinkin, bitte öffne den Käfig."

Sofort machte sie sich ans Werk. Doch was sie dem zarten Schließmechanismus antat, war nur noch als Barbarei zu bezeichnen. Ihre unbeholfenen Versuche ließen den gesamten Käfig hin- und herschwingen. Mich störte das nicht. Ich hasste diesen Käfig und wenn er sich nie wieder schließen ließ, war das nur in meinem Sinne. Ich hielt mich einfach fest und ließ sie machen. Nach etwa fünf Minuten hatte Kinkin die Käfigtür so weit zerstört, dass sie aus den Angeln fiel.

„Kinkin!"

„Das hast du großartig gemacht, Kinkin", lobte ich. Während ich mich von ihr aus dem Käfig heben ließ, überlegte ich meine nächsten Schritte. Wo mochte der alte Geier im Augenblick sein? Draußen ging gerade die Sonne unter. Also würde er vermutlich noch nicht im Bett liegen. Baute er vielleicht in der Werkstatt irgendeine kranke Hinrichtungsmaschine für mich?

„Danke, Kinkin", sagte ich, nachdem sie mich auf dem Boden abgesetzt hatte. „Bitte warte hier auf mich, ich bin gleich wieder da."

„Kinkin."

Ich entschied mich, zuerst die Räume im Erdgeschoss abzusuchen. Wäre ich nicht so furchtbar wütend gewesen, hätten die Schmerzen mich wohl auf jedem Meter große Überwindung gekostet. Noch immer war ich nicht sicher, ob ich mir nicht doch etwas gebrochen hatte. Doch dann musste ich wieder an Julie und die Ohrfeigen denken. Nach den ersten Schritten war der Zorn wie ein blindwütiger Dämon in mir erwacht. Die Rachsucht trieb mich ohne Rücksicht auf Verluste weiter. Niemand schlug meinen kleinen Kobold. NIEMAND!

Ich fand Fiddlebury im Salon. Aus der Deckung des Türrahmens machte ich mir zunächst ein klares Bild der Lage. Mein Opfer saß in dem selben Sessel, in dem Julie und ich vorhin geschmust hatten. Ihre hübschen blauen Schuhe hatte Mortimer achtlos in eine Ecke gepfeffert. Befriedigt nahm ich zur Kenntnis, dass unser Kampf auch an ihm nicht spurlos vorbeigegangen war. Julies Fingernägel hatten tiefe Spuren in seinem Gesicht und auf seinen Händen hinterlassen. Er sah aus, als wäre er von einer Leopardin angefallen worden. Außerdem hatte er sein rechtes Hosenbein abgeschnitten. Sein Unterschenkel war sehr dick und unfachmännisch verbunden worden. Das verleitete mich zu der Annahme, dass er sich nicht zu einem Arzt traute. Wie hätte er die Spuren von Julies Fingernägeln auch erklären sollen?

Etwas seltsam war, dass er nichts tat, außer ab und zu nach seinem Scotchglas zu greifen. Er war nicht betrunken, sondern wirkte irgendwie weggetreten. Vorsichtig pirschte ich mich näher heran und kletterte auf ein Bücheregal. Auf dem vierten Brett konnte ich endlich einen Blick auf seinen Beistelltisch werfen. Außer dem Scotch stand dort auch ein aufgeklapptes Köfferchen. Die Hausapotheke! Ein einzelnes Fläschchen war herausgenommen worden und stand neben dem Whisky.

Ich kletterte wieder von meinem Aussichtspunkt herunter und schlich dicht an den Boden gedrückt auf allen vieren näher. Wenn eine Ratte nicht gesehen werden will, sieht sie ein Mensch auch nicht. Problemlos erreiche ich seinen Sessel, huschte unter selbigem hindurch und kletterte auf den Beistelltisch. Sofort verschwand ich hinter dem Medizinköfferchen. Vorsichtig lugte ich aus meiner Deckung, um die Aufschrift des Fläschchens zu lesen … Morphium! Diese weinerliche Memme hatte Morphium eingenommen und trank dazu auch noch Alkohol! Offenbar war Fiddlebury besser darin, sich selbst als Andere umzubringen. Das brachte meinen Zorn allerdings nicht zum Verebben. Im Gegenteil.

Ich warf einen kalten Blick in die Hausapotheke. Von den meisten Pillen und Tinkturen hatte ich noch nie etwas gehört.

Vermutlich waren sie alle nach meiner Zeit erfunden worden. Doch da war auch ein Fläschchen Chloralhydrat ... War das nicht ein Abführmittel? Das würde Julie gefallen. Diabolisch grinsend kletterte ich in das Köfferchen und hob das Fläschchen unter Aufbietung aller Kraft heraus.

Geschickt öffnete ich den Verschluss und nahm mit der beiliegenden Pipette eine großzügige Probe. Erfreulicherweise unterstützte mich Fiddlebury bei meinem Vorhaben, indem er seinen Scotch direkt vor dem Köfferchen abstellte. So konnte ich die Pipette bequem über den Rand schieben und das Mittelchen diskret in sein Glas applizieren.

Als hätte er nur darauf gewartet, griff mein Opfer erneut nach dem Glas, sobald ich den letzten Tropfen eingefügt hatte. Nur mit Glück konnte ich die Pipette schnell genug zurückziehen. Mit Genugtuung beobachtete ich, wie er den letzten Schluck seines Drinks in sich hineinschüttete. Gleichzeitig wusste ich aber auch, dass meine Rachsucht damit noch nicht befriedigt war. Nein, ich bin bestimmt nicht bösartig, aber wenn jemand Julie etwas tut, kenne ich keine Grenzen.

Als ich mich zum Gehen wandte, las ich zufällig das auf der Rückseite des „Abführmittels" angebrachte Etikett: *„Chloralhydrat – Zur Behandlung von Schlafstörungen – nicht zusammen mit Alkohol einnehmen"*. Ich schluckte. Ein schneller Blick zu Fiddlebury zeigte, dass sich sein Zustand nicht verändert zu haben schien. Wie ernst war die Situation? Und vor allem, was hätte ich tun können? Ich hasste ihn aus ganzem Herzen, aber sein Blut wollte ich trotzdem nicht an den Fingern haben. Lautlos zog ich mich zurück und nahm eine Beobachtungsposition unter einem anderen Sessel ein.

Ich musste nicht lange warten, bis die Wirkung eintrat. Keine zwei Minuten später sackte sein Kinn auf die Brust und er begann, ohrenbetäubend zu schnarchen. Vorsichtig kam ich aus meinem Versteck und wartete ab. Als er nach einer Viertelstunde noch immer tiefe, gesunde Atemzüge nahm, erklärte ich ihn für ungefährdet. Die Verwechslung der Medikamente hatte mich jedoch so weit von meiner Rachsucht geheilt, dass ich ihn nur noch zu meiner eigenen Sicherheit einsperren wollte. Und mir war auch schon der perfekte Platz dafür eingefallen.

Schnell holte ich Kinkin herein. Ich sparte mir die Ermahnung, dass sie besonders leise sein sollte – sie würde es ohnehin vergessen. Stattdessen war ich jeden Augenblick darauf gefasst, die Flucht zu ergreifen.

„Bitte trage Mister Fiddlebury vorsichtig in den Keller", flüsterte ich.

„Kinkin!" Ihre in freudiger Hilfsbereitschaft vorgetragene Entgegnung schien wie ein Flötenkonzert im Salon nachzuklingen. Doch Fiddlebury schlief wie ein Stein. Dass er auch so stabil war, stellte Kinkin gleich darauf unter Beweis. Sie packte ihn an den Hosenträgern und wunderte sich sichtlich, dass diese elastisch waren. Ratlos ließ sie die Gummiriemen los, sodass diese pfeifend wie ein Peitschenschlag auf Fiddleburys Brust klatschten. Ich hielt den Atem an, doch er grunzte nur kurz und schnarchte weiter.

„Nimm´ ihn am Hosenbund und leg ihn dir über die Schulter", flüsterte ich, sobald mein Herzschlag wieder so weit heruntergeregelt war, dass ich mein eigenes Wort verstand.

„Kinkin!", meinte sie wieder viel zu laut. Dann richtet sie sich wörtlich nach meiner Anweisung, packte unser Opfer und versuchte es hochzuziehen. Wäre sie mit Fifis Kräften ausgestattet gewesen, hätte das sogar klappen können. In diesem Fall bestand der einzige Effekt darin, Fiddlebury seine Kronjuwelen zu quetschen. Schnorchelnd krümmte sich der Delinquent im Schlaf zusammen.

„Lass los", flüsterte ich hastig. Es blieb mir nichts Anderes übrig, als Kinkin genauestens zu dirigieren. Meine Stimme schien mir dabei schon viel zu laut zu sein, ihre ständigen Bestätigungen machten jedoch einer Blaskapelle Konkurrenz. Schließlich gelang es mir, dass sie sich vorbeugte und sich Fiddlebury über die Schulter legte. Beim ersten Anlauf verlor sie leider die Balance, sodass sie mit ihren gut zweihundertfünfzig Kilo auf ihn fiel. Hätte der schwere Sessel nicht direkt vor der Wand gestanden, wären die beiden zu Boden gekugelt. Irgend-etwas in Fiddleburys Brust knackte hässlich, doch unser Opfer tat auch dies mit einem Grunzer ab und schlief einfach weiter. Allmählich machte ich mir Sorgen, ob der Medikamentencocktail dem alten Geier nicht doch bleibenden Schaden zufügen würde.

Schließlich schaffte es Kinkin, ihn stabil auf die Schulter zu bekommen. Erleichtert bat ich sie, mir zu folgen. Beim Verlassen des Salons machte Fiddleburys Kopf unsanfte Bekanntschaft mit dem Türrahmen. Dabei verursachte sein Schädel genau die Art von Geräusch, die einem durch Mark und Bein geht. Und dieses Mal kam der alte Geier sogar zu Bewusstsein.

„Waah…", lallte er verwirrt. Doch dann drehte sich Kinkin erschreckt herum und donnerte den Kopf unseres Opfers dabei gegen den anderen Türpfosten. Erneut gingen für Fiddlebury die Lichter aus. Ich stand einige Atemzüge mit geschlossenen Augen und knirschenden Zähnen da.

„Kinkin?", fragte meine Komplizin schuldbewusst.

„Alles ist gut, Kinkin. Du machst das großartig", versicherte ich ihr.

„Kinkin", sagte sie zufrieden.

Ich weiß nicht, wie oft Fiddleburys Kopf und Schulter auf dem Weg über die enge Kellertreppe noch auf ihre Härte überprüft wurden. Nach dem dritten Schlag hörte ich auf zu zählen. Jedenfalls blieb alle drei bis vier Stufen ein blutiger Abdruck an der Wand zurück. Kurz überlegte ich, ob ich wirklich bei meinem Plan, Fiddlebury in der Druckkammer des Essenz-Aspirators einzusperren, bleiben wollte. Die Zugangsluke war nicht besonders groß und Kinkin würde ihre Last kaum ohne weitere Blessuren dort hineinbekommen. Doch dann war mir meine eigene Sicherheit wichtiger. Die Druckkammer war der einzige wirklich ausbruchssichere Ort im ganzen Haus. Ich wusste nicht, wo sich die Schlüssel für die Abstellräume im Keller befanden. Und in jedem anderen Zimmer hätte er aus dem Fenster klettern und erneut zur Gefahr werden können.

„Leg ihn bitte dort hinein, Kinkin."

„Kinkin", sagte sie eifrig und schritt zur Kammer hinüber. Ich wollte dabei lieber nicht zuschauen und startete stattdessen die dampfgetriebene Luftversorgung der Kammer. Doch trotz der lärmenden Pumpe konnte ich Kinkins Bemühungen auch akustisch noch gut nachverfolgen. Die hässlichen Geräusche ließen keinen Zweifel daran, dass sich meine Komplizin bei ihrer Aufgabe nicht geschickter als bisher anstellte.

„Kinkin!", verkündete sie nach getaner Arbeit stolz. Tatsächlich hatte sie Fiddlebury überraschend manierlich in die enge Kammer gefaltet.

„Großartig gemacht, Kinkin. Jetzt geh´ bitte nach oben und

warte dort auf mich, ja?" Während sie den Tatort verließ warf ich mit gemischten Gefühlen noch einen Blick auf meinen Widersacher. Er sah schlimm aus. Zerkratzt, verbeult, unter Drogen gesetzt … doch ich konnte kein Mitleid für ihn empfinden. Trotzdem gab ich meinem Herzen einen Stoß. Mit mir selbst hadernd ging ich noch einmal nach oben, um Verbandszeug zu holen. Auch wenn er es nicht verdient hatte, bandagierte ich ihm leise schimpfend den Kopf.

Dann jedoch verriegelte ich die Luke und ging wieder nach oben. Nachdem der Zorn abgeklungen war, wurde ich so müde, dass ich beinahe im Stehen eingeschlafen wäre. Erschöpft legte ich mich in Rachels Bett und war sofort eingeschlafen.

Am nächsten Morgen erwachte ich so ausgeruht wie jemand, der den Schlaf des Gerechten geschlafen hatte. Während ich mir meinen Tee aufgoss, trug ich aus vollen Lungen ein paar Arien aus La Bohème vor. Dazu sollte ich vielleicht sagen, dass ich über eine ausgezeichnete Singstimme verfüge. Nach dem Schlussakkord wurde ich von Kinkin mit Ovationen überschüttet und verbeugte mich huldvoll.

Erst beim Frühstück dachte ich wieder darüber nach, was wohl mit Julie geschehen war. Hatte sie Charles um Hilfe gebeten? Nein, der wäre dann bestimmt schon hier aufgetaucht. Hatte sie sich ernsthaft verletzt, als Fiddlebury sie die Eingangstreppe hinunterstieß? Nein, dann wäre bestimmt die Polizei hier gewesen. Leider hatte ich im Augenblick auch keine Möglichkeit, Nachforschungen über Julies Verbleib anzustellen.

Aber etwas Anderes konnte ich erledigen. Nach einem ausgiebigen Frühstück ging ich mit Kinkin wieder in den Keller. Wie nicht anders zu erwarten, war die Druckkammer des Essenz-Aspirators noch immer fest verschlossen. Ich kletterte vor das Bullauge und warf einen Blick hinein. Fiddlebury hatte offenbar keinen guten Morgen gehabt. Er war wach und vollkommen verängstigt. Panik und Platzangst hatten seine Augen weit heraustreten lassen. Sogar den Kopfverband hatte er sich heruntergerissen. Seine Fäuste waren blutig geschlagen und seine dünnen Haare klebten wie feuchte Spinnweben auf seinem Kopf.

Als er mich sah bekam er hektische Flecken im Gesicht und begann erneut, auf die Druckkammer einzuschlagen. Der Anblick hatte etwas Verstörendes. War ich zu weit gegangen? Egal. Was geschehen war, konnte ich nicht rückgängig machen. Ich konnte den Weg nur weitergehen.

„Kinkin? Reiche mir doch bitte das Sprachrohr."

Das Sprachrohr war ein dünner Schlauch mit einem Trichter am Ende, über den man mit Insassen der Druckkammer sprechen konnte. Direkt an „meinem" Bullauge war eine Halterung für diesen Trichter angebracht, damit man sich während des Sprechens auch sehen konnte.

„Kinkin", bestätigte meine Komplizin und half mir beim Anbringen des Schlauchs. Ich räusperte mich und stellte mich in einer möglichst ehrfurchtgebietenden Pose vor das Bullauge.

„Gut", sagte ich. „Und nun schalte das Sprachsystem ein. Dafür musst du den linken Hebel mit dem schwarzen Knauf umlegen."

„Kinkin." Leider konnte ich aus meiner Position die Konsole nicht sehen. Als jedoch der von Fiddlebury eingebaute Blendenverschluss vor dem Bullauge zuschnappte, wusste ich sofort, was passiert war. Sie hatte nicht den linken schwarzen, sondern den rechten roten Hebel umgelegt. Sie startete die Essenzübertragung! Siedend heiß fiel mir ein, dass noch immer der seltsame Kristall aus der Londoner Unterwelt in der Silberkammer der Maschine lag.

„Abschalten! Abschalten!", brüllte ich, während die Maschine begann, dumpf grollend zurückzubrüllen. Dabei gab es im Bauch des Monstrums meines Wissens gar keine Bauteile, die grollen konnten. Hektisch flog ich geradezu die Druckkammer hinauf und sprang auf die Konsole hinüber. „Leg den Hebel wieder um! Schnell!" Doch Kinkin war verschüchtert einen Schritt von der Konsole zurückgetreten und hielt sich erschreckt die Fingerspitzen vor den Mund. So packte ich den Hebel selbst und versuchte, ihn in die Ausgangsposition zurückzubringen. Und eigentlich hätte das auch kein Problem sein sollen. Doch der sonst so leichtgängige Hebel saß fest wie angeschweißt. Zugleich wurde das seltsame Grollen aus dem Innern des Aspirators immer lauter.

„Kinkin! Hilf m…", der Rest meines Satzes wurde von absoluter Stille *aufgesogen*, die sich *explosionsartig* ausbreitete. Es war wie ein besonders unheimliches Déjà-vu, weil ich wusste, woher ich diesen Effekt kannte: Aus dem seltsamen Raum unter der Oper. Morbide fasziniert erwartete ich jeden Augenblick, den unirdischen Frosthauch über mich hinwegstreichen zu fühlen. Tatsächlich schlug die unirdische Kälte nur wenige Herzschläge später über mir zusammen. Gleichzeitig glühte die Silberkammer aber so hell auf, dass ich auf einer Körperseite beinahe gebraten wurde, während der Rest von mir erfror.

In diesem Augenblick gab der Hebel endlich nach. Allerdings ließ er sich nicht in die Ausgangsposition zurücklegen, sondern brach einfach ab. Die Temperaturen waren im Inneren der Maschine offenbar so niedrig, dass die Bauteile spröde wurden.

Das plötzliche Nachgeben des Hebels ließ mich den Halt verlieren. Mich hilflos an den nutzlosen Hebel klammernd purzelte ich von der Konsole. Zu meinem Glück erlebte Kinkin in diesem Moment eine Sternstunde des Mitdenkens und fing mich auf. Damit, dass sie mich im nächsten Augenblick auch noch an ihre Brust drückte, rettete sie mir wahrscheinlich das Leben.

Ohne Geräuschkulisse ist es schwer, von einer Explosion zu reden. Doch um uns herum verschwand alles in derartig grellem Licht, dass ich sogar noch mit geschlossenen Augen geblendet wurde. Millionen Splitter trommelten gegen Kinkins stählernen Leib und ich spürte, dass sie von der Druckwelle umgeworfen wurde. Der Aufschlag war so hart, dass ich aus Kinkins Fingern glitt und mitsamt meinem noch immer fest umklammerten Hebel durch den Raum geschleudert wurde. Wieder dankte ich innerlich einer nicht näher bezeichneten Entität dafür, dass Ratten so robust konstruiert waren.

Endlich machte das gleißende Licht einem kalten Glühen Platz. Im selben Moment war auch die unnatürliche Stille verschwunden. Doch außer leisem Zischen und Knacken hatten meine Ohren nichts zu vermelden. Der Mangel an Geräuschen war ebenso unheimlich wie es die absolute Stille gewesen war.

„Kinkin", kam es empört aus einer anderen Ecke des Raumes. Ich kicherte überdreht. Völlig derangiert hob ich den Kopf und brauchte eine Weile, bis ich wirklich begriff, was ich sah. Der gesamte Raum war von einer dünnen Eisschicht überzogen. Die einzige Ausnahme bildeten kleine Inseln geschmolzenen Silbers, die an Wände und Decke gespritzt waren. Selbst Kinkin, die sich gerade wieder aufrappelte, war über und über mit Silber bespritzt.

Den unheimlichsten Anblick bot jedoch der Hausherr. Kleidung und Haare waren versengt; an Gesicht und Händen waren Verbrennungen zu erkennen. Viel schlimmer waren jedoch seine Augen. Nicht einmal eine Leiche konnte einen so leeren Blick haben. Doch Fiddlebury lebte. Mit diesem schrecklichen Ausdruck in den Augen kroch er ziellos zwischen den Trümmern der Maschine herum. Plötzlich langte er in einen Tropfen noch halb flüssigen Silbers, schien aber weder das Zischen seiner Haut noch den zugehörigen Schmerz wahrzunehmen. Im Gegenteil. Er nahm die Hand von dem Metall und starrte sie sekundenlang ausdruckslos an. Und dann tat er etwas, was mir bis heute Alpträume bereitet.

Er beugte sich herab und versuchte, das halb flüssige Metall *aufzulecken*. Das zischende Geräusch ging mir durch und durch. Gelähmt vor Entsetzen starrte ich ihn an. Der Geruch nach verbranntem Fleisch wurde so durchdringend, dass mir die Übelkeit in den Hals stieg. Doch er leckte noch einige Male über den heißen Fleck. Dann war seine Zunge nur noch ein toter Brocken Fleisch, der den Befehlen seines Besitzers nicht mehr Folge leisten konnte. Ein verzweifeltes und seltsam verzerrtes Seufzen entrang sich seiner Brust.

Fassungslos sah ich zu, wie er auf die Kellertreppe zukroch und sich schließlich am Geländer auf die Beine zog. Unsicher wie ein Betrunkener wankte er ins Erdgeschoss. Ich sollte wohl irgendetwas tun. Aber was? Und wie sollte ich das alles Charles und Rachel erklären?

„Geht es dir gut, Kinkin?", fragte ich.

„Kinkin", kam es etwas jämmerlich zurück. Sie hatte sich aufgesetzt und schaute unglücklich auf ihr von zahllosen Brandlöchern verunziertes Kleid herab. Auf ihrem ganzen Körper hatten sich Silbertropfen festgesetzt. Sie schien sich nicht wirklich etwas getan zu haben, bot aber ein Bild reinsten Jammers. Erstaunlich, wie ausdrucksstark die eigentlich ausdruckslosen Gesichter von Charles' Geschöpfen waren.

„Das bekommen wir alles wieder hin", versicherte ich ihr.

„Kinkin?", erkundigte sie sich freudig.
„Ja, Kinkin. Aber jetzt müssen wir Mister Fiddlebury helfen. Kannst du aufstehen?"
„Kinkin."
Trotz der furchtbaren Situation musste ich grinsen. „Dann steh jetzt bitte auf und komm mit nach oben", bat ich. Sofort machte sie sich daran, dieses Projekt in die Tat umzusetzen. Ich konnte allerdings nicht auf sie warten. Fiddlebury konnte sich in der Zwischenzeit alles Mögliche antun. Bevor ich meinem Intimfeind aber folgen konnte, klingelte es an der Tür. Ich rollte mit den Augen. Als wäre die Situation nicht schon kompliziert genug!

Ich hatte die Hälfte der Kellertreppe hinter mich gebracht, als ich zu meiner Überraschung hörte, wie oben die Haustür geöffnet wurde. Dann war eine aufgebrachte Männerstimme zu hören, die aber Sekunden später leiser wurde und schließlich ganz verstummte. Ich bemühte mich, noch schneller zu laufen. Als ich am Kopf der Treppe anlangte, wurde es draußen Laut. Die aufgebrachte Männerstimme von eben war erst ärgerlich und dann immer lauter und ängstlicher zu hören. Offenbar fand draußen eine Art Kampf statt. Ich war bereits im Flur, als auch eine wohlbekannte weibliche Stimme erklang.

„Shortbread?" Julie hatte die Auseinandersetzung draußen wohl ignoriert und war einfach eingetreten. Ihre Stimme war brüchig vor lauter Angst um mich. Ihre Sorge war so herzerwärmend, dass ich die furchtbare Situation für einen Augenblick beinahe vergaß.

„Julie!", rief ich, so laut ich konnte. Endlich erkannte ich auch die Stimme vor der Tür. Offenbar hatte Mister Blackwell seine Tochter hierher begleitet. Sekunden später lagen wir uns in den Armen.

„Oh, Shortbread", schluchzte sie und begann zu weinen. Die restliche Welt erreichte uns erst wieder, als ihr Vater sie plötzlich von hinten ansprach.

„Julie, Liebes! Was ist mit dir?"
Geistesgegenwärtig versteckte Julie mich unter ihrem Mantel. Es war ein wunderbarer weicher, wohlduftender Ort.

„Charles! Ich kann Charles nicht finden", schluchzte sie herzzerreißend.

„Mister Eagleton?", fragte Blackwell verwirrt. „Warum sollte Mister Eagleton hier sein?"

Doch ehe er die Frage ausgesprochen hatte, drehte sie sich zu ihm um. „Oh Gott, Papa! Was ist denn mit dir passiert?"

In der Tat war die Frage wohl berechtigt. Mister Blackwells ansonsten immer tadellose Garderobe war sichtlich in Unordnung geraten.

„Ich weiß auch nicht, Liebes. Mister Fiddlebury muss vollkommen den Verstand verloren haben. Er hat mir vier Knöpfe von der Weste gerissen. Und dann hat er sie gierig in den Mund gesteckt, als hätte er monatelang nichts gegessen."

„Ich habe dir doch erzählt, dass er völlig den Verstand verloren haben muss", erinnerte Julie.

„Ja, aber *das* …" Blackwell ruderte nach Worten suchend mit den Armen in der Luft. „Der Mann sieht ja wie ein Toter aus! Ein Toter, der mit einem Löwen gekämpft, sich in die Luft gesprengt und angezündet hat. Wir müssen sofort einen Arzt rufen."

„Geschieht ihm recht", sagte Julie unversöhnlich und tätschelte mich unauffällig. Sie schien sehr stolz auf mich zu sein.

„Aber Julie! Wie kannst du so etwas sagen? Der Mann ist ein Mensch und braucht Hilfe!"

„Dieser *Mensch* hat mich verprügelt, und als ich mich nicht abwimmeln ließ, auch noch wegen Prostitution angezeigt!", fauchte Julie. „Seinetwegen habe ich eine Nacht wie eine Kriminelle im Gefängnis gesessen!"

„Um das zu klären, sind wir ja hier …"

„Um das zu *klären*?" Deutlich konnte ich fühlen, wie ihr Herz zu einem wahren Trommelwirbel ansetzte. Es gab einfach keine temperamentvolleres Wesen als meinen Kobold. „Dieser *Mensch* verprügelt deine Tochter und lässt sie als Hure einsperren und du willst etwas *klären*? Wie kannst du dich noch im Spiegel anschauen, wenn du ihm nicht wenigstens die Nase brichst?"

„Nun, immerhin hat die Polizei dich halbnackt …", wagte Blackwell einzuwenden. Allerdings klang er schon recht kleinlaut.

„*Halbnackt?* Ich war barfuß und mein Kleid war zerrissen, weil ich *verprügelt* wurde! Zerfetzte Kleider und ein von Ohrfeigen angeschwollenes Gesicht hätten einen richtigen Vater eher darüber nachdenken lassen, ob man seine Tochter vergewaltigt hatte!"

Das saß.

„Was ... aber ... er hat doch nicht ...?", stammelte ihr Vater erschreckt.

„Kinkin!" Das Auftreten meiner Komplizin gab dem Gespräch erfreulicherweise eine neue Richtung. In ihrer marionettenhaften Art hob sie den Arm und begann ruckartig zu winken.

„Mein Gott", entfuhr es Blackwell.

„Hallo Kinkin", begrüßte Julie das derangierte Dienstmädchen nach einer Schrecksekunde. „Du kannst uns wohl auch nicht sagen, was passiert ist?"

„Kinkin."

Durch Julies Halstuch konnte ich sehen, wie Kinkin traurig an sich herabsah und auf die mittlerweile hart gewordenen Silbertropfen zeigte.

„Eines seiner Experimente muss furchtbar schief gegangen sein", vermutete ihr Vater. „Wir müssen sofort einen Arzt verständigen."

„Einen Arzt?" Gemeinsam mit Charles schien Rachel spontan aus dem Boden gewachsen zu sein. Die offenstehende Tür und die Worte der unverhofften Besucher hatten die beiden offenbar beunruhigt. Kinkins Anblick tat ein Übriges. „Mein Gott", rief Rachel aus. „Was ist hier passiert?"

Statt zu antworten, blieb Julie perfekt in ihrer Rolle: „Oh, Charles!", schluchzte sie. Mit wehenden Kleidern warf sie sich in seine Arme und stimmte erneut ihr herzzerreißendes Schluchzen an. Nur ich wusste, dass die echte Version dieses Geräuschs völlig anders klang. Viel bekam ich von ihrer schauspielerischen Darbietung allerdings nicht mit, weil ich durch die Umarmung an den wundervollsten Busen dieses Universums gedrückt wurde. Eingeklemmt zwischen den Körpern der wichtigsten Menschen in meinem Leben kam der Rest der Welt nur noch gedämpft an meine Ohren. Allerdings merkte ich, dass sie eilig in Charles' Ohr flüsterte.

„... mit meiner Verlobten allein sprechen, um zu erfahren, was zwischen ihr und meinem Kollegen vorgefallen ist." Charles' Worte waren das erste, was wieder an meine Ohren drang, als sich die beiden wieder voneinander lösten. Charles' Arm blieb jedoch demonstrativ um Julies Taille liegen. Nur zu deutlich konnte ich sehen, was für unterschiedliche Wirkungen das Wort „Verlobte" auf die Zuhörerschaft hatte. Während Blackwells Augen erfreut aufleuchteten, schien für Rachel eine Welt zusammenzubrechen. Sie drehte sich weg, ehe sie die Kontrolle über ihre Gesichtszüge verlor. Selbst Kinkin wirkte irgendwie verwirrt.

„Selbstverständlich", meinte Blackwell erfreut. „Ich …"

„Ich bürge dafür, sie unversehrt zu Ihnen zurückzubringen", unterbrach Charles *unseren* zukünftigen Schwiegervater. „Wenn Sie uns bitte entschuldigen würden …" Er hatte es so eilig, dass er es entgegen seiner Art an der gebotenen Höflichkeit mangeln ließ. Er hatte wohl Recht – vielleicht ging es um Leben und Tod. Blackwell schien ihm die Behandlung auch nicht übel zu nehmen, sondern verschwand mit einem freundlichen Gruß.

Charles nahm die etwas widerwillige Rachel bei der Hand und zog beide Frauen in den verwüsteten Salon hinüber. Mit großer Bestimmtheit schloss er erst die Tür hinter sich und nahm Rachel an den Schultern. Sie sah ihn mit Tränen in den Augen und trotzig erhobenem Kinn an.

„Zuallererst", sagte Charles ernst, „Julie und ich sind *kein* Liebespaar. Ich habe im Augenblick aber keine Zeit, es zu erklären."

Verwirrung und ein daraus geborener Abgrund von Verzweiflung trat in Rachels Augen. Selbst dem Stoffel Charles war klar, dass diese Beteuerung jetzt nicht mehr ausreiche. Und so tat er das, was schon lange überfällig war: Er küsste sie. Sie gab sich wie eine Ertrinkende hin und so wurde der Kuss immer leidenschaftlicher.

Ja, die beiden hätten sich keinen unpassenderen Moment für ihren ersten Kuss aussuchen können. Das Scheusal irrte dort draußen herum und wir hatten absolut keine Zeit für die angenehmen Dinge des Lebens. Doch bei der Betrachtung der Zwei wurde mir klar, dass es hier ebenfalls um eine Art Lebensrettung ging. Wenigstens hatte Julie so Gelegenheit, mich unauffällig aus ihrem Mantel zu holen. Schmunzelnd setzten wir uns betont unbeteiligt auf einen Sessel. Mir verging das Schmunzeln jedoch sehr schnell. Ich hatte furchtbare Schuld auf mich geladen und würde meine Taten gleich beichten müssen.

„Ich bin so stolz auf dich, mein starker Beschützer", flüsterte Julie in meine Gedanken. Stolz? Natürlich ließ diese Bemerkung mein Herz höher schlagen, aber stolz konnte ich auf meine Taten wirklich nicht sein.

„Ich habe es übertrieben. Ich habe ihm schreckliche Dinge angetan."

„Ich weiß, dass du es für mich getan hast", meinte sie. Ihre Augen strahlten vor Glück. „Er hat verdient, was auch immer du mit ihm getan hast." Und dann lagen auch wir uns in den Armen und gaben uns dem zärtlichen Lippenknabbern hin.

Leider gehen auch die schönsten Augenblicke einmal vorüber. Als dieser endete, sahen wir uns einer entgeisterten Rachel und einem milde lächelnden Charles gegenüber. Ihrem Blick nach zu urteilen hatte mein Freund ihre Reaktion wohl richtig vorausgesagt. Vielleicht war es ganz gut, dass wir jetzt keine Zeit für lange Diskussionen hatten.

Voller Scham und mit Grabesstimme beichtete ich, was vorgefallen war. Bei dem Teil, den Julie miterlebt hatte, half sie mir mit farbenfrohen Schilderungen von Fiddleburys unmöglichem Verhalten aus. Als es um die Essenzübertragung ging, hörte sie nur mit großen Augen zu, ohne mich zu unterbrechen. Für ein neugieriges Mädchen wie sie demonstrierte das extreme Selbstbeherrschung, fand ich.

Auch Charles und Rachel unterbrachen mich kein einziges Mal. Ihre Gesichter verloren aber mit jedem Wort an Farbe. Obwohl ihr Vater so schlecht bei meiner Geschichte weg kam, schien Rachel mir jedes Wort zu glauben. Und am Ende meiner Schilderung beeindruckte sie mich mit zwei Sätzen, die ich in ihrer Situation wohl nicht über die Lippen gebracht hätte: „Das war Notwehr, Bradley. Du hast dir nichts vorzuwerfen." Ihre Stimme war brüchig wie dünnes Eis über einem tiefen Abgrund. Wir alle wussten, wie sehr sie ihren tyrannischen Vater liebte. Ich rechne ihr diese Worte bis heute als Zeichen wahrer Größe an.

„Wir werden ihn suchen", meinte Charles pragmatisch. „Erst dann können wir herausfinden, was genau mit ihm geschehen ist."

Wir alle nickten. Während Julie mit einer fotografischen Reproduktion von Fiddlebury die Bahnhöfe nach ihrem „verwirrten Großvater" absuchen würde, wollte Charles die üblicherweise von Fiddlebury frequentierten Orte aufsuchen. Da es nach Rachels Wissen außer dem *Black Garden Gentlemensclub* keinen solchen Ort gab, wollte er im Anschluss Etablissements aufsuchen, über deren Besuch ein Mann seine Tochter nicht unbedingt informierte. Rachel bekam bei dieser Erläuterung rote Ohren, sagte aber kein Wort. Sie selbst würde mit mir im Haus bleiben; schließlich war es nicht unwahrscheinlich, dass ihr Vater zurückkehrte.

„Oh, Eagleton! Sie haben einiges verpasst", sprach Sir Edward Seldom ihn an.

„Das sehe ich, Sir Edward." Charles war schon von einem verstörten Butler darüber aufgeklärt worden: Fiddlebury war hier im Club gewesen. Und er hatte im Trophäenraum ein Schlachtfeld hinterlassen. Als Seldom ihn ansprach, hatte mein Freund gerade die verwüsteten Räumlichkeiten in Augenschein genommen. Alle vier Vitrinen waren mit unglaublicher Kraft zertrümmert worden. Nicht einmal das Teakholz hatte der rohen Gewalt standgehalten. Die vielen Pokale, Auszeichnungen und sonstige Preziosen, die die Mitglieder hier stolz ausstellten, lagen achtlos im Raum verteilt. Urkunden waren zerknittert und unbezahlbare Kristallgläser zertrümmert worden. Ein Jahrtausendealter Jadebuddha hatte seinen Kopf verloren. In all dem Chaos schien bisher aber noch niemandem aufgefallen zu sein, dass alle silbernen Gegenstände rabenschwarz angelaufen waren.

„Trocken wie immer", meinte Seldom lachend und klopfte Charles freundschaftlich auf die Schulter. Der Eisenbahningenieur hegte vom ersten Tag an freundschaftliche Gefühle für Charles, die dieser aber nie so recht erwidern konnte. Vermutlich war daran Seldoms übergroße Begeisterung für Alkohol und fromme Weisheiten mitverantwortlich. „Sie hätten ihn sehen sollen, den stolzen Fiddlebury! Keine Ahnung, was der Mann eingeworfen hat, aber es muss ein übles Zeug gewesen sein."

„Er wirkte, als stünde er unter Drogen?"

„Oh ja! Ich habe etwas Ähnliches einmal in Schwarzafrika erlebt. Irgendein Medizinmann hat da ein Zeug zusammengemischt, das seine Krieger völlig wahnsinnig machte. Schmerz haben die auch nicht mehr gespürt. Die haben nur noch ans Töten gedacht. Das war das einzige Mal, dass ich mich mit meinen Männern zurückziehen ..."

„Ans Töten? Hat Mister Fiddlebury jemanden angegriffen?"

„Na ja – als er die erste Vitrine zertrümmerte, haben zwei Diener versucht, ihn aufzuhalten. Er hat sie einfach weggestoßen und einer ist dabei aus dem Fenster gefallen. Aber auch der andere ist so hart gegen die Wand geknallt, dass er nicht mehr aufstand."

„Heavens", murmelte Charles.

„Wohl eher das Gegenteil", meinte Seldom lachend. „Die Vitrinen hat er mit bloßen Händen zerschlagen. Er muss sich dabei buchstäblich jeden Knochen im Arm gebrochen haben."

„Und die Diener? Wie geht es den Männern?"

„Die werden keine bleibenden Schäden davontragen. Sie liegen im Erdgeschoss. Ein Arzt ist da und die Leute von Scotland Yard reden gerade mit ihnen."

„Da bin ich beruhigt."

„Ich nicht", mischte sich Roger Waltford, eines der Seniormitglieder des Clubs ein. „Mister Fiddlebury sah schon sehr schlimm aus, als er hier auftauchte. Er war blutüberströmt, zerkratzt und mit Brandwunden übersäht. Ich fürchte dass er bereits zuvor in eine Auseinandersetzung geraten ist."

„Ich werde ihn aufhalten", meinte Charles entschlossen. „Aber dazu muss ich ihn finden. Hat er irgendetwas getan, was mir Aufschluss über seine nächsten Schritte geben könnte?"

„Sie sind sehr mutig", meinte Waltford beeindruckt. „Wollen Sie das nicht lieber die Polizei erledigen lassen? Die haben bereits eine Streife zu ihm nach Hause geschickt." Er stutzte. „Oh mein Gott! Hoffentlich hat er der jungen Miss Fiddlebury nichts angetan."

„Bestimmt nicht", versuchte Charles zu beruhigen. „Aber zurück zu meiner Frage ..."

„Nein, er hat nichts getan, was sein nächstes Ziel verraten könnte", schaltete sich jetzt wieder Seldom ein. „Er hat eine Vitrine nach der anderen zertrümmert und sich Dinge in den Mund gestopft."

„Dinge?", hakte Charles nach.

„Ja, der Verrückte hat sämtliche Silbermedaillen verschluckt." Er schien Fiddleburys Auftritt für einen großen Spaß zu halten. „Zum Schluss hat er sogar in Gellingtons Pokal gebissen und dabei mehrere Zähne verloren." Seldom wies auf einen silbernen Pokal, den besagter Gellington bei seinem Sieg im Oxford-Derby errungen hatte. Deutlich war der Gebissabdruck in dem mattschwarz angelaufenen Metall zu erkennen. Fiddlebury musste beim Zubeißen seine Zähne nicht verloren, sondern regelrecht zermalmt haben.

Charles bedankte sich für die Auskünfte und verließ den Club. Erst versuchte Fiddlebury halb flüssiges Silber vom Boden aufzulecken und jetzt stopfte er sich Silbermedaillen in den Mund? Vermutlich waren auch die Knöpfe an Blackwells Weste aus Silber gewesen. Fiddleburys unverständlicher Appetit auf das schöne Metall schien nichts Anderes als die Spur zu sein, nach der Charles gesucht hatte. Also klapperte er in einem ringförmigen Bereich um den Club alle Orte ab, an denen größere Mengen von Fiddleburys neuer Leibspeise zu finden waren.

Nach ergebnislosen Besuchen bei drei Juwelieren, einem Antiquitätenhändler und einem Lampenladen wollte er schon fast aufgeben. Doch dann fiel ihm ein kleines exklusives Geschäft für Numismatiker auf. Der Laden lag in einer schlecht einsehbaren Seitengasse, machte jedoch mit einem Schild in Form einer übergroßen Münze auf sich aufmerksam. Schon als Charles die Gasse betrat, waren Lärm und Geschrei kaum zu überhören. Er begann zu laufen. Aus den oberen Stockwerken rief irgendjemand nach der Polizei.

Als mein Freund beinahe an seinem Ziel angekommen war, durchschlug ein junger Mann das Schaufenster des Ladens. In gerader Linie flog er durch die Gasse und schlug mit einem hässlichen Geräusch gegen die gegenüberliegende Wand. Reglos klatschte der Körper auf die Straße.

Charles war definitiv richtig. „Rufen Sie endlich einen Arzt!", fuhr er eine ältere Dame an, die neugierig aus ihrer Wohnung im zweiten Stock herabschaute. Bevor die Frau antworten konnte, war er bereits im Geschäft verschwunden.

Der Anblick, der sich ihm bot, war dramatisch. Von dem Laden war nicht allzu viel übrig geblieben. Charles stand in einem Trümmerfeld, in dem nur noch die bisher unversehrte Theke erkennen ließ, dass es sich um die Überreste eines Geschäfts handelte. Der Boden war übersät mit zertrümmertem Holz, gesplittertem Glas und herumliegenden Münzen. Ein älterer Herr – vermutlich der Eigentümer – fuchtelte ängstlich mit einer doppelläufigen Flinte herum. Auf der anderen Seite des Ladens stopfte sich ein *Monster* wahllos Münzen in den Mund. Fiddlebury war kaum noch zu erkennen. Sein von Kratzern und Platzwunden entstelltes Gesicht war teigig und aufgedunsen. Er schien einigermaßen sicher auf den Beinen zu stehen, doch seine Bewegungen waren seltsam unkoordiniert. Eine schreckliche Verzweiflung ging von ihm aus.

In einer Ecke rappelte sich gerade ein junger Polizist vom Boden auf, um sich erneut mutig auf den randalierende alten Mann zu werfen. Die beiden holten eines der wenigen verbliebenen Regale von der Wand und stolperten in die Überreste der Vitrine, die sein Gegner gerade leerfraß. Ehe Charles eingreifen konnte, fuhr Fiddlebury mit einer fahrigen, aber unglaublich kraftvollen Bewegung herum. Nur knapp konnte der Gesetzeshüter unter dem Arm hinwegtauchen, bevor Fiddleburys Ellenbogen einen tiefen Abdruck in der Wand hinterließ.

Der Polizist konterte mit einem heftigen Schlag seines Knüppels und traf seinen Gegner hart in der Mitte der Stirn. Irgendetwas knackte vernehmlich im Gesicht des Greises. Die Haut sprang auf – Blut war jedoch nicht zu sehen. Unbeeindruckt packte Fiddlebury den Angreifer mit beiden Händen am Kragen und riss ihn zu sich heran. Während er mit irrlichterndem Blick durch sein Opfer *hindurchstarrte*, zog er die Rockaufschläge des Mannes so eng zusammen, dass diesem das Atmen unmöglich wurde. Hilflos zappelte der Polizist in Fiddleburys Griff.

„Mister Fiddlebury! Sie bringen den Mann um!", rief Charles. Mit aller Kraft packte er Fiddleburys Handgelenke und versuchte, den unglücklichen Bobby zu befreien. Doch es war, als wolle er mit bloßen Händen eine hydraulische Presse aufhalten. Nur Fifi wäre vielleicht in der Lage gewesen, den alten Mann niederzuringen. Als der Beamte blau anzulaufen begann, griff Charles zum letzten Mittel: Er riss dem verängstigten Ladenbesitzer die Flinte aus der Hand und legte auf Fiddlebury an. Im letzten Moment riss Charles den Lauf nach oben und jagte die erste Schrotladung des Gewehrs in die Decke. Putz und Steinmehl rieselte wie Konfetti herab.

„Verdammt!", schrie Charles Fiddlebury sehr unbritisch an. Er war verzweifelt. Er konnte doch nicht den Vater seiner über alles geliebten Rachel erschießen! Vielleicht war es eben der Klang jener Verzweiflung, die seine Stimme endlich zu Fiddlebury durchdringen ließ. Das schwer gezeichnete Gesicht des alten Mannes wandte sich ihm zu.

Mein Freund konnte später nicht mehr sagen, was grauenerregender war: Der Mund, mit der tot heraushängenden Zunge, dem schwarze Münzen zwischen zersplitterten Zähnen herausquollen, oder die Augen. Als Fiddlebury ihn anblickte war Charles klar, dass er in die Augen eines Toten blickte. Aber *irgendetwas* schien durch die trüb gewordenen Augäpfel *aus einer anderen Welt* zu ihm hinüberzublicken. Etwas unsagbar Verlorenes. Charles spürte eine Verzweiflung, die seine eigene um ein Vielfaches überstieg. Vor ihm stand nicht Mortimer Fiddlebury, sondern ein seelenvolles, verängstigtes Wesen, das seine Umgebung nicht begreifen konnte. Das gar nicht hier sein durfte. In Charles rührte sich ein nie gekannter Beschützerinstinkt. Und trotzdem war da noch etwas Anderes. Eine Ahnung, die Charles das Wesen auf eine Weise fürchten ließ, die er selbst noch nicht verstand.

Der seltsam innige Moment währte nur für einen Herzschlag. Dann drückte Charles die Flinte wieder ihrem Eigentümer in die Hand und legte Fiddlebury, der nicht mehr Fiddlebury war, sanft die Hände auf den Unterarm.

„Bitte lass ihn los. Du bringst ihn um", sagte er freundlich. Das Wesen schien seine Worte nicht zu verstehen. Doch Charles fühlte ein tieferes, empathisches Verständnis, wie es zwischen Menschen nur sehr selten vorkam. Das Wesen schien mit diesen toten Augen direkt in seine Seele blicken zu können. Widerstandslos ließ es sich den kaum noch lebendigen Mann aus den Händen nehmen.

Sofort ließ Charles den mutigen Beamten zu Boden gleiten und wollte ihn untersuchen. Aber bevor der Mann richtig lag, donnerte das bösartige Brüllen der Flinte durch den Laden. Aus kaum zwei Metern Entfernung abgefeuert, fetzte die Schrotladung ein riesiges Loch in Fiddleburys Torso. Der tote Körper taumelte in die Überreste der Vitrine und ging krachend zu Boden.

„Nein!", schrie Charles. Unbeherrscht riss er dem Ladenbesitzer das Gewehr aus den Händen und schlug dem verstörten Mann den Kolben gegen die Schläfe. Von der Wucht herumgerissen fiel der Schütze über den Tresen und rutschte dann ohnmächtig zu Boden. Doch das beachtete Charles nicht mehr. Achtlos ließ er das Gewehr fallen und kniete sich neben Fiddleburys ... nun, langsam konnte man eher von *Überresten* als von einem *Körper* sprechen.

Die Wunde schien den neuen Besitzer dieser *Überreste* allerdings eher erschreckt, als verletzt zu haben. Charles sah kein Blut, dafür entdeckte er mehrere Zentimeter unter der ursprünglichen Körperoberfläche eine zweite, silbrig schwarze Haut. Es sah beinahe aus, als sei in Fiddleburys Leiche eine Skulptur aus ungewöhnlich dunklem Blutstein verborgen. Leider hatte er keine Zeit für ausgiebige Betrachtungen. Der junge Polizist erwies sich als zäher als Charles erwartet hatte. Auf allen vieren war er aus dem Schaufenster gekrochen und blies jetzt mit seinen verbliebenen Kräften in eine Trillerpfeife. Wenn die Nachbarn und die Schüsse die Polizei noch nicht mit großem Aufgebot herbeigerufen hatten, würde er es tun.

Bevor Charles diesen Gedanken jedoch zu Ende führen konnte, war Fiddlebury bereits aufgesprungen und flüchtete mit riesigen Schritten aus dem Laden. Rücksichtslos trampelte er dabei dem angeschlagenen Beamten die Luft aus den Lungen. Die Trillerpfeife verstummte. Doch kaum hatte Fiddlebury den Laden verlassen, erklangen in direkter Nähe unzählige weitere Pfiffe. Die gesamte Gasse musste voller Bobbys sein. Während Charles ebenfalls den Laden verließ fragte er sich, wie er die Vorgänge jemals jemandem erklären sollte. Besonders, wenn dieser jemand ein Beamter von Scotland Yard sein sollte.

Als er jedoch ins Freie trat schien der untote Fiddlebury noch weit davon entfernt zu sein, festgenommen zu werden. Vom nördlichen Ende der Gasse kam ein gutes Dutzend Polizisten angelaufen. Auf der Südseite standen dem Flüchtigen aber nur zwei Männer im Weg, von denen er einen bereits umgerannt hatte. Gerade, als Charles die Verfolgung aufnahm, wurde der zweite Bobby gnadenlos gegen die Wand geschleudert und stand nicht wieder auf.

Fiddlebury bewegte sich mit seltsam taumelnden Bewegungen vorwärts, legte aber ein enormes Tempo vor. Im Handumdrehen erreichte er das Ende der Gasse und verschwand außer Sicht. Charles glaubte schon, dass sein Schwiegervater in spe so gut wie entkommen sei, als auch im Süden Trillerpfeifen laut wurden. Ganz London schien nur noch von Polizisten bevölkert zu sein. Mein Freund rannte so schnell er konnte, wurde aber von einem Bobby und schließlich sogar von einem berittenen Polizisten überholt.

Die Jagd dauerte über eine Stunde. Fiddlebury schien völlig kopflos immer wieder die Richtung zu ändern und nie zu ermüden. Er führte seine Häscher über einen Markt, quer durch ein Hotel und einen Schlachthof. Die Polizeipferde richteten bei der Verfolgung weit mehr Kollateralschäden als der Flüchtende an. Die Schneise der Zerstörung machte Charles, der Fiddlebury schon lange aus den Augen verloren hatte, die Verfolgung natürlich umso leichter. Überall schrien aufgebrachte Bürger nach der Polizei oder beschimpften selbige. Eine Rotte entflohener Schweine fiel über einen benachbarten Gemüsehandel her.

Stoppen konnte die gesammelte Staatsmacht den Fliehenden jedoch nicht. Charles kam an einigen Beamten vorbei, die es dennoch versucht hatten. Sogar zwei Polizeipferde waren auf der Strecke geblieben. Eines lag bewusstlos im Straßengraben, während das Andere in völlig derangiertem Zustand um seinen ohnmächtigen Herren herumtänzelte.

Wie ich ja schon erwähnte, befand sich Charles körperlich in hervorragender Verfassung. Nach einer halben Stunde war aber auch bei ihm der Punkt erreicht, an dem er nicht mehr mithalten konnte. Den Rest der Strecke legte er in einer Mietdroschke zurück, die aber naturgemäß nicht jede „Abkürzung" die Fiddlebury durch die Stadt fand, nehmen konnte. Mit Sorge stellte Charles fest, dass sich sein Abstand zu dem Fliehenden immer mehr zu vergrößern schien. Dann jedoch fand die Jagd völlig unerwartet ihr Ende.

Die Droschke setzte Charles bei einer direkt an der Themse gelegenen Lampenmanufaktur ab. Das Gebäude war von einer knappen Hundertschaft Blauröcke umstellt, von denen immer mehr nicht nur Knüppel, sondern auch Revolver mit sich führten. Schüsse drangen aus dem Gebäude. Noch immer strömten Polizisten hinein, während durch die Fenster immer mehr Arbeiter herauskletterten. Einige der älteren Männer wurden sofort zu Boden geworfen und gefesselt. Frauen und junge Männer ruppig weitergeschoben. Die Nerven der Gesetzeshüter lagen blank.

Charles gelang es, eine Arbeiterin aufzuhalten.

„Entschuldigen Sie, Miss. Was genau ist da drinnen passiert?"

„Sind Sie von der Polizei?", fragte sie. Ihr Blick zeugte von aufsteigender Hysterie, doch noch hatte sie sich unter Kontrolle.

„Ja", log Charles, ohne mit der Wimper zu zucken.

„Dann müssen Sie ihren Männern das Schießen verbieten! Sie sind im Keller! Und der Keller ist voller Petroleum!" Ihre Stimme begann sich zu überschlagen. Charles wich die Farbe aus dem Gesicht. „Danke, Miss", hauchte er. Dann ließ er sie stehen und lief auf die Uniformierten zu. Er holte tief Luft, um so laut er konnte eine Warnung zu rufen, doch es war bereits zu spät. Bevor Charles den ersten Ton herausbrachte, schlug eine Stichflamme aus den unteren Stockwerken der Manufaktur.

Rachel hatte mir auch während der quälenden Warterei keinerlei Vorwürfe gemacht. Im Gegenteil – sie versuchte sogar, mir meine Selbstvorwürfe auszureden. Dabei starb sie fast vor Angst um ihren Vater. Hier nur darauf zu warten, dass er vielleicht nach Hause kam, schien für sie die Höchststrafe zu sein.

Hätte sie keine sinnvolle Beschäftigung gehabt, wäre sie vermutlich kaum zur beruhigen gewesen. Insofern war es ein großes Glück, dass Kinkins Äußeres so unter dem Unfall gelitten hatte. Rachel befasste sich übertrieben hingebungsvoll mit der Aufgabe, das Silber von ihrem Körper zu bekommen. Ich saß nutzlos daneben. Ich wäre auch kaum zur Erledigung einer sinnvollen Arbeit zu gebrauchen gewesen.

Als die Glocke schellte, waren wir so schnell an der Tür, als wären wir von Fifi geworfen worden. Rachel öffnete so hastig, dass sie mich beinahe mit dem Blatt erwischte. Doch statt eines hässlichen Halbtoten stand das wundervollste Wesen dieser Welt auf dem Absatz. Julie sah abgekämpft aus, aber in ihren Augen glühte der Tatendrang.

„Schnell, zieht euch an!", rief sie. „Ich habe gerade gehört, dass sich ein verrückter Greis eine Verfolgungsjagd mit der Polizei liefert." Sie grinste frech. „Das hört sich definitiv nach Ihrem Vater an!"

Ich weiß nicht, ob Rachel die Spitze bemerkte. Jedenfalls reagierte sie nicht darauf, sondern warf sich hastig ihr Cape über. Ich war viel zu sehr mit mir selbst beschäftigt, um auch nur an meinen Rock zu denken. Dankbar ließ ich mich einfach von Julie in ihrem Mantel verstauen. Ihr Duft hatte etwas unsagbar Tröstliches an sich. Nur mit halbem Ohr nahm ich wahr, dass die beiden Frauen eine Droschke nahmen. Dann bin ich – glaube ich – weggedöst. Jedenfalls ist meine nächste Erinnerung die Ankunft in einem Chaos aus Gebrüll, Rauch und Panik.

Eine Manufaktur stand lichterloh in Flammen. Überall liefen Feuerwehrleute herum; verlegten Schläuche und arbeiteten an Pumpen. Es waren bestimmt über hundert Männer, aber das Feuer war so sehr außer Kontrolle geraten, dass an ein Löschen vorerst nicht zu denken war. Die Feuerwehr beschränkte sich im Augenblick darauf, die umstehenden Gebäude zu schützen.

Auch die Polizei war mit mindestens einer Hundertschaft vor Ort. Vergeblich versuchten sie, die Schaulustigen zu vertreiben und dem Rettungsdienst ein Durchkommen zu ermöglichen. In zwei grob geordneten Bereichen lagen Menschen auf dem Boden. Auf der einen Seite Opfer, die wegen Rauchvergiftungen behandelt wurden. In einem anderen Bereich hatte man ältere Männer gefesselt zu Boden gebracht. Charles stand bei einem Polizeioffizier und erklärte dem Beamten wohl gerade, dass keiner der Festgenommenen der Gesuchte war.

„Es tut mir leid, meine Damen", wurden meine Begleiterinnen von einem jungen Polizisten höflich angesprochen. „Sie können hier leider nicht bleiben. Bitte …"

„Oh mein Gott, Papa!", rief Julie plötzlich mit herzzerreißendem Entsetzen in der Stimme. Sie tat, als hätte sie hinter dem

Beamten ihren Vater entdeckt. Sanft legte sie ihre behandschuhte Hand auf die Schulter des Mannes und versuchte ihn beiseitezuschieben. Als das nicht ausreichte, blickte sie ihn mit plötzlich tränenüberströmtem Gesicht und einem gekonnten Augenaufschlag an. „Bitte, Herr Wachtmeister. Lassen Sie uns zu meinem Vater – er ist doch schon so alt."

Ihr Auftritt zeigte Wirkung.

Sofort ergriff Julie Rachels Hand und zog sie durch die Absperrung. Kurz darauf fiel der Rotschopf meinem Freund um den Hals.

Nach einigen Minuten der stillen Umarmung ließen wir uns auf einer direkt am Wasser stehenden Holzkiste nieder. Charles erstattete detailliert Bericht, wobei er nur die scheußlichsten Details ausließ. Auch auf ihn hatte Fiddlebury danach bereits tot gewirkt, bevor er in die brennende Manufaktur geraten war. Die Schuldgefühle lasteten wie ein Gebirge auf mir. Ich hätte keine Träne zerdrückt, wenn er ermordet worden oder einfach tot umgefallen wäre. Sein Blut aber an meinen Händen zu wissen war ein furchtbares Gefühl.

Als Charles geendet hatte, breitete sich Schweigen aus. Es gab einfach nichts mehr zu sagen. Julie streichelte mich sanft, während Rachel den Kopf leise weinend auf Charles' Schulter legte. So beobachteten wir die hoch in den Nachmittagshimmel leckenden Flammen. Bei Einbruch der Dämmerung begann das Gebäude in sich zusammenzufallen. Es war nicht besonders spektakulär – ein Krachen, etwas Funkenflug und die Manufaktur hatte kein Dach mehr. Kurz darauf kündete ein Rumpeln davon, dass auch die Stockwerke im Innern das Zeitliche segneten.

Bis tief in die Nacht beobachteten wir das sterbende Gebäude. Keiner von uns kam auf die Idee, endlich nach Hause zu gehen; ich glaube, wir realisierten gar nicht, wie viel Zeit verging. Nur Julie legte irgendwann den Kopf auf Charles' Schulter und nickte ein.

Kurz nach eins galt das Feuer als endgültig gelöscht und sowohl die Feuerwehr als auch die Polizei rückte bis auf eine Brandwache ab. Vom einstmaligen Flammenmeer war nur der Geruch von feuchter Asche und Rauch geblieben. Ab und zu knackte es unheimlich in dem Trümmerfeld.

Kurz vor Sonnenaufgang richtete sich Charles plötzlich kerzengerade auf. Ich dachte, er würde sich nur straffen, um endlich vorzuschlagen, dass wir nach Hause gingen. Doch er starrte zu der Ruine hinüber.

„Ich glaube, ich habe eine Bewegung gesehen", flüsterte er. Während er aufstand herrschte einen Augenblick verwirrtes Schweigen. Vor allem die schläfrige Julie brauchte lange, um überhaupt zu begreifen, was geschehen war.

„Ein Plünderer?", vermutete ich.

„Wenn der nicht durch die Themse geschwommen ist, hätte er an den Laternen der Brandwache vorbei gemusst. Und zum Plündern dürfte alles noch viel zu heiß sein." Charles hatte Recht. Ich sparte mir weitere Vermutungen für später auf. Charles wollte nachsehen – und ich auch.

„Ich lenke die Wache ab", sagte ich. Es tat gut, endlich wieder etwas tun zu können und so wartete ich nicht darauf, dass jemand Einwände erhob. Schnell wie die – unter uns gesagt – maßlos überschätzten Wiesel flitzte ich durch die Dunkelheit und pirschte mich in den Rücken des arglosen Mannes. Mühelos kletterte ich auf eine Kiste, auf der der Wächter seinen lange geleerten Teebecher und eine Handlampe abgestellt hatte. Aus der Deckung der Tasse warf ich einen verstohlenen Blick auf mein Opfer. Er mochte Ende fünfzig sein. Schütteres blondes Haar, Knollennase und war leider viel zu aufmerksam. Dann also der Frontalangriff ...

„Oh nein!", rief ich. „Du halluzinierst!"

„Häh?", meinte der Mann wenig geistreich. Er schien sich kein bisschen zu erschrecken, sondern suchte nur verwirrt nach dem Eigentümer der Stimme.

„Hier unten, bei deinem Becher!"

Ungläubig schaute er zu mir herunter.

„Na, schau mal nicht so entgeistert. Ich kann nichts dafür, dass ich so aussehe."

„Häh?"

„Schlimm, schlimm. Du halluzinierst und kannst auch nicht mehr in ganzen Sätzen reden." Erschüttert schüttelte ich den Kopf.

Sein Gesicht verzog sich zu einem debilen Grinsen. „Eine sprechende Maus?"

„Und deine Augen sind so schlecht geworden, dass du nicht einmal deine eigenen Halluzinationen gut genug erkennen kannst um zwischen Mäusen und Ratten zu unterscheiden." Wieder schüttelte ich mit ernster Miene den Kopf. Ja, ich gebe zu, dass meine Diagnose für einen gebildeten Menschen wenig überzeugend war. Erfreulicherweise war mein Opfer – gelinde gesagt – *bildungsfern.*

„Du bist ja putzig", meinte er.

Ich rollte mit den Augen. „Du hast keine Ahnung, was eine Halluzination ist, oder?", fragte ich lapidar.

„Nö. Kenn ich nicht."

Jetzt musste ich meine Erschütterung nicht mehr spielen. „Du bildest dir nur ein, dass ich hier bin. In Wirklichkeit gibt es mich gar nicht", erklärte ich.

Er runzelte die Stirn. Sein Verstand schien lange nicht mehr bemüht worden zu sein. Nach einer Ewigkeit brachte er das Ergebnis seiner Überlegungen mit äußerster Eloquenz auf den Punkt: „Häh?"

„Du bist verrückt." Meine einfache Erklärung ließ seine Augen verstehend aufleuchten.

„Aha!"

Vermutlich waren drei Worte pro Satz genau die Menge, die der traurige Inhalt seines Kopfes verarbeiten konnte. Angesichts seiner fröhlichen Reaktion war ich jedoch nicht sicher, dass er die Tragweite meiner Behauptung begriffen hatte. Meine schöne Geschichte, nach der er sein Unterbewusstsein vor übermäßigem Alkoholkonsum warnen wollte, ging wohl über seinen Horizont.

„Dagegen musst du etwas tun", erklärte ich. Erstaunlicherweise schluckte er die fünf Worte in einem Stück.

„Was denn?"

„Halte dich vom Alkohol fern", meinte ich mit gewichtiger Stimme. Auf einer Kanzel hätte ich nicht überzeugender wirken können.

„Aber ich saufe nicht." Er zuckte mit den Schultern. „Hat mir meine Alte verboten; hab sie zu oft verhauen."

Ich schloss einen Moment die Augen, um tief durchzuatmen. Dann fragte ich: „Rauchst du?"

„Nö."

„Kautabak?"
„Nö."
„Opium?"
„Nö."
„Exotische Kräutertees?"
„Wasn das?"
Ja hatte der Mann denn gar keine Laster?
„Hör mal", meinte der Trottel plötzlich. „Wo du gerade Tee sagst: Ich geh mir noch welchen holen. Bin in fünf Minuten wieder da. Wart hier, ja?"
„Es gibt mich nicht", meinte ich ärgerlich. „Ob du mich siehst hängt nur davon ..."
„Also bist du noch da, wenn ich zurückkomme, oder nicht?", fragte er mit gerunzelter Stirn.
Ich seufzte leise und zuckte mit den Schultern. „Ja, klar."
„Prima", meinte er. „Dann bis gleich." Mit schlurfenden Schritten verschwand er in der Dunkelheit.

Charles war von meinem vorschnellen Ablenkungsmanöver wenig erbaut. Dennoch nutzte er natürlich die Gelegenheit, ungesehen durch den erleuchteten Bereich zu huschen. Seine Neugier war nicht ungefährlich; schon mehrere Meter von der Ruine entfernt war die Hitze des Feuers noch immer spürbar. Zudem erschwerte ihm der kurze Aufenthalt zwischen den hellen Laternen die Orientierung im Dunkel der Ruine. Nur spärlich überwanden die künstlichen Lichtquellen die noch immer standhaften Grundmauern. Doch die Natur kam Charles zu Hilfe. Ein wolkenloses Firmament tauchte die Szenerie mit Milliarden Sternen in silbriges Licht.

Charles verharrte einige Augenblicke im zerstörten Eingang des Gebäudes, um seinen Augen Zeit zur Gewöhnung an die Lichtverhältnisse zu geben. Die Hitze war jedoch kaum auszuhalten. Der Brandgeruch drang immer aufdringlicher in seine Nase und ein öliger Film begann, sich in seiner Kleidung festzusetzen. Als er schließlich den ersten Schritt ins Gebäudeinnere wagte, reagierten die verkohlten Bodendielen mit bedrohlichem

Knacken. Brachte er sich gerade wegen eines Trugbildes in Lebensgefahr? Was sollte sich hier schon bewegt haben? Sicher niemand, der während des Brandes schon hier gewesen war. War er so erpicht darauf, das Wesen aus dem Münzenladen wiederzusehen, dass ihm seine Sinne einen Streich spielten?

Er war drauf und dran umzukehren, als ihn ein seltsames Geräusch stutzen ließ. Der merkwürdige Ton war kaum zu hören gewesen und lag irgendwo zwischen Schluchzen und Flüstern. War das eine Stimme gewesen? Der Laut berührte etwas tief im Innern seiner Seele. Sofort kamen die seltsamen Empfindungen zurück, die Charles bei seiner Begegnung mit dem *toten Fiddlebury* bewegt hatten. Ein überwältigender Beschützerinstinkt und ein Hauch von Furcht.

Erneut erklang das Geräusch und dieses Mal war Charles sicher, sich nicht zum Narren seiner überreizten Sinne zu machen. Vorsichtig arbeitete er sich tiefer in die Ruine vor. Die heiße Luft machte jeden Atemzug zur Qual, und bei jedem Schritt erwartete er, durch den verkohlten Boden zu brechen. Das Geräusch erklang ein weiteres Mal und drang Charles noch tiefer in die Knochen. Eine unerklärliche Sehnsucht ergriff von ihm Besitz, die ihn immer unvorsichtiger durch das zerstörte Haus schleichen ließ.

In der großen Werkhalle wurde er fündig. Allerdings fand er weit mehr, als sein rationaler Verstand in einem Schritt verarbeiten konnte. Denn das Wesen, das blind vor Verzweiflung zwischen den verkohlten Maschinen umhertaumelte, war nicht von dieser Welt. Es war eine Göttin. Ich meine das ihm wahrsten Sinne des Wortes. In einem Tempel wäre Charles vor ihr auf die Knie gefallen. Das Sternenlicht ließ ihren unglaublich zierlichen Körper als bloßen Schattenriss erscheinen, auf dem silbrige Reflexe filigrane Konturen andeuteten. Und obwohl sie sich offenbar kaum auf den Beinen halten konnte, war jede ihrer Bewegungen von einer Anmut gesegnet, die Charles den Atem stocken ließ.

Die *Göttin* schien ihn zu erkennen. Verzweifelt streckte sie die Arme nach meinem Freund aus und taumelte auf ihn zu.

Wieder kam dieses tief berührende Geräusch über ihre Lippen. Jede Vorsicht außer Acht lassend, sprang Charles ihr zur Seite. Das Sternenlicht zeichnete ihr Gesicht nur als Andeutung silbriger Reflexe in die Dunkelheit. Doch die Bahnen ihrer silbern glitzernden Tränen ließen ein scharf geschnittenes Gesicht mit hohen Wangenknochen erahnen. Vertrauensvoll, als würde sie ihn seit Jahrhunderten kennen, ließ sie sich in seine Arme fallen.

Mit einem unnatürlichen Glücksgefühl fing er sie auf. Ihr bedingungsloses Vertrauen ließ eine archaische Form von Stolz in ihm erwachen. Sie war unglaublich leicht und ihr weicher Körper fühlte sich geradezu zerbrechlich in seinen Armen an. Mühelos hätte er sie bis nach Liverpool tragen können. Ernsthafte Probleme machte ihm jedoch die unnatürliche Kälte, die von ihr ausging. Augenblicklich kroch ihm unirdischer Frost in die Knochen. Sie war so kalt, dass Charles ernste Erfrierungen an Armen und Brust riskierte. Doch in diesem Augenblick hätte er sie für keinen Preis der Welt losgelassen.

Ein wenig hatte ich schon den Eindruck, dass Charles und Rachel den Verstand verloren hatten. Als mein Freund mit seinem unerwarteten Fund aus der Ruine gekommen war, hatten wir wie ein eingespieltes Team funktioniert. Ich hatte Schmiere gestanden, Rachel organisierte eine Decke und Julie stahl eine Droschke. Seltsamerweise war niemand von uns ob ihres diesbezüglichen Talents überrascht gewesen.

Auf dem Weg zu uns nach Hause war es jedoch wunderlich geworden. Sicher, das seltsame Geschöpf war unnatürlich schön – aber das war Julie auch. Sie hatten beide diesen elfenhaften Körperbau und ich gestehe, den Anblick der nackten Fremden ausgiebiger genossen zu haben, als es ein britischer Gentleman tun sollte. In diesem Zusammenhang war es mal wieder sehr praktisch, dass ich mich als Italiener fühlte ...

Aber im Ernst: Natürlich war diese hämatitfarbene, weiche Haut und das lackschwarze Haar faszinierend. Angesichts des porzellanfarbenen Teints meines kleinen Kobolds konnte ich ihre Haut aber nur von einem wissenschaftlichen Standpunkt aus als atemberaubend bezeichnen. Vielleicht war es auch die unterschwellige Furcht, die ich in ihrer Nähe empfand. Es ist schwer, die Vorzüge eines Wesens zu würdigen, das eine derartig unheimliche Ausstrahlung hat. Und das seltsame Verhalten meiner Freunde war nicht gerade dazu geeignet, mein Unwohlsein zu verringern.

Charles saß auf der Rückbank der Droschke und hielt den eiskalten Körper eng wie eine Geliebte an sich gedrückt. Seine Finger waren schon blau, weil er unaufhörlich ihr Gesicht und ihre Schultern streichelte. In seinen Augen konnte ich neben Faszination einen Wust der widersprüchlichsten Gefühle erkennen. Er wollte sie beschützen und *besitzen*. Gleichzeitig schien er eine merkwürdige Ehrfurcht zu empfinden, wobei der Anteil der Furcht nicht unerheblich war.

Die Beine der Fremden lagen auf Rachels Schoß, die die Rückbank mit Charles teilte. Ihre Reaktion auf unseren Gast erschien mir noch weit beunruhigender. Keine Spur war von der Trauer um ihren Vater geblieben. Auch die offensichtliche Anziehung, die die Fremde auf Charles ausübte, schien ihre Stimmung nicht zu trüben. Im Gegenteil. Sie selbst konnte kaum die Hände von unserem Gast lassen. Auch ihre Finger waren schon blau. Sie hatte sich sogar die Handschuhe ausgezogen um die schlanken Beine besser fühlen und streicheln zu können. Deutlicher als bei Charles konnte ich lodernde Ehrfurcht und Erregung in ihren Augen sehen. Als sie plötzlich ein Bein der Fremden hob, um ehrerbietig den Fuß unseres Gastes zu küssen, glaubte ich meinen Augen nicht trauen zu können.

Auch Julie, die mit mir auf dem Kutschbock saß, hatte die merkwürdige Huldigung beobachtet. Wir wechselten einen viel sagenden Blick. Die beiden hatten ihrer Meinung nach zweifellos den Verstand verloren. Ich war mehr als beunruhigt, denn ich fürchtete, dass das unheimliche Wesen den beiden seinen Willen aufzwang. Allerdings wirkte das zarte Geschöpf im Augenblick alles andere als bedrohlich. Wie ein verängstigtes Kätzchen schmiegte es sich in Charles' Arme. Die Verzweiflung des Wesens war so intensiv spürbar, dass ich sie beinahe schmecken konnte.

Kaum hatte die Droschke endlich vor Charles' Haus angehalten, waren die beiden mit ihrer „Göttin" ausgestiegen und hatten die Eingangstreppen erklommen. Irgendwie musste ich wenigstens Charles von ihrem Einfluss befreien. Ich hasste es, manipulativ zu sein, aber diese Situation betrachtete ich als Notwehr.

„Charles?", fragte ich mit strenger Stimme. Als würde er desorientiert aus einem Traum erwachen, wandte er sich um.

„Du willst doch nicht Julie die Droschke loswerden lassen? London ist kein Ort, an dem ein junges Mädchen zu dieser Stunde allein unterwegs sein sollte." Julie hätte damit wohl kein Problem gehabt. Aber natürlich schaltete sie blitzschnell. Um die Wirkung meiner Worte zu unterstützen, warf sie ihm einen ängstlichen Blick zu.

Nein, er wollte die Fremde wirklich nicht verlassen, aber gegen sein Verantwortungsgefühl hatte mein Freund noch nie eine Chance gehabt. „Du hast Recht, Bradley", meinte er zögernd.

In diesem Augenblick öffnete sich die Haustür und ein erfrischend unbeschwertes Dienstmädchen trat heraus.

„Gutén Morgén, Mister Igeltón! ´übsches Beuté gemac´t?" Sie kicherte.

„Ja haben wir", nahm ich Charles frech die Antwort ab. „Bitte nimm Charles die Dame ab und trag sie ins Haus."

„Oui, mein drollisch Chérie. Fifi doc´ allés tut für disch." Ihre unbekümmerte Art zauberte mir wieder ein Lächeln ins Gesicht.

„Ich bin nur für ein paar Minuten fort", versuchte Charles unseren Gast zu beruhigen. Dennoch hielt sich das Wesen verzweifelt an ihm fest. Zwar verfügte sie wohl nicht mehr über die übermenschlichen Kräfte, die sie während ihrer Flucht gezeigt hatte, dennoch wäre Charles allein nicht in der Lage gewesen, sie mit sanfter Gewalt von sich zu trennen. Aber gegen Fifis Kraft hatte sie keine Chance. Charles zerriss es fast das Herz. Erst als sich Fifi fröhlich pfeifend abwandte, um ins Haus zu gehen, konnte er sich losreißen. Gemeinsam mit Julie und der Droschke verschwand er in der Morgendämmerung.

Einer Eingebung folgend, bat ich Fifi, es der seltsamen Fremden in einem Kellerraum gemütlich zu machen. Aus irgendeinem Grund hielt ich es für keine gute Idee, sie dem direkten Sonnenlicht auszusetzen. Außerdem wollte ich vermeiden, dass unser Gast erneut flüchtete. Rachel sagte zu meinen Anordnungen kein Wort. Während des gesamten Transports konnte sie jedoch kaum die Finger von den schwarzsilbernen Füßen unseres mysteriösen Gastes lassen.

Schließlich setzte Fifi die Fremde in einem der leereren Kellerräume ab. Sofort verkroch sich unser Gast in einer Ecke des Raumes. Rachel kniete sich augenblicklich zu ihr. Der Habitus des Rotschopfes ähnelte zunehmend dem einer Hohepriesterin, die ihre Göttin verehrt. Das Objekt dieser Anbetung schien indes die Huldigungen entweder nicht zu bemerken oder als selbstverständlich anzusehen. Plötzlich zog das Wesen Rachel jedoch in die eiskalten Arme. Es war eine völlig andere Umarmung als die, die sie mit Charles geteilt hatte. Ich war alarmiert.

Fifi warf mir einen fragenden Blick zu und ich bat sie mit einer Geste, sich zu mir herunterzubeugen.

„Irgendetwas macht die Kleine mit dem Verstand von Charles und Rachel", flüsterte ich Fifi in ihr imaginäres Ohr und machte währenddessen eine kreisende Bewegung neben meinem Kopf. „Wir müssen sie beschützen."

„Oui", stimmte Fifi tatendurstig zu und klatschte in die Hände. „Was isch soll tun?"

„Du greifst dir jetzt Rachel und setzt sie in ein heißes Bad. Und egal was sie sagt, du lässt sie weder gehen noch wieder in den Keller kommen."

„Oui, Chérie! Es bestimmt spaßíg mit zappélnd Miss Duckwalk durch ´aus ge´en." Sie kicherte verschwörerisch. Im nächsten Moment packte sie Rachel an den Schultern und zerrte sie nicht zu sanft aus den Armen unseres Gastes. Rachel wehrte sich und verlangte immer wieder, losgelassen zu werden. Doch die Fremde leistete keinen Widerstand. Sie rollte sich einfach in ihrer Ecke zusammen.

Nachdem Fifi mit ihrer zeternden Fracht verschwunden war, blieb ich einen Augenblick unschlüssig stehen. Dann näherte ich mich zögernd der zusammengesunkenen Gestalt. Schon einen guten halben Meter von ihr entfernt ließ mich die von ihr ausgehende Kälte frösteln. Vorsichtig umrundete ich ihre Beine und blieb vor ihrem Ellenbogen stehen. Mein Herz raste, als hätte ich vor, mich in einer Katzenzucht einsperren zu lassen. Dann riss ich mich zusammen und schob zaghaft ihr Haar beiseite.

Ausdruckslos sah sie mich an. Das erste Mal konnte ich ihr Gesicht in seiner ganzen Perfektion bewundern. Ja, sie hatte die edlen Züge einer Göttin. Sie war für meine Augen nicht schöner als Julie, aber *unirdisch perfekt*. Mir fehlt das Vokabular, um es besser auszudrücken. Allerdings hatten sterbliche Augen wenig

Zeit, das Gesicht zu betrachten. Als wären sie unentrinnbare Magnete wurde der Blick *in* diese erschreckenden Augen gezogen. Sie waren vollflächig schwarz. Nicht wie Obsidian oder Onyx. Sie glichen eher der endlosen Tiefe des Sternenhimmels ohne Sterne. Als wären sie Tore in die Abgründe einer anderen Welt. Im Angesicht dieser zeitlosen Tiefen schienen ganze Universen vergangen zu sein. Mit der einschüchternden Weisheit einer uralten Seele sahen diese Abgründe in mich hinein. Nie hatte ich mich so nackt, unbedeutend und gleichzeitig so verstanden gefühlt.

Nur unter Aufbietung meines gesamten Willens gelang es mir, mich aus dem Bann dieses Blickes zu befreien. Zitternd wandte ich mich ab. Wie konnte ein solches Wesen derartig grenzenlose Verzweiflung empfinden? Warum suchte es bei einem sterblichen Mann wie Charles Schutz? Plötzlich, als hätte sie meine Überlegung mit einer Erleuchtung belohnt, kannte ich die Antwort: Gar nicht. Unser Gast war genauso sehr eine Göttin, wie ich eine Ratte. Gegen das „Original" wäre wohl jede Auflehnung sinnlos gewesen.

Meine Gedanken wurden jäh unterbrochen, als Fifi in der Kellertür erschien. Unser Gast bäumte sich auf und gab einen erstickten Laut von sich. Mehrere Sekunden wand sie sich in unerträglichen Qualen, bis sie endlich das Bewusstsein verlor. Es dauerte einen Moment, bis ich den Zusammenhang verstand. Fifi hatte frischen Tee für mich gemacht. Verdutzt schaute sie auf die silberne Kanne, die sie gemeinsam mit einer silbernen Zuckerdose und einem silbernen Milchkännchen auf einem silbernen Tablett balancierte. Jedes Fleckchen Silber war vom einen auf den anderen Moment kohlrabenschwarz angelaufen.

„Das Mondlicht wirkt also wie eine Art Lösungsmittel?", fragte Charles, während des Frühstücks. Je nach Sichtweise hätte man unsere Mahlzeit auch als „Nachmitternachtsimbiss" bezeichnen können. Denn bisher hatte keiner von uns ins Bett gefunden. Das Schicksal unseres Gastes ging uns allen nahe und so zermarterten wir unsere Köpfe, wie wir ihren ständigen Essenzverlust aufhalten konnten. Leider konnten wir ihr nicht einmal die bisher verlorene Essenz zurückgeben, weil der Essenz-Aspirator in kleinen Stücken in Rachels Keller lag.

Irgendwie war die Angelegenheit noch persönlicher geworden, nachdem Charles dem seltsamen Wesen einen Namen gegeben hatte. „Noctis" – was so viel wie „Nacht" auf lateinisch bedeutet. Der Name hätte wohl nicht passender gewählt sein können. Mit ihrer silbrig schwarzen Haut schien sie die Farben des Nachthimmels widerzuspiegeln. Als Wissenschaftler hätte ich sie vielleicht „Argentum Noctis" getauft, um auf ihre Vorliebe für Silber hinzuweisen. Aber das hätte wohl eher nach einer alchemistischen Zutat als nach einem Namen geklungen.

Jedenfalls war Noctis noch nicht wieder erwacht. Und so sehr ich sie auch fürchtete, so entsetzlich schien mir der Gedanke, sie sterben zu sehen. Vielleicht hatte sie uns alle doch mehr im Griff, als wir ahnten. Hätte Fifi uns nicht dieses Frühstück aufgedrängt, hätten wir nicht einmal bemerkt, wie hungrig wir waren.

„Nicht ganz. Ich denke, die Essenz wird durch das Mondlicht angeregt, sodass sie sich leichter binden *und* lösen kann", beantwortete Rachel Charles Frage. „Schließlich lässt sich Essenz auf diesem Weg sowohl aus Wesen und Umgebung lösen als auch auf sie übertragen."

Nach wenigen Minuten in der heißen Wanne hatte sie den unheimlichen Einfluss unseres Gastes abgeschüttelt. Ich denke, dass ihr die Angelegenheit sehr peinlich war, aber sie hatte bisher kein Wort darüber verloren. Angesichts der Tatsache, dass sie gerade ihren Vater verloren hatte, dürfte sie auch Schlimmeres zu verarbeiten haben. Ich bewunderte jedenfalls, wie sie sich hielt. Beunruhigender war die Steifheit ihrer Hände. Wie auch Charles hatte sie leichte Probleme mit dem Greifen und Tasten von Dingen.

„Leider scheint Silber aber die stärkere Anziehung zu besitzen", meinte Charles nachdenklich.

Rachel nickte. „Im Essenz-Aspirator haben wir diese Anziehungskraft mit elektrischem Strom und einigen Chemikalien unterdrückt. Sonst wäre die Übertragung nicht möglich gewesen."

„Entschuldigung", mischte sich Julie erstmals in das Gespräch ein. „Ich habe ja keine Ahnung von diesen Dingen …"

Unsere aufmerksamen Blicke schienen die sonst so vorwitzige Julie so sehr einzuschüchtern, dass sie unsicher den Mund schloss.

„Wir stochern gerade alle im Dunkeln", sagte ich lächelnd. „Und jeder hier am Tisch würde gerne deine Meinung hören." Charles und Rachel nickten.

Julie lächelte. „Na gut. Also, ihr wollt Essenz auf Noctis übertragen. Diese Essenz steckt in der schwarzen Schicht, mit der das Silber überzogen ist und man braucht dieses flüssige Mondlicht – was immer das sein mag – um die Essenz zu übertragen." Als wir alle nickten, zuckte sie mit den Schultern. „Na, warum kratzen wir die Schicht nicht ab, werfen sie in dieses Mondlicht und geben ihr das dann zu trinken?"

Sprachlos starrten wir erst sie und dann uns gegenseitig an.

„Manchmal sieht man wohl den Wald vor lauter Bäumen nicht", meinte Charles fassungslos.

„Das Mondlicht ist aber nicht mehr flüssig, sobald es ausgegossen wird", gab Rachel zu bedenken. „Im Aspirator wurde die Essenz zu einer Art Nebel, der über das Mondlicht vom Körper aufgenommen wurde."

„Es ist trotzdem die beste Option, die wir haben", sagte ich. „Vielleicht sollten wir einen lichtdichten Trichter bauen, um sie zu füttern?"

„Nix schwarzes Mädschen füttérn! Erst wird gegessén auf!", mischte sich Fifis strenge Stimme ein, als wir aufstehen wollten, um uns ans Werk zu machen. Und so liebenswürdig Fifi war – bei Nahrungsverweigerung verstand sie keinen Spaß. Ich hatte ja schon erwähnt, dass sie Charles' Ernährung notfalls auch gegen dessen Willen sicherstellte. Julie, die Fifi das erste Mal streng erlebte, kicherte vor sich hin. Nachdem wir alle brav unsere leer gegessenen Teller gezeigt hatten, durften wir dann spielen gehen, wie Julie das nannte.

Mit Charles' Arsenal von Werkzeugen und praktischen kleinen Erfindungen war die Aufgabe tatsächlich ein Kinderspiel. In kürzester Zeit säuberten wir das Geschirr und das Tablett, denen Noctis ihre Ohnmacht zu verdanken hatte. Die schwarze Oxidationsschicht fingen wir als hauchfeines Pulver mit einem Spiegel auf. Bevor wir uns jedoch an die Konstruktion eines komplizierten lichtdichten Trichters machten, überprüften wir, ob das Essenzpulver auf dem Mondlicht schwamm. Hätte es das nicht getan, hätten wir dies natürlich berücksichtigen müssen. Charles hatte schon aufwendige Ideen, wie der Grund des Mondlichtgefäßes während des Ausgießens aufgewirbelt werden konnte.

Doch als wir das Essenzpulver in einen Kelch mit flüssigem Mondlicht gaben, erlebten wir eine Überraschung. Augenblicklich wurde die Flüssigkeit schwarz und bekam eine dickflüssige Konsistenz. Man hätte sie mit warmem Erdöl verwechseln können, wenn sie nicht gleichzeitig mit *schwarzem Licht* zu leuchten begonnen hätte. Es war das gleiche „Licht", das wir bei der Zerstörung von Noctis' „Tempel" gesehen hatten. Der Effekt war verstörend und faszinierend zugleich. Vielleicht war er aber nicht nur verstörend, sondern auch kontraproduktiv. Ging hier gerade Essenz verloren?

„Schnell!", rief Charles geistesgegenwärtig. Gemeinsam stürzten wir aus seiner Werkstatt zu unserer improvisierten Zelle hinüber. Wieder funktionierten wir wie ein gut eingespieltes Team. Julie schnappte mich und öffnete die Zellentür. Rachel kniete sich hinter Noctis und brachte unseren halbnackten Gast in eine ebenfalls annähernd kniende Position. Und Charles hatte das Vergnügen, Noctis den Kelch an die weichen Lippen zu setzen und ihr das dickflüssige Getränk Schluck für Schluck einzuflößen …

Ich gebe zu, dass ich mich ein paar erotischer Assoziationen nicht erwehren konnte.

Kaum waren die ersten Tropfen ihre Kehle heruntergeflossen, schlug Noctis die Augen auf. Zitternd umfasste sie Charles' Hände und leerte den Kelch mit langsamen, genussvollen Schlucken. Sofort schien es ihr besser zu gehen. Die Verzweiflung war noch immer zu spüren, doch jetzt schien es auch Hoffnung für sie zu geben. Eine seltsame Form von Frieden ließ uns einen Augenblick durchatmen.

Erst als die Türklingel sie zerriss, wurde mir die seltsame Atmosphäre bewusst. Den Anderen schien es ähnlich zu gehen. Oben waren Fifis schnelle Schritte zu hören und gleich darauf wurde die Tür geöffnet. Als der Klang einer empörten männlichen Stimme zu uns herunter drang, verdrehte Julie die Augen.

„Mein Vater. Ich erledige das", gab sie sich selbstbewusst. Sie holte sich noch einen Lippenknabberer bei mir ab, dann schob sie mich in den weiten Ärmel ihres Kleides. Um mich zu tarnen und es mir bequemer zu machen, verschränkte sie die Arme vor der Brust. Wenige Augenblicke später waren wir an der Tür.

„I´r ´abt Problem mit Gopf?", fragte Fifi gerade meinen Schwiegervater in spe. Die Frage sorgte dafür, dass er tatsächlich ein Problem mit seinem Kopf bekam. Er lief so rot an, dass er jeden Augenblick platzen würde. „I´r nüscht wirglisch glaubt, dass gutes Dienstmädschen lässt Brüllaffén in ´aus?", erkundigte sie sich freundlich. Bevor Blackwell vor Wut platzen oder antworten konnte, war auch Julie an der Tür.

„Papa! Was soll denn dieser Auftritt?", fuhr sie ihn an.

„Julie! Hat er dich angefasst?"

„Erstens geht dich das nichts an, zweitens ist er ein Ehrenmann und drittens ist es doch genau das, was du dir sehnlichst von jedem deiner Freunde erhoffst!", fauchte sie.

„Aber Julie!", sagte er verdattert.

„Endlich lerne ich den Mann meiner Träume kennen und du hast nichts Besseres zu tun, als mich mit diesem peinlichen Auftritt zu blamieren! Du willst mich so schnell wie möglich aus dem Haus haben. Da werde ich dir heute Nacht wohl kaum gefehlt haben!" Sie redete sich immer mehr in Rage. Ich rieb meine Wange zärtlich an ihrem Unterarm, um sie zu beruhigen…

Na gut, ich gestehe, dass mein Handeln nicht ganz frei von Vergnügungssucht war.

„Aber Julie!"

„Charles ist ein wahrer Gentleman", sagte sie jetzt ruhiger. An Blackwells Stelle hätte ich jedoch laute Vorwürfe diesem ruhigen Tonfall vorgezogen. „In seinem Haus ist meine Ehre sicherer als zu Hause, wo du jeden Untertanen seiner Majestät hinschleppst, der im weitesten Sinne als Mann bezeichnet werden könnte. Ich bin keine Hündin, die sich von dir zur Zucht missbrauchen lässt. Charles gehört ab jetzt und für immer zu deiner Familie. Also überlege dir gut, ob du ihn noch einmal so beleidigen willst."

„Aber Julie …"

„Charles wird mich nach Hause bringen, wenn es so weit ist. Guten Tag, Vater." Abrupt drehte sie sich um und ließ ihn stehen. Tränen funkelten in ihren Augen.

Was muss der Blödmann sie mit seinem Heiratswahn drangsaliert haben, dachte ich bei mir. Tröstend streichelte ich ihren Arm.

„Entschuldige", stotterte Blackwell ihren Rücken an. „Ich wollte nicht …"

„Armes Mister Blackwell", meinte Fifi, die das einseitige Gespräch fasziniert verfolgt hatte. Dann schloss sie die Tür vor der Nase.

Ich glaube, spätestens dieser Moment hätte meinen Tag restlos verdorben.

Auch wir entschieden uns, den Tag zu beschließen. Es war zwar später Vormittag, aber Noctis war vorerst außer Gefahr und wir alle brauchten Schlaf, um klar denken zu können.

„Ich … habe kein Nachthemd dabei", erklärte die noch immer vollständig bekleidete Julie, als ich bettfertig aus dem Bad kam. Ihre Stimme schwankte und offenbarte eine reizende Unsicherheit. Aber auch ich war weit davon entfernt, diese Tatsache wie ein abgebrühter Genießer aufzunehmen. Die möglichen Implikationen ließen meinen Mund trocken werden.

„Oh …", krächzte ich. „Ich hoffe, dass es dir dann heute Nacht nicht zu kalt ist." Noch heute muss ich über diesen dämlichen Kommentar den Kopf schütteln. Ich hätte ihr ein Hemd oder auch ein Nachthemd von Charles anbieten können. Aber auf den Gedanken kam ich nicht. Allerdings darf ich zu meiner Verteidigung anführen, dass wir beide auch nicht auf die Idee kamen, sie in einem eigenen Schlafzimmer unterzubringen. Unsere Gedanken waren mit anderen Dingen beschäftigt. Ich bin sicher, dass meine Amok laufende Fantasie sehr deutlich in meinen Augen zu sehen war.

„Zu Hause schlafe ich eigentlich immer nackt", sagte sie, während ihr das Blut in den Kopf schoss.

Mir klappte der Kiefer herab. Die Bilder vor meinem inneren Auge machten mir eine Antwort völlig unmöglich.

Sie fing sich um einiges schneller. Der koboldartige Glanz kehrte in ihre Augen zurück. Als ich sie noch immer mit offenem Mund anstarrte, stemmte sie die Hände in die Hüften und legte schmunzelnd den Kopf schief. „Das gefällt dir wohl?" Trotz ihrer vorgeblichen Amüsiertheit schwankte ihre Stimme noch immer. Ich brachte statt einer Antwort nur ein Räuspern heraus und schloss den Mund. Sie lachte und küsste mich sanft auf die Nasenspitze. Dann nahm sie die Schlafmütze von meinem Nachtschränkchen und setzte sie mir zärtlich auf. „Rein zufällig" zog sie mir dabei die Mütze bis über die Augen. Kichernd setzte sie mich ins Bett.

Stocksteif saß ich auf meinem Kopfkissen. Vergeblich versuchte ich mit Nase und Ohren das momentane Handicap meiner Augen auszugleichen. Sie würde sich doch nicht vollständig ausziehen ... oder? Obwohl wir beide todmüde sein sollten, lag eine unglaubliche Spannung im Raum.

Nach einer Ewigkeit endete das Geräusch raschelnden Stoffs. Gleich darauf schien sie ins Bett zu klettern und sich unter die Decke zu kuscheln.

„Du bist ein wahrer Gentleman", flüsterte sie, während sie meine Schlafmütze zurechtzupfte. Endlich konnte ich wieder sehen und der Anblick ihrer nackten Schultern und ihres Schlüsselbeins brachte mich beinahe um den Verstand. Männer sind wohl wirklich sehr primitiv. Ich konnte nicht aufhören darüber nachzudenken, ob sie wirklich keinen Fetzen mehr am Leib trug. Und leider sah man mir dies wohl so deutlich an, dass Julie laut lachen musste. Verliebt kraulte sie meinen Nacken.

„Entschuldige, Shortbread", sagte sie dann sanft lächelnd.

„*Entschuldige* ...?", brachte ich krächzend hervor. „Was soll ich entschuldigen?"

„Dass ich so schüchtern bin." Ich schüttelte verdutzt den Kopf. „Aber dafür musst du dich doch nicht entschuldigen."

„Doch", erwiderte sie merkwürdig ernst. „Alles unter meiner Kleidung gehört dir. Also ist es Diebstahl, es dir vorzuenthalten." Nicht das kleinste Spur Spott lag in ihre Blick. Wäre mir darauf eine Entgegnung eingefallen, hätte ich sie wohl kaum herausgebracht, weil mir das Glück die Kehle eng werden ließ. Statt zu antworten, krabbelte ich zu ihr und schmiegte mich an die Sensation, die ihr als Hals diente. Doch selbst ihr berauschender Duft und ihre wunderbare Haut konnten das Glücksgefühl nicht übertreffen, das ihre Worte in mir ausgelöst hatten. In stillem Glücksrausch lag ich eng an sie gekuschelt da.

Irgendwann löschte sie das Licht. Die schweren Vorhänge konnten den draußen herrschenden Tag so weit aussperren, dass der Raum in annähernder Finsternis versank.
„Shortbread?", flüsterte Julie in der Dunkelheit.
„Ja?"
„Ab heute tragen wir beide keine Nachthemden mehr, ja?"
Ein wohliger Schauer durchlief mich.
„Ich bin ganz deiner Meinung", sagte ich mit belegter Stimme.
Für mehrere Minuten lagen wir still aneinandergeschmiegt da. In meinem Kopf fuhren die Gedanken Karussell und ich bezweifelte ernsthaft, dass ich überhaupt schlafen konnte. Zu intensiv war ihre Nähe und zu plastisch meine Fantasie. Julie schien es ähnlich zu gehen.
„Shortbread?", flüsterte sie nach einer Weile erneut.
„Ja?"
„Deine Mütze darfst du aber aufbehalten."

Eine junge Dame, eine distinguierte Ratte und ein dampfbetriebenes Dienstmädchen sind vielleicht kein klassisches Team, wenn es um die Durchführung eines Einbruchs geht – doch ich war zufrieden. Natürlich wäre ich statt mit Kinkin lieber mit Fifi durch die dunklen Gassen geschlichen. Aber meine Freundin mit dem französischen Akzent war die Einzige, die Noctis sicher auch mit Gewalt am Verlassen des Hauses hindern konnte. Da ich sie ohnehin nur zum Tragen unserer Beute benötigt hätte, war ich aber guter Dinge, dass Kinkin eine gute Vertretung sein würde. In ihrer schwarzen Männerkleidung, mit Schiebermütze und Sonnenbrille, die ihre leuchtenden Augen abdecken sollte, wirkte sie von uns allen auch am ehesten wie ein Gangster.
Die zierliche Julie ging trotz ihres kleinen Busens auch in der schwarzen Männerkluft nicht als Mann durch. Nicht einmal als Junge. Erfreulicherweise konnten Menschen aber bei Weitem nicht so gut wie ich im Dunkeln sehen. Ich selbst trug einen schwarzen Rollkragenpullover, den Rachel schon vor längerer Zeit für mich gestrickt hatte. Bei der Länge hatte sie es so gut

gemeint, dass auch meine delikatesten Teile bedeckt wurden. So konnte ich auf eine Hose verzichten, was meiner Bewegungsfreiheit sehr zuträglich sein würde. Außerdem trug ich einen mit sorgfältig ausgewählten Utensilien bestückten Gürtel und eine schwarze Schlafmütze.

„Was für ein Schlachtfeld", flüsterte Julie.

„Kinkin", stimmte Kinkin ihr viel zu laut in empörten Tonfall zu.

Tatsächlich hatte Charles nicht übertrieben, als er uns von den Verwüstungen in dem Münzenladen berichtete. Bis auf die Theke gab es buchstäblich kein einziges intaktes Möbelstück mehr. Sogar die Decke hatte ein Loch. Zu unserem Glück schien der Eigentümer seine Ware aber nicht fortgeschafft zu haben. Zwei große Kisten und ein Sack standen neben der Theke; vermutlich hatte er die Münzen erst einmal zusammengekehrt und in den unwürdigen Behältnissen gelagert. Ich atmete auf. Wenn der Eigentümer noch keine Gelegenheit gefunden hatte, seine Schätze zu sortieren, hatte er sie vermutlich auch noch nicht gereinigt. Seine Münzen mussten so viel von Noctis Essenz gespeichert haben, dass wir auf die Rückgewinnung nicht verzichten konnten.

Der *Black Garden Gentlemensclub* hatte uns die Angelegenheit einfacher gemacht. Nur zu gern hatte man Charles die angelaufenen Gegenstände ausgeliefert, damit dieser daran „eine neue Erfindung testen" konnte. Wenn er wollte, war Charles ein grandioser Lügner, auch wenn ihn dieses Kompliment nicht sehr gefreut hatte. Vermutlich kannte er Julie noch nicht gut genug, um ihre Worte richtig würdigen zu können. Jedenfalls hatte Mr Volkins – der Inhaber des Münzenladens – sich Charles Lüge gar nicht erst anhören wollen. Bevor mein Freund auch nur den Mund öffnen konnte, hatte man ihm die Tür vor der Nase zugeschlagen. Vermutlich nahm der kleinliche Mensch Charles den Schlag mit dem Gewehrkolben noch immer übel. Da uns weitere gütliche Versuche eher verdächtig gemacht hätten, hatten wir uns zu dem – zugegebenermaßen drastischen – Mittel des Einbruchs durchgerungen.

Für Julie war das ein großer Spaß und auch ich hatte ein reines Gewissen. Schließlich ging es um Noctis' Leben und war somit eine Art Nothilfe. Außerdem wollten wir den Mann ja nicht schädigen. Im Gegenteil: Er würde seine Münzen gewissenhaft gereinigt zurückbekommen. Mehr Gedanken machte ich mir um den Besitzer der Droschke, den Julie vor ein paar Minuten um sein Eigentum erleichtert hatte. Es würde wohl mehrere Tage dauern, bis ihn die Polizei ausfindig gemacht hatte, um ihm das Fuhrwerk zurückzugeben. Und ein paar Tage konnten für jemanden, der sein Gefährt für den Broterwerb benötigte, sehr lang werden. Aber was hätten wir tun sollen? Wir brauchten ein Transportmittel und durften auf keinen Fall mit selbigem in Verbindung gebracht werden.

Im Augenblick verdrängte ich aber jeden Gedanken an die moralische Dimension unseres Tuns. Konzentriert betrachtete ich die Sicherheitsvorkehrungen des Ladens. Es gab zwei Schaufenster, von denen eines provisorisch mit einer Holzplatte verschlossen worden war, außerdem eine Tür mit Glasfenster. Sowohl der Eingang als auch die Fenster waren zusätzlich mit Gittern gesichert. Wie wir es erwartet hatten, ließ sich das Geschäft nur mit schwerem Werkzeug oder einem Schlüssel öffnen. Letzterer durfte sich jedoch beim Eigentümer befinden. Und von Charles' Vermittlungsversuch wussten wir, dass selbiger direkt über seinem Laden wohnte. Da es in ganz London kein Haus gab, das für Ratten nicht zugänglich war, würde es mir zufallen, den Schlüssel zu besorgen.

„Da steht ein Fenster offen", flüsterte Julie. Der Sternenhimmel spiegelte sich auf atemberaubende Weise in ihren Augen, sodass ich nur mit Verzögerung den Sinn ihrer Worte verstand. „Stimmt etwas nicht?", fragte sie besorgt, als ich nicht gleich reagierte.

„Nein, alles bestens." Wir hatten jetzt keine Zeit zum Süßholzraspeln. Ich legte den Kopf in den Nacken und konnte sehen, was sie meinte. Genau über uns stand ein kleines Ausstellfenster offen. „Kannst du mich da hochwerfen?"

„Aber was ist, wenn ich nicht richtig treffe und du dir etwas tust?"

Ihr Zögern erwärmte mein Herz. Aber ich winkte ab. „Also, nach dem, was Fiddlebury mit mir gemacht hat, glaube ich nicht, dass mir bei dieser Höhe etwas passieren kann." Heldisch grinsend zeigte ich meine Schneidezähne. „Außerdem kannst du mich ja auffangen, wenn es danebengeht."

Sie lächelte mich sichtlich von meinem Mut beeindruckt an. Trotz unseres Zeitdrucks genehmigten wir uns noch ein ausführliches Lippenknabbern, bevor wir den einfachen Plan in die Tat umsetzten.

Natürlich war Julie viel zu geschickt, um tatsächlich danebenzutreffen. Sanft wie ein springender Panther setzte ich auf dem leicht abfallenden Fenstersims auf. Ich schaute in ein verlassenes Badezimmer. Die Tür zum Flur stand eine menschliche Hand breit offen. Perfekt! Zum Zeichen, dass alles in Ordnung war, winkte ich meinen Komplizinnen zu. Dann verschwand ich im Zwielicht des Badezimmers.

Als ich auf dem Rand der Badewanne angekommen war, fiel mir ein merkwürdiger Geruch auf. Es roch ähnlich wie ein Plumpsklo, aber bei Weitem nicht so intensiv und unangenehm. Vermutlich hätte eine menschliche Nase den Geruch auch gar nicht wahrgenommen.

Kurz darauf entdeckte ich den Ursprung des unangenehmen Geruchs: Unter dem Waschbecken stand ein mit Sand und Sägemehl gefüllter Kasten, in den eindeutig Fäkalien gemischt waren. Erstaunt versuchte ich mir einen Reim auf diese Entdeckung zu machen. Vielleicht war Mr Volkins Angler und züchtete hier irgendeine Art von Köder? Oder es war irgendeine religiöse Sache? Da kamen Menschen ja auf die absurdesten Gedanken. Dass ich vor einem Katzenkästchen stand, wäre mir nicht im Traum eingefallen. Vermutlich waren die ursprünglichen Eigentümer der in mir versammelten Essenzen nie auf Katzenhalter getroffen, deren Haustiere sich nicht im Freien erleichtern konnten. Jedenfalls setzte ich meine Entdeckungstour ohne die gebotene Besorgnis fort.

Die aufkommende Dunkelheit war für meine Augen ein weit geringeres Problem, als ich erwartet hätte. Ein Blick in den Flur zeigte mir, dass auch die Türen zu allen anderen Zimmern einen Spalt offenstanden. Ich konnte kaum glauben, dass mir das Schicksal meine Aufgabe so entscheidend erleichtern wollte. Nie wäre ich auf den Gedanken gekommen, dass zwischen den offenen Türen und dem seltsamen Fäkalienkasten im Bad irgendein Zusammenhang bestand.

Die Orientierung war außerordentlich einfach. Schon von der Badezimmertür aus konnte ich linker Hand einen Schlüsselkasten erkennen. Dahinter führte eine Treppe ins Erdgeschoss – vermutlich direkt in den Laden. Einfacher konnte ich es kaum haben. Mein zweites Ziel verriet sich durch anhaltendes Schnarchen, das aus dem gegenüber liegenden Zimmer drang. Um auf Nummer sicher zu gehen, hatten wir uns darauf geeinigt, Mr Volkins zu betäuben. Nichts verkompliziert einen Einbruch so sehr, wie ein uneinsichtiger Zeuge. Also huschte ich geduckt über den Flur und schlich ins Schlafzimmer des Hausherrn.

Entgegen meines ersten Eindrucks waren es nicht eine, sondern zwei Personen, die hier mit herzhaftem Schnarchen die Standfestigkeit des Hauses prüften. Mrs Volkins brachte mindestens die doppelte Masse ihres Mannes auf die Waage, ohne wirklich unförmig zu sein. Selbst Charles würde sie noch knapp überragen. Ihr Mann wirkte dagegen wie ein lächerlicher Wicht. Der gewaltige Bluterguss, der die gesamte rechte Seite seines Kopfes entstellte, ließ ihn noch bemitleidenswerter erscheinen.

Das Ehepaar lag in zwei Betten, die durch zwei Nachtschränkchen und einen runden Teppich voneinander getrennt waren. Da mir Mrs Volkins weitaus gefährlicher erschien, wandte ich mich zuerst ihr zu. Lautlos, den Teppich zur Unterdrückung meiner Schrittgeräusche ausnutzend, flitzte ich zu ihr hinüber und kletterte am Kopfende in ihr Bett. Aus der Nähe betrachtet hatte ihre Nase beunruhigende Ausmaße. Als ich nach der Metallphiole an meinem Gürtel griff, konnte ich nur hoffen, dass die Größe nichts über ihr Riechvermögen aussagte. Denn für mein Riechorgan hatte das von Charles zusammengemixte Schlafmittel einen sehr scharfen Geruch.

Um kein Risiko einzugehen, hielt ich die Phiole auch bereits über ihren weit offenstehenden Mund, als ich den Korken entfernte. Ihrem Gesicht nach zu urteilen, schmeckte das Zeug ebenso ekelhaft, wie es roch. Sie verzog den Mund so angewidert, dass ich jeden Augenblick erwartete, dass sie erwachte. Doch erfreulicherweise hatte mein Opfer einen sehr gesunden Schlaf, der mit jeder Sekunde tiefer wurde. Aufatmend kletterte ich aus ihrem Bett und schlenderte entspannt zu meinem zweiten Opfer hinüber.

„Mau?", machte es hinter mir. Ich erstarrte. Mein Rücken fühlte sich an, als würde mir Noctis in den Nacken hauchen. Ehe ich einen klaren Gedanken fassen konnte, wurde ich sanft von hinten geschubst, sodass ich zwei Schritte nach vorn taumelte. Doch noch immer saß mir der Schreck so tief in den Gliedern, dass ich völlig unfähig zur Flucht war. Katzen sprachen eine Urangst in mir an, die sich ein Mensch wohl nicht vorstellen kann.

Wenigstens gelang es mir mich zu überwinden, einen ängstlichen Blick über die Schulter zu werfen. Ich kann nicht sagen wie erleichtert ich war. Die Katze war so klein, dass sie ihren Artnamen noch nicht verdiente. Das tapsige kleine Kerlchen konnte kaum stehen. Sein schwarzes Fell machte ihn im dunklen Zimmer beinahe unsichtbar; nur der kleine weiße Fleck auf der Nase hätte ihn wohl auch für einen Menschen erkennbar gemacht. Gerade hatte er die Nase jedoch gesenkt und setzte mit dem Hinterköpfchen voraus zum Rammangriff an.

„Ist ja gut", flüsterte ich mit zitternder Stimme, während ich meiner neuen Bekanntschaft den Kopf kraulte. „Du hast mich aber erschreckt …"

Der Kleine begann so laut zu schnurren, dass ich fürchtete, er könne seinen Besitzer wecken. Aber irgendwie musste ich zugeben, dass etwas Beruhigendes in diesem Geräusch lag. Wenn er nicht mehr wachsen würde, wäre ich beinahe versucht gewesen meinen neuen Freund zu kidnappen.

Als wäre dieser Gedankengang im ganzen Zimmer zu hören gewesen, erklang plötzlich aggressives Fauchen unter Mrs Volkins Bett. Noch ehe ich begriff, dass so kleine Kätzchen auch eine Mama in Reichweite haben könnten, fegte selbige aus der Dunkelheit heran. Mein Leben verdanke ich wohl nur der Tatsache, dass das bösartige Vieh so gut gefüttert wurde. Die überzähligen Kilos trugen das Biest an mir vorbei, als ich geistesgegenwärtig beiseite sprang. Die schiere Größe des Monstrums war jedoch beängstigend. Blindlings lief ich in die Richtung, aus der das Vieh gekommen war und fiel in ein Körbchen mit einem halben Dutzend weiterer angehender Rattenkiller. Ehe die Familie auf mich reagieren konnte, war ich aber schon wieder auf den Beinen und setzte meine Flucht fort. Hinter dem Bettpfosten schlug ich einen Haken und wieder hechtete meine Verfolgerin an mir vorbei. Ihre gelben Augen schienen in dämonischem Zorn zu glühen.

Ich lief im Zickzack und hielt verzweifelt nach einem Versteck

Ausschau. Vor der Bestie, schien es jedoch kein Entrinnen zu geben. Ich spürte schon ihren heißen Atem in meinem Nacken, als ich in höchster Not auf das nächstbeste Objekt sprang. Es war das Bett des Hausherrn. Und seine Katze knallte aus vollem Lauf dagegen.

„Mmh?", kam es schläfrig vom Kopfende. Mit einem fürchterlichen Fauchen sprang das schwere Tier auf das Bett. Verzweifelt lief ich in Richtung Kopfende um mein Leben. Doch ich hatte keine Chance. Durch die weiche Matratze spürte ich, wie sich das Biest zum Todessprung abstieß und warf mich einfach zur Seite. Das Monstrum flog über mich hinweg und landete mit ausgefahrenen Krallen mitten im Gesicht ihres Eigentümers. Einen solchen Schrei habe ich danach nie wieder gehört.

„Bist du verrückt geworden, du Miststück?", brüllte er, dass in Timbuktu die Menschen aus dem Bett fallen mussten. Er hatte die jetzt ängstlich maunzende Katze fest im Nacken gepackt und schüttelte sie. Gerade wollte er zu einer weiteren Schimpfkanonade ansetzen, doch dann besann er sich und sah ängstlich zu seiner Frau hinüber. Aber die schlief wie ein Stein. Ich selbst war hinter einer auf dem Nachtschränkchen stehenden Lampe verschwunden.

„Du ... du ... du widerliches Vieh", flüsterte er grollend der dämlichen Katze zu. Dann stand er auf und schloss sie mitsamt ihres Nachwuchses – den Geräuschen nach zu urteilen – irgendwo in der Wohnung ein. Schnaufend und leise fluchend schien er sich danach irgendwo zu verarzten. Viele kostbare Minuten, in denen meine Komplizinnen auf mich warteten, vergingen. Aber wenigstens regelte sich so mein Herzschlag in nicht länger lebensbedrohliche Schlagzahlen herab.

Trotzdem dauerte das alles viel zu lange. Als ich schon mit dem Gedanken spielte, die ganze Mission auf eine spätere Nacht zu verschieben, kam er verarztet und mit einem Glas Whisky zurück. Zu meiner großen Freude stellte er das Glas auch noch direkt vor der Nachttischlampe ab, bevor er sich leise fluchend wieder ins Bett legte. Natürlich konnte ich mir diese Gelegenheit nicht entgehen lassen. Schwungvoll entleerte ich eine weitere meiner Phiolen in seinen Drink. Als wolle er mir weitere Verzögerungen ersparen, leerte er sein Glas kurz darauf in einem Zug. Männer mit zerkratztem Gesicht schienen eine Vorliebe dafür zu haben, sich ihren Whisky von mir mit Schlafmittel verfeinern zu lassen.

Ich wartete nicht, bis Charles' Mixtur seine Wirkung voll entfaltet hatte. Lautlos kletterte ich von dem Schränkchen herunter und verließ das Schlafzimmer. Mit dem Umweg über eine Garderobe, kam ich problemlos an den Schlüsselkasten heran. Und weil die Volkins ordentliche Menschen waren, hatte ich auch keine Probleme, den richtigen Schlüssel zu finden. Ich nahm einfach den, an dem ein Anhänger mit der Aufschrift „Laden" befestigt war.

Die Schwierigkeiten schienen erst zu beginnen, als ich mit dem Schlüssel die Treppen hinunterlief und den Laden betrat. Denn hinter der Eingangstür zeichnete sich die unverwechselbare Silhouette eines Polizeihelms ab. Ein Bobby! Und er schien in den Laden zu spähen! Dann erst fiel mir auf, wie klein der Gesetzeshüter war. Mein Verdacht wurde bestätigt, als sich der „Bobby" zur Seite drehte und ich Julies unverwechselbar spitzes Näschen erkannte. Irgendwie vermutete ich, dass hinter dem Polizeihelm auf ihrem Kopf eine weitere Katastrophe lauerte. Doch ich hielt mich nicht weiter mit Vermutungen auf.

So schnell ich konnte lief ich zum Eingang und schob den Schlüssel unter der Tür durch. Als meine Komplizinnen kurz darauf eintraten, wurden meine ärgsten Befürchtungen bestätigt: Zu ihren Füßen lag ein regloser Uniformierter.

„Was ist passiert?", fragte ich entgeistert.

„Er hat uns angesprochen", meinte Julie unbekümmert. Sie schien seinen Zustand für die logische Konsequenz dieser Tat zu halten. Natürlich hatte sie sogar Recht: Sie hatte ihm schlecht antworten können, ohne verdächtig zu wirken. Und sie hatte ihm auch keine Zeit lassen dürfen, einen zu ausführlichen Blick auf das ungleiche Paar in Männerkleidung zu werfen.

„Kinkin", bestätigte Kinkin Julies Erklärung.

„Aber warum hast du seinen Helm auf?", wollte ich wissen.

„Den musste ich ihm doch abnehmen, bevor ich ihm meine Lampe übergezogen habe." Sie sagte das, als hätte ich selbst darauf kommen können.

„Und weil er vielleicht zurückschlägt, hast du ihn selbst aufgesetzt?", meinte ich feixend.

Während sie Kinkin dabei half, den jungen Mann in den Laden zu ziehen sagte sie: „Nein, nein. Er gibt ein gutes Souvenir ab, findest du nicht? Ich behalte ihn auf, damit wir ihn nicht vergessen." Vielleicht wäre das der Moment für eine Grundsatzdiskussion über den Umgang mit Gesetzeshütern gewesen. Auf der anderen Seite würde diese Lektion vielleicht dazu führen, dass der junge Mann in Zukunft vorsichtiger sein würde. Sich von einer zierlichen jungen Dame überwältigen zu lassen, sprach nicht gerade für die professionelle Reife eines Polizisten. Damals konnte ich ja noch nicht ahnen, in welche Abenteuer wir noch verstrickt werden würden und dass das Sammeln von Polizeihelmen einmal zu Julies Hobby werden würde ...

Aber das ist eine andere Geschichte.

So verabreichte ich dem Bobby meine letzte Dosis Schlafmittel, während Julie unsere Blendlaterne entzünden wollte.

„Oh nein ...", rief sie. Mir schwante Übles.

„Was ist?"

„Die Laterne ist gebrochen ... hier läuft Öl aus und die Lamellen sind verbogen!" Natürlich waren Blendlaternen im Allgemeinen nicht zur Bearbeitung von Polizistenköpfen gedacht. Dennoch hätte ich nicht erwartet, dass Julies zarte Hände so hart zuschlagen konnten. Die Tragweite dieser Entdeckung ging mir erst mit Verzögerung auf: Wir mussten nachsehen, wie gründlich Volkin beim Zusammenkehren der Münzen gewesen war. Dafür brauchten wir Licht. Und ohne Blendlaterne würde wir die Lampen des Ladens verwenden müssen die man jedoch in der ganzen Straße sehen konnte! Aber wir waren viel zu weit gekommen, um jetzt noch aufzugeben.

„Dann müssen wir die Schaufenster und die Tür lichtdicht machen", meinte ich entschlossen.

Julie nickte erleichtert. „Oh, Shortbread ... ich dachte schon, ich hätte alles verdorben."

„Du?" Ich schüttelte entschieden den Kopf. „Ich war es doch, der dich draußen allein gelassen hat. Ich hätte dich vor dem Bobby beschützen müssen." Sie nahm mich auf die Hände und wir versanken wieder einmal in den Augen des Anderen. Kurz bevor sich unsere Lippen berührten, ließ uns ein vorwurfsvolles „Kinkin!" zusammenfahren.

Kinkin stand mit missbilligend verschränkten Armen an der

Tür. Und sie hatte Recht: Das Schmusen würden wir auf später verschieben müssen.

Mit vereinten Kräften schafften wir den Bobby in die Wohnung der Volkins und sahen uns nach für unser Vorhaben geeignetem Material um. Dank einer entsprechenden Vorrichtung war die Tür sehr einfach mit den Schlafzimmervorhängen abzudichten. Die Schaufenster waren da ein größeres Problem. Nach langem Grübeln kam Julie jedoch auf die hervorragende Idee, hierfür die Matratzen und den Küchentisch unserer Gastgeber zu verwenden. Um die Konstruktion abzustützen, trug sie auch die Nachtschränkchen in den Laden.

Noch heute frage ich mich, was unsere Opfer wohl dachten, als sie am nächsten Morgen auf ihrem Lattenrost, mit einem Bobby im Bett, ohne Vorhänge, Nachttische und Küchentisch aufwachten.

„Gute Arbeit", lobte Charles, als er unsere Beute betrachtete.

„Die meiste Arbeit hatte der Eigentümer schon für uns erledigt", meinte ich und winkte ab. „Er scheint die wertvolleren Stücke in die Truhen gelegt und den Rest einfach aufgekehrt zu haben." Dabei zeigte ich auf den Sack in dem neben allerlei Münzen auch Dreck und Splitter zu finden waren.

„Es sind einige sehr schöne Goldmünzen dabei." Julie holte zur Verdeutlichung einige schöne Exemplare aus einer der Truhen. Auch wenn es jetzt nicht so klingt: Selbstverständlich wäre sie nie auf den Gedanken gekommen, diesen Schatz zu behalten. Unter dieser Prämisse sahen sich jetzt auch Charles und Rachel die blitzblanken Münzen an.

„In der Tat bemerkenswert", stimmte Charles zu.

„Apropos bemerkenswert", griff ich das Stichwort auf. „Ich wollte noch einmal sagen, dass eure Aufgabe wohl weitaus mehr Einsatz als unsere verlangte. Es ist also an uns, *gute Arbeit* zu sagen."

Er und Rachel waren in dieser Nacht den gesamten Weg abgeschritten, den ihr Vater bei seiner Flucht durch die Stadt zurückgelegt hatte. In jeden Rinnstein hatten sie geschaut, Gullys untersucht und waren unter Kutschen gekrochen. Und zum Schluss waren sie auch noch in die Ruine der Lampenmanufaktur geschlichen, um nach angelaufenem Silber zu suchen. Trotz einem ausführlichen Bad konnte nur ein wahrer Geruchskrüppel die Spuren der Nacht an ihnen überriechen.

„Danke, Bradley." Auch Charles winkte ab. „Aber du solltest euer Licht nicht unter den Scheffel stellen. Euer Einsatz war weit risikoreicher als unserer und schlussendlich zählt doch das Ergebnis."

Ja risikoreich war unser Einsatz wohl gewesen, dabei hatte ich niemandem von der Katze erzählt und auch Julies neu erwachte Leidenschaft für Polizeihelme hatten wir verschwiegen. Leider hatte Charles auch mit der Einschätzung seines Erfolgs nicht völlig unrecht. Im Verhältnis zu ihrem heroischen Einsatz war die Ausbeute kläglich: Ein silberner Knopf, acht silberne Münzen und drei kleine Silberbleche.

„Genug geblasén trübes Sal", mischte sich Fifi in unser Gespräch. „Frü'stück ist sérviert."

Dankbar nahmen wir die Anregung auf. Wir alle hatten eine anstrengende Nacht hinter uns. Es war mir schleierhaft, wie Engländer nach so einer Aktion ohne Kaffee auskamen. Doch während der duftige schwarze Saft meine Lebensgeister weckte, übte der Tee wohl eine ähnliche Wirkung auf Charles und Rachel aus. Julie schien ohnehin niemals müde zu werden und begnügte sich mit Milch.

Natürlich drehten sich die Gespräche um unser weiteres Vorgehen. Dabei gab es darüber nicht viel zu sagen: Wir würden die Münzen reinigen und Noctis ihre Essenz zurückgeben. Unterschwellig war aber jedem von uns klar, dass es um etwas Anderes ging.

Wir hatten Noctis allein im Keller eingesperrt. Nach den Reaktionen, die Charles und Rachel ihr gegenüber in der Kutsche gezeigt hatten, war es uns allen zu gefährlich erschienen, zu viel Kontakt mit ihr zu haben. Sie zu isolieren, war nach unserem Dafürhalten die einzige sinnvolle Lösung gewesen.

Doch es war vermutlich zu spät. Noctis wohnte bereits in unseren Seelen. Nicht einmal Julie, die bisher am wenigsten mit ihr zu tun gehabt hatte, war frei davon. Auch wenn es niemand aussprach, gestanden wir uns Noctis' Einfluss bei diesem Frühstück wohl das erste Mal ein. Sobald ihr Name fiel, trat in unser aller Augen ein Abglanz jener Verlorenheit, die das rätselhafte Wesen wie ein Mantel umgab. Noctis selbst schien auf eine schreckliche und zugleich schöne Art ganz nah bei uns – *in uns* – zu sein. Es war unerträglich sie allein und verlassen im Keller zu wissen. Verzweifelt schien sie nach uns zu rufen.

Mit ihr hatte aber auch ein düsterer Schatten Zugang zu Charles' Haus und in unsere Seelen gefunden. So sehr wir sie aus ihrer Isolation befreien wollten, so sehr fürchteten wir auch, jene Kellertür jemals wieder zu öffnen. Wir hatten sogar Angst davor, diese Empfindung auszusprechen. Alle Gefühle, die mit Noctis zu tun hatten, schienen sich jedem rationalen Zugriff zu entziehen. Erst Jahre später sollten wir es wagen, auch nur darüber zu sprechen. So taten wir das Notwendige: Wir folgten dem rationalen Weg.

Den restlichen Tag verbrachten wir alle im Salon. In einer merkwürdig andächtigen Stille befasste sich jeder von uns mit dem Reinigen unserer Beute und dem Auffangen der Oxidationsschicht. Die Atmosphäre hatte etwas Meditatives; beinahe Religiöses an sich. Auch wenn ich meinen Zuhörern ja bereits die vielen merkwürdige Momente der vergangenen Wochen geschildert habe: Subjektiv sind diese Stunden die bizarrsten meines bisherigen Lebens gewesen.

Als wir dank der phänomenalen Werkzeuge, die uns zur Verfügung standen, in Rekordzeit fertig wurden, schlug die Stimmung um. Plötzlich hatten wir es alle eilig, in den Keller zu kommen, um Noctis' Qualen zu lindern. Das Bedürfnis war so stark, dass die unterschwellige Bedrohung, die der Keller seit ihrem „Einzug" ausstrahlte, verschwunden zu sein schien. Die Schweißtropfen, die sich während des Entriegelns der Kellertür auf Charles' Stirn sammelten, waren ihm selten anzumerkender Ungeduld zuzuschreiben. Bei dem Anblick, der sich uns bot, machte sich Ernüchterung und Scham breit.

Noctis lag zusammengerollt in der hintersten Ecke des Raums. Ihr Bett hatte sie nicht angerührt. Nur wenige Stunden waren vergangen, seit Fifi ihr das Nachthemd angezogen hatte. Doch jetzt war der Stoff dünn und mürbe geworden. Überall zeigten sich Risse und Löcher. Auf den ersten Blick mutete die Szene wie aus einem Irrenhaus an, in dem verwahrloste Patienten sich selbst überlassen wurden. Der Eindruck war niederschmetternd.

Dann hob Noctis den Kopf. Allein diese Bewegung genügte, um aus dem Raum wieder einen Tempel zu machen. Ihre Augen waren unnatürlich weit geöffnet, und ihr Mund bewegte sich, als würde sie sprechen. Allerdings war kein Ton zu hören. Dafür wusch eine Welle von Gefühlen über uns hinweg, die wir nicht verstanden. Nur die bereits vertraute Verlorenheit konnten wir überdeutlich wahrnehmen. Verzweifelt schien sie jedoch nicht mehr zu sein.

„Wir haben viel von Eurer Essenz zurückgewonnen", sagte Charles respektvoll, als er langsam an sie herantrat. Sie schien ihn nicht zu verstehen, setzte sich aber auf. Das fadenscheinige Nachthemd wurde an ihr zu einem königlichen Gewand. Charles schluckte. Dann zeigte er auf Fifi, die gerade ein riesiges Fass mit Mondlicht hereinbrachte. „Wir wissen nicht, wie viel Licht wir für die Übertragung brauchen", erklärte er.

Wieder bewegte sie die Lippen. Und dieses Mal konnte ich von ihnen ablesen, was sie sagte: *„Charles."* Irrationale Eifersucht hinderte mich daran, meine Erkenntnis den Anderen mitzuteilen.

„Ganz exquisit Mondlischt. Ein escht Leckérbiss", machte Fifi ihre Fracht schmackhaft. Vorsichtig stellte sie das Fass vor Noctis ab. Schnuppernd, als würde sie tatsächlich eine Köstlichkeit darin riechen, hob unser Gast den Kopf. Hilfe suchend ergriff sie Charles' Arm und zog sich auf die Beine. Als sie das silbrig changierende Mondlicht in dem Fass entdeckte, legte sich ein verträumtes Lächeln über ihre Züge. Anmutig fuhr sie mit den Fingerspitzen über die Oberfläche. Wo sie die Flüssigkeit berührte, stieg silbrig leuchtender Nebel auf, den sie mit tiefen Atemzügen in sich hineinsog. Fassungslos beobachteten wir den Vorgang. Plötzlich schien sie unendlich traurig zu werden. Bevor sich das Gefühl verdichten konnte, tauchte Charles einen großen Kelch in das Fass.

„Wir haben das für Eure Essenz mitgebracht", versuchte er gestenreich zu erklären. Dann gab er etwas Oxidationsstaub hinein. Wie erwartet schlug die Farbe augenblicklich um und die schon bekannte ölige Konsistenz stellte sich ein. Sofort glühte eine animalische Gier in Noctis' Augen. Doch dann sanken ihre

Hände herab. Allumfassender Respekt schien die Gier zu zügeln. Noctis senkte auf eine unverwechselbare Weise den Kopf. Ich hatte diese Bewegung schon oft gesehen – wenn Rachel gegenüber Charles Gefühle zeigte.

Plötzlich fiel es mir wie Schuppen von den Augen. Noctis' Beziehung zu Charles war deshalb so eng, weil sie einen Teil von Rachel in sich trug. Und Rachel spürte in ihr eine direkte *Verbindung* zum *Göttlichen*. Deshalb hatte sie am stärksten auf sie gewirkt. Bei der Annihilierung im Tempel musste ein großer Teil von Rachels Essenz von dem Kristall aufgenommen worden sein.

Bevor ich weitere Puzzleteile zusammenfinden konnte, bat Noctis Charles um den Kelch. Und da sie nicht viele Formen des Bittens zu kennen schien, war das Ergebnis etwas befremdlich: Sie kniete vor ihm nieder. Auch bei dieser atemberaubenden Bewegung erinnerte mich viel an den Moment, in dem Rachel vor Noctis gekniet hatte. Und meiner rothaarigen Freundin ging es ähnlich. Erst wurde sie bleich, dann bekam ihr Gesicht so viel Farbe, dass ihr Kopf jeden Moment platzen musste. Noctis schien ihre Gefühle für Charles in viel zu privater Form auszudrücken. Charles ließ die Ehrerbietung allerdings nicht zu. „Das ... das ist wirklich nicht ...", meinte er stotternd und reichte ihr hastig den Kelch. Doch Noctis vollendete die Bewegung und nahm das Geschenk dankbar an. Mit beiden Händen ergriff sie den Kelch und trank mit großen gierigen Schlucken. Charles sah zu Rachel hinüber. Auch er hatte die Zusammenhänge begriffen. Er schenkte Rachel einen warmen Blick, als hätte nicht Noctis sondern sie ihn in dieser Weise geehrt. Sie lächelte schüchtern. Ihre Gesichtsfarbe verschob sich ins Violette. Dann trat sie zu ihm und sie setzten sich beide neben Noctis auf den Boden. Gemeinsam füllten sie einen Kelch nach dem anderen für sie.

Ich zog mich mit Julie zurück. Noctis ihre Essenz zurückzugeben war ein unerwartet privater Vorgang; Julie und ich wären nur Fremdkörper gewesen. Wir setzten uns mit einem Kakao in den Salon. Nach einer nachdenklichen Pause meinte Julie plötzlich: „Wir brauchen eine kleine Säule oder ein Podest." Ihre Stimme war merkwürdig ernst und ich sah sie verständnislos an.

„Warum?", fragte ich irritiert.

"Knien ist eine schöne Art, etwas auszudrücken, für das es keine Worte gibt." Sie lächelte. "Aber es ist noch besser, wenn *sie* dabei nicht nur innerlich zu *ihm* aufschauen kann."

Die unbeschwert unschuldige Art, mit der sie das sagte, ließ mich dahinschmelzen. Sofort lagen wir uns hingebungsvoll knutschend in den Armen – oder ich in ihren. Wieder verlor ich jedes Zeitgefühl. Da wir aber erst von Charles und Rachel unterbrochen wurden, müssen wir wohl eine ganze Weile miteinander beschäftigt gewesen sein.

"Sie schläft jetzt", meinte Charles, als habe er nichts von unserer Knutscherei mitbekommen. Auch Rachel schien sich bereits an unsere ungewöhnliche Beziehung gewöhnt zu haben.

"Aber sie wird den Keller nicht verlassen können", ergänzte sie besorgt. "Sie verliert noch immer Essenz, sobald Silber in der Nähe ist." Ich verkniff mir die Frage, wie die beiden das getestet hatten.

"Wenn sich nichts Grundlegendes ändert, werden wir sie also für immer dort unten im Keller – oder wenigstens im Haus – halten müssen. Alles Andere hätte vermutlich ihren Tod zur Folge", sagte Charles mit ernstem Blick.

"Das ist ja furchtbar", stellte Julie fest.

Rachel nickte. "Wir haben sogar den Eindruck, dass sie auch jetzt, wo sie wieder viel Essenz aufgenommen hat, schneller schwächer wird." Ihre Augen wurden feucht und sie wandte sich ab, um sich die Nase zu putzen.

"Wer seinen Fisch liebt, bringt ihn zurück ins Meer", sagte ich plötzlich aus einer Eingebung heraus. Die Anderen sahen mich irritiert an. "Ein Sprichwort", erklärte ich. "Ich habe keine Ahnung, woher ich es kenne. Und irgendwie passt es auch nicht auf diese Situation." Ich ahmte entschuldigend ein Schulterzucken nach.

"Vielleicht doch." Charles nickte nachdenklich. "Vielleicht sollte man alle unglücklichen Wesen dorthin zurückbringen, wo man sie fand."

"Aber der Tempel ist zerstört", meinte Rachel hörbar verzweifelt.

"Es ist nur eine vage Vermutung", gab Charles zu. "Aber Noctis hat nicht mehr viel Zeit. Du hast es in ihren Augen gesehen."

Rachel nickte. Jetzt begannen die Tränen unaufhaltsam zu laufen. „Eine winzige Chance ist besser als gar keine."

Der Explosionstrichter war steiler, als ich ihn in Erinnerung hatte. Natürlich war er streng genommen nicht durch eine Explosion entstanden. Die Umgebung war weitgehend intakt, woraus ich schloss, dass kaum Trümmer umhergeflogen waren. Fast alles, was sich über dem rätselhaften Altarraum befunden hatte, schien sich buchstäblich in Luft aufgelöst zu haben. Dennoch hatte die Polizei Convent Garden noch immer weiträumig abgesperrt, was sehr praktisch für uns war. Außer den Wächtern an der Absperrung, die offenbar mit Nachlässigkeit zu demonstrieren versuchten, wie überflüssig ihre Aufgabe war, waren wir keiner Seele begegnet. Wir würden also völlig ungesehen arbeiten können. Ein paar Werkzeuge und Maschinen machten deutlich, dass der Platz tagsüber bei Weitem nicht so verlassen war.

Ungestört arbeiten zu können erleichterte unsere Aufgabe, machte sie aber noch lange nicht einfach. Trotz unserer Lampen war der Untergrund kaum zu erkennen. Weil er nicht nur steil abfiel, sondern auch noch aus tückischem Geröll bestand, gestaltete sich der Abstieg als Mischung aus kontrolliertem Herabstürzen und gefährlichem Herumstolpern. Ich selbst war in einer kleinen Umhängetasche um Julies Hals untergebracht und versuchte, mit meiner Lampe ihren Weg einigermaßen sinnvoll zu erleuchten. Da die Tasche aber wie ein Ruderboot im Taifun hin und her geworfen wurde, war ich wohl keine große Hilfe. Ihre eigene Lampe setzte sie vor allem dafür ein, den Weg für unsere Begleiter auszuleuchten. Und die konnten jede Hilfe brauchen.

Eigentlich hätte Charles die federleichte Noctis den ganzen Weg tragen sollen. Wir hatten ihr Rachels Pelzmantel angezogen und die Beine bandagiert, damit er sie problemlos anfassen konnte. Doch schon nach wenigen Schritten auf dem gefährlichen Untergrund erwies sich diese Idee als undurchführbar. Gemeinsam mit Rachel versuchte er nun, nicht nur selbst heil unten anzukommen, sondern auch Noctis sicher zu führen. Ich rechnete jeden Augenblick damit, dass sich einer von uns schmerzhaft auf die Nase legen würde.

Zu unser aller Überraschung hatte Noctis trotz ihrer schlecht geschützten Füße am allerwenigsten Probleme mit dem Untergrund. Je tiefer wir hinabstiegen, umso mehr gewann man den Eindruck, dass sie elegante Tanzschritte übte und die beiden Menschen, die sie an den Armen festhielten, sie dabei störten. Zugleich schien sie immer *wacher* zu werden. Anders kann man es nicht beschreiben. Je näher wir dem Zentrum der Katastrophe kamen, desto lebhafter blickte sie sich um. Und je lebhafter sie wurde, umso mehr Ruhe schien sie auszustrahlen. Vielleicht war es wirklich eine gute Idee gewesen, sie hierher zu bringen.

Als wir endlich alle heil auf dem Kraterboden standen, strahlte sie vor Glück. Das Gefühl allumfassender Erleichterung war so intensiv, dass sogar wir Zuschauer entspannt lächeln mussten. Dann schloss Noctis die Augen und streckte lachend die Hände aus, als wolle sie nach langer Abwesenheit von ihren Eltern in die Arme geschlossen werden. Augenblicklich überzog sich der Kraterboden mit Eis und begann, vor Kälte zu dampfen. Zugleich schien das Licht unserer Lampen den Kampf gegen die Dunkelheit zu verlieren. Ein dunkler Vorhang aus Finsternis halbierte die bescheidene Lichtinsel, die unsere Laternen auf dem Kraterboden erobert hatten. Die Lichter der Stadt wurden von der Nacht verschluckt.

Plötzlich rückte etwas unfassbar Mächtiges an uns heran. Eine düstere Präsenz, die uns durchdrang und unseren Herzschlag bestimmte. Völlig erstarrt verfolgten wir, wie schwarzsilbriger Nebel aufstieg und sich um Noctis sammelte. Als tanzende Spirale umkreiste er sie; nahm sie in sich auf. Rachels sündhaft teurer Mantel und die Bandagen zerfielen einfach zu Staub. Selbst im Angesicht dieser Präsenz ließ ihre Nacktheit uns alle endgültig das Atmen vergessen. Ein göttlicher Odem schien Noctis zu durchdringen und ihre Schönheit auf ein nahezu unerträgliches Maß zu steigern.

Noctis selbst hatte jeden menschlichen Ausdruck verloren. Sie wirkte so kalt, dass jedem von uns der Atem stockte. Es lag keinerlei Drohung in ihrer Miene oder ihren Bewegungen. Vielleicht erkannten wir in diesem Augenblick einfach auf einer kreatürlichen Ebene, was sie wirklich war. Eine Erkenntnis, die unserem Verstand wohl für immer verwehrt bleiben würde. Schwer erklärbare Furcht legte sich wie ein Ring aus Eis um meine Brust.

Beiläufig hob Noctis den rechten Arm. In der Geste steckte mehr Anmut, als sämtliche Frauen Londons, die nicht Julie hießen, in ihrem ganzen Leben aufbringen konnten. Noch beeindruckter als wir zeigte sich jedoch das Trümmerfeld. Augenblicklich begannen sich zerbrochene Steine aller Größen zu bewegen. Lautlos rutschten sie zu uns heran, glitten durch die Luft und fügten sich in atemberaubendem Tanz aneinander. Tonnenschwere Quader materialisierten einfach in der Luft; ein paar Dutzend Meter über mir sah ich eine Straßenlaterne aus dem Nichts erscheinen. Dann hatte der Kraterboden plötzlich wieder eine Decke. Alles fand in einer allumfassenden Stille statt, die die Vorgänge noch unwirklicher erscheinen ließen. Ehe wir uns versahen standen wir in dem schwarzen Raum, den wir schon bei unserem ersten Besuch bewundert hatten. Es war, als wäre alles, was seit unserem letzten Besuch geschehen war, nichts als eine absurde Illusion gewesen.

Auch die beiden Statuen – die nackte Frau und das Skelett mit dem Katzenkopf – waren wieder da. Doch statt sich wie bisher an den gängigen Verhaltensregeln für Statuen zu orientieren, wandten sie Noctis die Gesichter zu. Ehrerbietig senkten sie die Köpfe. Dann legten sie feierlich das Podest ab und warfen sich Noctis zu Füßen.

Noctis schien die beiden jedoch kaum zu bemerken. Sie hielt einen Moment inne, als wäre sie selbst zur Skulptur geworden. Es handelte sich wohl nur um wenige Sekunden, doch es fühlte sich an, als würden wir alle minutenlang den Atem anhalten. Elegant hob sie dann erneut den Arm, um auf das auf dem Boden liegende Podest zu weisen. Augenblicklich flackerte ein silbernes Feuer auf. Es schien die *Wirklichkeit* über dem Podest zu *verzehren*. Innerhalb von Sekunden fraß es ein schnell wachsendes „Loch" in die Luft, durch das Dinge zu sehen waren, die für uns Sterbliche leider unbegreiflich bleiben müssen.

Als das Feuer erlosch, schien das Loch zu einem Tor in eine andere, unbegreifliche Welt geworden zu sein. Alles dort zeigte das gleiche silbrige Schwarz, das auch Noctis' Haut zu eigen war. Dennoch war es bunter, als jede Sommerwiese und leuchtete heller als die Sonne. Ich sah Formen, die in unserer Welt unmöglich sind und sich deshalb jedem Versuch, sie zu beschreiben entziehen. Über allem lag ein Schleier, der wohl gleichermaßen von der Natur des „Loches" wie den eingeschränkten Fähigkeiten unseres Verstandes herrührte. Heute vermute ich, dass ich nicht in eine andere Welt sah, sondern einen Blick auf die Struktur der Realität werfen durfte. Ich erblickte die Urkräfte des Universums; nicht mit den Augen oder dem Verstand, sondern mit allem, was mich ausmacht. Damals glaubte ich schlagartig zu begreifen, dass Noctis und die fremdartige Landschaft jenseits des Loches ein und dasselbe waren. Die Wirklichkeit ist wahrscheinlich weit komplizierter.

Nur kurz hatten wir Gelegenheit, das Geschehen zu verarbeiten. Während wir wie gelähmt zuschauten, ging Noctis mit langsamen, atemberaubend eleganten Schritten auf das Podest zu. Die beiden Statuen huschten geschmeidig an ihr vorbei und hoben die schwere Plattform wieder an das obere Ende des Treppchens. Das „Loch" hielt seinen Abstand und wurde so mitsamt der Plattform angehoben. Als Noctis die Stufen erklomm, beneideten wir wohl alle vier die Treppe um die Auszeichnung, von ihr berührt zu werden. Endlich verstand ich, was Rachel wohl schon bei ihrer ersten Begegnung mit dem unirdischen Wesen erkannt hatte.

Einen Schritt vor dem Loch blieb Noctis plötzlich stehen. Sie schien einige Herzschläge lang zu zögern, doch dann wandte sie sich noch einmal zu uns um. Ihre Augen, die schon zuvor tiefe Abgründe gewesen waren, schienen jetzt ganze Universen verschlingen zu können. Keiner von uns vermochte ihrem Blick standzuhalten oder auch nur daran zu denken, sich für die unnatürliche Schönheit ihres Körpers zu interessieren. Sie schien unsere Seelen aufzusaugen und bis in den letzten Winkel unseres Seins vorzudringen. Mit ehrfürchtig gesenktem Blick beobachteten wir, wie sie die Stufen wieder herabkam.

Vor Charles blieb sie schließlich stehen. Unsicher wollte er niederknien, doch sie legte ihm bestimmt die Hand auf die Brust. Als sie sich anmutig auf die Zehenspitzen stellte, um ihn zu küssen, hielten wir alle den Atem an. Sie hatte nichts von ihrer unnahbaren, fast gleichgültigen Kälte verloren, doch ihr Kuss war anhaltend und zärtlich. Und er endete damit, dass

Charles bewusstlos zu Boden sank. Keiner von uns fragte sich in diesem Moment, ob er noch lebte. Es schien in diesem Augenblick *nicht wichtig* zu sein.

Noctis machte einen Schritt zur Seite und blieb vor Rachel stehen. Die hielt dieser Aufmerksamkeit nur einen Wimpernschlag stand, bevor sie vor der Göttin auf die Knie sank. Für mehrere Sekunden nahm Noctis die Huldigung reglos zur Kenntnis. Dann beugte sie sich herab und küsste auch Rachel auf diese merkwürdig eiskalte und doch zärtliche Weise. Wie Charles verlor Rachel kurz darauf mit einem glücklichen Lächeln das Bewusstsein. Und dann kam der Augenblick, den sowohl Julie als auch ich gleichermaßen gefürchtet und herbeigesehnt hatten. Noctis machte einen weiteren Schritt beiseite und blieb vor uns stehen.

Ich weiß nicht, was wir erwartet hatten. Doch nichts hätte uns auf ihren Blick vorbereiten können. Gemeinsam stürzten wir in den Abgrund der Ewigkeit. Ich meine das nicht im übertragenen Sinne. Wir hatten tatsächlich den Eindruckt in ein *Nichts* zu stürzen, das zugleich *alles* war. Und während wir fielen, stürzte dieses *Nichts* auch *in uns hinein*. Es waren wohl nur einige Sekunden, doch ich glaubte, ein ganzes Leben mit Julie in einer fremden Welt zuzubringen.

Als der *Blick* endete, hatte sich Julie vorgebeugt. Der Moment, als sich die Lippen der uralten und der blutjungen Göttin berührten, wird für immer in meine Seele eingebrannt bleiben. Es war, als würden Leben und Tod zu einem Kuss vereint. Wäre die ganze Szene nicht ohnehin wie ein sakraler Traum erschienen, hätte ich spätestens in diesem Augenblick zu fantasieren geglaubt. Als Julie schließlich neben Charles und Rachel zu Boden sank, wunderte ich mich nicht einmal darüber, dass sich meine Perspektive nicht veränderte. Erst im Nachhinein wurde mir klar, dass ich in diesem Moment einfach in der Luft schwebte. Und dann bekam ich mein *Geschenk* – oder besser: Meine *Geschenke*.

Urplötzlich schien Noctis zusammenzuschrumpfen. In Wirklichkeit war aber ich es, der wuchs. In diesem Moment war es mir nicht bewusst, doch ich wurde zu einem muskulösen, über zwei Meter großen Mischwesen aus Mensch und Ratte. Nicht zuletzt der weiße Pelz und die Tatsache, dass mein Gesicht und meine unverwechselbaren Augen annähernd gleich blieben, machten den Körper zu einer durchaus ästhetischem Erscheinung. Dennoch wirkte ich wohl außerordentlich furchterregend. Charles sollte diese Kreatur nach einer nächtlichen Begegnung in der Küche einmal als „Werwolf" bezeichnen, den sein bester Freund jede Nacht für einige Stunden auf sein Haus losließ. Dabei war sein Haus das Letzte, an dem der „Werwolf" Interesse hatte. Denn für Julies Augen war dieser Körper der Inbegriff von Männlichkeit und Erotik ...

Hätte ich damals die Bedeutung und Tragweite dieses Geschenks begriffen, hätte mich die Dankbarkeit vielleicht sogar die lähmende Ehrfurcht abschütteln lassen. So aber beugte ich mich wie ferngesteuert zu Noctis herab, als sie sich mir entgegenreckte. Ihre Lippen waren angenehm kühl und ihre Zunge so weich, dass sie wie Nebel durch meinen Mund zu gleiten schien. Das Überwältigendste war jedoch ihre Nähe. *Die Ewigkeit* schenkte mir als Dank einen Moment ungeteilter Aufmerksamkeit. Zugleich war der Kuss ein Versprechen auf einen weiteren Kuss. Einen, den meine Begleiter und ich in vielen Jahren bekommen sollten, wenn sie uns alle gemeinsam in eine andere Welt holen würde. Mit diesem unsagbar tröstlichen Gedanken schwanden mir die Sinne.

Epilog

„Misses Burns hat heute damit gedroht, mich anzuzeigen", berichtete Rachel. Das Glucksen in ihrer Stimme war kaum zu überhören.

„Oh? Und hat sie auch das Vergehen mitgeteilt, dessen sie dich bezichtigen will?", erkundigte sich Julie kichernd. Geschickt beugte sie sich beiseite, um Fifi das Beladen unseres Tellers zu erleichtern. Das Abendessen roch wieder einmal grandios. Nach zwanzig Jahren, in denen ich mich nun bereits um Fifis Kochausbildung kümmerte, war sie zu einer wahren Meisterköchin geworden. Besonders Braten und Pfannkuchen bekam sie mittlerweile besser als ich hin. Aber auch die Fleischspieße mongolische Art, die sie gerade servierte, ließen mir das Wasser im Munde zusammenlaufen.

„Bösartiges Verschweigen und seelische Grausamkeit", verkündete Rachel mit kaum unterdrücktem Grinsen. Wir alle lachten herzlich.

„Ich hoffe, dass es bei aufdringlichen Wurstverkäuferinnen bleibt", meinte Charles dann etwas nachdenklicher. Seit einigen Jahren machte er sich schon Sorgen. Wenn die Leute erst merkten, dass wir seit Jahrzehnten um keinen Tag gealtert waren, würden wir Probleme bekommen. Zumindest war das Charles' Voraussage.

„Ja, ich glaube Misses Burns meint ihre Drohung wirklich ernst. Sie glaubt tatsächlich, mir sowas wie die *Pille der ewigen Jugend* abpressen zu können", gab Rachel zu. Ihre Laune schien dies jedoch nicht zu schmälern.

„Vielleicht solltest du ihr etwas über die verjüngende Wirkung der Liebe erzählen", sagte Julie zweideutig zwinkernd. Dann schaute mein kleiner Kobold zu mir herab und versank in meinen Blicken. Ja, auch unsere Liebe war in all der Zeit keine Sekunde gealtert. Die Behauptung, dass wir verrückt nacheinander waren, war genauso nahe an der Realität wie die Annahme, dass sich Romeo und Julia nicht gehasst haben.

Rachel schüttelte schmunzelnd den Kopf. „Ich glaube, unser Auftreten ist auch ohne solche Erklärungen skandalös genug." Wieder mussten wir alle lachen. Tatsächlich war Charles in einen etwas zwielichtigen Ruf geraten. Erst hatte er Rachel adoptiert und dann Julie geheiratet. Und jetzt wohnte er mit den beiden schönsten Frauen Londons unter einem Dach – ganz zu schweigen von den beiden attraktiven dampfbetriebenen Dienstmädchen. Und natürlich war niemandem der höheren Gesellschaft entgangen, dass Charles und Rachel den gleichen Ehering trugen. Dass Julies Ring tätowiert war, sorgte für keinerlei Erstaunen. Man schob es einfach auf das allgemein skandalöse Verhalten eines Wildfangs. Dass ich einen ebensolchen tätowierten Ehering trug, hätte man wahrscheinlich noch nicht einmal bemerkt, wenn man mich gesehen hätte. Jedenfalls hatten wir alle vier großen Spaß an unseren Auftritten in der Öffentlichkeit, in denen Charles mit den beiden Damen am Arm auf einige Zeitgenossen wie ein Playboy wirken musste. Niemand konnte schließlich ahnen, dass mein Aufenthaltsort bei solchen Anlässen zuweilen weit skandalöser war.

Skandale sind uns allerdings völlig gleichgültig geworden. Wir sind glücklich. Und wahrscheinlich ist ein solches Glück auch nur zu finden, wenn man sich nicht von den Meinungen Anderer und von Äußerlichkeiten beeinflussen lässt. Vielleicht denken Sie ja daran, wenn sich das nächste Mal eine Ratte darum bemüht, Ihr Herz zu erobern.

DER AUTOR
Guido Krain

Guido Krain ist Jahrgang 1970 und lebt als freier Autor und Journalist in Lübeck. Nachdem er sich in Bochum und Hamburg den eher brotlosen Studiengängen (Biologie, Japanologie und Medienkultur) zugewandt hatte, absolvierte er im Hamburger Magazin-Verlag und an der Hamburger Akademie für Publizistik eine journalistische Ausbildung. Bis heute lebt er von den Früchten seiner Tastatur.

Als Journalist bediente er vom klassischen Magazin bis zum Fachbuch und vom Materndienst bis zur Online-Redaktion ein sehr großes Spektrum. Als erste Veröffentlichung auf dem Belletristiksektor erschien zur Jahrtausendwende sein Fantasy-Roman ELFENMOND (ISBN 3-89811-707-3), den er im Rahmen der von ihm gegründeten Autoreninitiative „Fantasy-Buch.de" herausgab.

Seit dieser Zeit erschienen mehrere Romane und Kurzgeschichten aus seiner Feder. Für die Leser dieses Buches mag vor allem die Novelle „Steam is Beautyful" (erschienen in der Anthologie STEAMPUNK – ERINNERUNGEN AN MORGEN / ISBN 978-3-927071-69-8 bzw. als eBook ISBN 978-3-943570-09-0) interessant sein, in der einige der Hauptfiguren von ARGENTUM NOCTIS das erste Mal in Erscheinung traten.

Sein erotischer Roman „MASKEN DER SINNLICHKEIT" (ISBN: 978-3-927071-40-7 bzw. als eBook ISBN: 978-3-943570-02-1) erschien bei Fabylon in der Erotikreihe ARS AMORIS.
www.guido.krain.de

Der Künstler
Crossvalley Smith

Crossvalley Smith wuchs in Kanada auf. In Deutschland studierte er später Mathematik und Physik und promovierte in Mathematik. Seine große Liebe gilt der Malerei, der Kosmologie, Astronomie und der Science Fiction.

Seine Arbeiten sind von wissenschaftlicher Seite inspiriert durch Einstein, Gödel und Hawking und basieren oft auf astrophysikalischen Themen. Im SF-Genre wurde er am stärksten durch den „Perry Rhodan"-Kosmos inspiriert, aber auch Johnny Bruck – niemand hat den Outerspace Spirit je besser rübergebracht.

In den letzten Jahren hat er eine Vielzahl Grafiken für das Literaturportal LITERRA, aber auch für TERRACOM und andere Projekte gefertigt. Darüber hinaus betreut er künstlerisch die von Alisha Bionda im Fabylon-Verlag herausgegebenen Reihen.
www.crossvalley-design.de

Steampunk, Steampunk-Erotics, Steamfantasy und Teslapunk

Die von Alisha Bionda herausgegebene Reihe STEAMPUNK bietet den Lesern künstlerisch gestaltete Romane (auch Kurzromane) und Kurzgeschichtensammlungen im viktorianischen London.

Die Buchumschlaggestaltung übernimmt das Atelier Bonzai, das ebenfalls das Banner kreiert hat.

STEAMPUNK I
Hrsg. Alisha Bionda
Fabylon Verlag
Anthologie - Band 1 - Steampunk
Broschiert - 200 Seiten - 14.90 EUR
ISBN: 9783927071698

STEAMPUNK II - EROTICS
Hrsg. Alisha Bionda
Fabylon Verlag
Anthologie - Band 2 - Steampunk-Erotik
Broschiert - 200 Seiten - 14,90 EUR
ISBN: 9783927071704

ARGENTUM NOCTIS
Guido Krain
Fabylon Verlag
Roman - Band 3 - Steampunk
Broschiert - 200 Seiten - 14.90 EUR
ISBN: 9783927071711

DER FLUG DER ARCHIMEDES
Sören Prescher
Fabylon Verlag
Roman - Band 4 - Steampunk
Broschiert - 200 Seiten - 14.90 EUR
ISBN: 9783927071728
Dezember 2013

DIE SECRET INTELLIGENCE IHRER MAJESTÄT
Thomas Neumeier
Fabylon Verlag
Roman - Band 5 - Erotischer Steampunk
Broschiert - 200 Seiten - 14.90 EUR
ISBN: 9783927071742
Februar 2013